Le Dernier

par
ANDREA FRAZER

Le Dernier Souffle

Copyright © 2011 par Andrea Frazer
Cette traduction est protégée par le droit d'auteur © 2024 par JDI Publications

Le droit d'Andrea Frazer à être identifiée comme l'auteur de l'œuvre a été revendiqué par elle conformément à la loi sur le droit d'auteur, les dessins et modèles et les brevets de 1988

Tous droits réservés. Aucune partie de ce livre ne peut être reproduite, stockée dans un système de récupération ou transmise sous quelque forme ou par quelque moyen que ce soit, électronique, électrostatique, bande magnétique, mécanique, photocopie, enregistrement ou autre, sans l'autorisation écrite des éditeurs : JDI Publications, Uttaradit, 53000 Thaïlande

Ces histoires sont des œuvres de fiction. Les noms, les personnages, les lieux et les incidents sont soit des produits de l'imagination de l'auteur, soit utilisés de manière fictive. Toute ressemblance avec des événements, des lieux ou des personnes réels, vivants ou morts, est
entièrement fortuite

DRAMATIS PERSONAE
Les résidents de Stoney Cross :
Culverwell, Lydia – pianiste amateur
Horsfall-Ertz, Harriet « Écureuil » – amoureuse des chiens et collectionneuse
Jephcott, Delia – flûtiste vivant avec Ashley Rushton
Leighton, Summer – jeune danseuse
Lyddiard, Serena – travaille dans le service de santé
Markland, Camilla – harpiste, mariée à Gregory
McKnight, Peregrine – copropriétaire de The Inn on the Green
Palister, Sadie – sculpteur
Pargeter, Fiona - chanteuse amateur, mariée à Rollo
Radcliffe, Tarquin – copropriétaire de The Inn on the Green
Ravenscastle, révérend Benedict - vicaire, marié à Adella
Rushton, Ashley – vivant avec Delia Jephcott
Templeton, Christobel – poète amateur, marié à Jeremy, romancier romantique
Westinghall, Felicity – romancière romantique, mariée à Hugo, également écrivain
Willoughby, Marcus – présentateur de radio nouveau dans le village
Wingfield-Heyes, Araminta « Minty » – peintre
Divers artistes exposants :
Carstairs, Emelia – pastels
Fitch, Lionel – huiles
Salomon, Rachel – aquarelles
Fonctionnaires :
Inspecteur-détective Harry Falconer
Sergent-détective par intérim Ralph « Davey » Carmichael
Sergent Bob Bryant
PC Merv Vert
WPC Linda « Twinkle » Starr

Surintendant Derek « Jelly » Chivers
Dr Philippe Noël

AVANT-PROPOS

Quelques notes sur Stoney Cross – hier et aujourd'hui

Le village de Stoney Cross est situé à environ quatre milles de Castle Farthing et neuf milles de la ville de Carsfold. À huit kilomètres dans l'autre sens se trouve Market Darley.

Il y a un peu plus de cent ans, Stoney Cross était un centre idéal pour la communauté qui vivait dans ses environs. Elle possédait sa propre école, église et chapelle. La forge, avec son forgeron et son maréchal-ferrant, répondait aux besoins des fermiers en moteurs à quatre pattes d'un cheval-vapeur, et la High Street aux demandes de leurs épouses et de leurs ménages. Elle possédait un moulin à farine et un champ plat pour les loisirs à sa périphérie. À Starlings' Nest, un médecin local effectuait des opérations chirurgicales deux fois par semaine pour les problèmes physiques des habitants, et le révérend monsieur du Rectory prenait soin de leurs besoins spirituels.

Le village, alors connu sous le nom de Stoney Acre, avant la Grande Guerre (celle de 1914 à 1918, et non celle de Napoléon, également appelée la Grande Guerre de l'époque), était un centre commercial petit mais animé, ses autoroutes et ses routes fréquenté par des chevaux, des charrettes et des calèches. Depuis deux cents ans, son auberge servait de relais pour les carrosses, et sur ses côtés se trouvaient des écuries pour les chevaux fatigués, au-dessus de ses bars, des chambres pour les voyageurs fatigués.

Il avait été rebaptisé Stoney Cross en 1925 lors de l'érection du monument aux morts, déclarant la mort de tant de jeunes hommes membres de sa communauté. À cette époque, avec le déclin du cheval, le nombre réduit d'hommes pour travailler la terre et l'introduction des machines, l'agriculture a changé à jamais. Les jeunes hommes forts et vigoureux qui travaillaient autrefois les champs avaient laissé un vide impossible à combler, et les machines sont venues prendre leur place, entraînant le déclin inévitable, et finalement la fermeture, de la forge – il n'y avait pas grand-chose. de l'argent à gagner avec la ferronnerie décorative. Le maréchal-ferrant a également quitté sa vie auparavant bien remplie à Stoney Cross pour ne jamais revenir.

Au cours des décennies suivantes, la fortune de Stoney Cross déclina. Les gens ont déménagé, les petites entreprises ayant fermé leurs portes en raison de problèmes financiers ou du manque d'héritier pour poursuivre l'entreprise. De nombreux bâtiments et maisons étaient vides, comme si le temps s'était refermé sur eux, les enfermant dans une bulle du passé.

L'école a fermé ses portes en raison du manque d'élèves, l'usine a emboîté le pas en raison du manque d'entreprises à approvisionner, car Stoney Cross n'était pas le seul à connaître des difficultés à cette époque. Au fil du temps, certains bâtiments agricoles ont été vendus, tout comme les terrains, pour de nouveaux logements après la Seconde Guerre mondiale, et la chapelle a cessé d'accueillir des services religieux, il n'y avait plus de fidèles pour écouter les sermons du feu et du soufre prêchés dans son enceinte. murs.

Les seules choses qui sont restées inchangées étaient le parc vert et l'étang du village, ainsi que les menhirs au sud-ouest du village.

Les week-ends ont d'abord amorcé son renouveau en achetant les petites propriétés périphériques, puis les navetteurs ont commencé à s'installer dans des maisons plus spacieuses, dans l'espoir de donner à leurs familles une vie saine, loin de l'agitation et de la pollution des zones plus urbaines. Peu à peu, les propriétés ont été rénovées et converties, et Stoney Cross se vantait désormais d'avoir converti un ancien moulin, une ancienne école, une ancienne forge et un ancien presbytère rénové. L'ancien relais de poste s'est débarrassé de sa poussière et de ses toiles d'araignées et s'est réinventé sous le nom de The Inn on the Green, avec un restaurant attenant, en réalité les anciennes écuries (converties, bien sûr).

La High Street abritait désormais un centre d'art, d'artisanat et du nouvel âge, un bureau de poste (s'accrochant par la peau de ses dents), une galerie-boutique d'antiquités et de bibelots, un salon de thé, un magasin de village rempli de produits biologiques. et biologique - cela, et ce qui semblait une survie étonnante mais était en fait un nouvel arrivant, un marchand de quincaillerie et de maïs.

Sur Castle Farthing Road, une chippie et une pizzeria chinoises (manger sur place ou à emporter – livraisons à domicile dans un rayon de trois kilomètres) ne se sont pas trop timidement nichées, sa lumière flamboyante sous un boisseau, comme un phare pour ceux qui ont des habitudes alimentaires moins formelles.

L'ancien terrain de loisirs plat était maintenant un terrain de football/rugby/cricket avec pavillon, et l'ancienne salle des fêtes, malheureusement négligée et inadéquate, avait été remplacée par une structure beaucoup plus grande et grandiose, avec les fonctions combinées de salle des fêtes, de scoutisme. /Refuge de guide et école du dimanche. La verdure du village abritait trois bancs : un très ancien commémorant le jubilé d'or de la reine Victoria, un pour commémorer le couronnement de notre reine actuelle, le troisième à la mémoire de la princesse Diana. Sur l'espace public ouvert en face de The Inn on the Green se trouvaient deux bancs « Silver Jubilee », et l'une des pierres dressées avait reçu une plaque de laiton déclarant le début d'un nouveau millénaire.

C'est Stoney Cross aujourd'hui. Il y a même des panneaux sur toutes les routes qui y pénètrent indiquant « Lentement – enfants en liberté ».

PROLOGUE

Alors que notre histoire s'ouvre, Akela, Brown Owl et le professeur de l'école du dimanche sont rassemblés dans le salon de thé du village, jetant des calomnies sur tous ceux impliqués dans le maudit événement à venir. Ils avaient été chassés de leur espace normal pour leurs activités hebdomadaires, et étaient durement éprouvés et indignés que cela puisse se produire.

Dans The Old Chapel (convertie), Christobel Templeton était assise à son bureau géorgien, mettant la touche finale à ses expositions de poésie farouchement calligraphique. Bien entendu, elle ne les utiliserait pas pour ses récitations, car ils seraient exposés. C'était une petite femme avec une masse de boucles teintées auburn, des taches de rousseur et de grands yeux bruns, et elle chassait actuellement ses chats, Byron et Longfellow, loin de l'encre non séchée. Alors qu'elle reprenait son écriture, sa petite langue rose dépassait, presque invisiblement, du côté de sa bouche alors qu'elle se concentrait. Elle espérait tellement que tout le monde apprécierait ses petites contributions et attendait avec impatience, avec un désir anxieux et désespéré, de recevoir des éloges pour ses efforts.

De l'autre côté du paddock, à The Old School (également reconverti), Sadie Palister se tenait immobile, un ciseau dans une main, un maillet dans l'autre, la tête légèrement inclinée sur le côté alors qu'elle regardait sa création avec un œil critique derrière ses lunettes à monture d'écaille, sa vue légèrement obscurcie par les frondes vaporeuses d'une frange noir corbeau. "Cette chose sera terminée à temps", a-t-elle crié à travers son studio à personne en particulier, jetant ses outils et repoussant une cascade de cheveux loin de son visage.

Elle se pencha pour attraper une canette de bière blonde ouverte sur le sol et réfléchit à nouveau à la manière de disposer ses autres morceaux plus petits autour de ce monstre, pour le grand événement.

Souriant méchamment, elle but une gorgée gourmande de liquide plat tiède et se dirigea vers son morceau préféré, à côté duquel étaient posées ses lentilles de contact. Celles-ci étaient d'un bleu surprenant et non seulement amélioraient sa vue, mais transformaient la couleur naturelle indéfinissable de ses yeux en piscines tropicales et, dans l'ensemble, pensait-elle, elles rehaussaient son image de sculpteure.

Oh oui, cela doit être clairement visible, compte tenu de son titre, et compte tenu également de qui pourrait le voir et le lier à son inspiration, pensa-t-elle. (C'était un mince espoir, car elle ne doutait pas que son vieil ennemi aurait peu de temps pour des menues frites comme un événement de village, mais cela la réconfortait de penser que c'était, au moins, une vague possibilité – applaudie, mais la glaçait en même temps !) Son maquillage gothique se froissait de malice alors qu'elle passait ses ongles couleur de jais dans ses cheveux noirs comme la nuit.

De l'autre côté de High Street, dans The Old Mill (converti, sans surprise), Araminta Wingfield-Heyes – Minty pour ses amis – a plié sa petite silhouette ronde dans le coin inférieur droit de la grande toile devant elle, ses cheveux coupés en forme de souris touchant presque le coin inférieur droit. peinture assez sèche. Mieux vaut le signer, je suppose, pensa-t-elle en tendant la main vers son poste de travail où reposait son pinceau, en attendant juste ce moment.

Dans Dragon Lane, à Journey's End, Lydia Culverwell a passé ses doigts agiles sur le clavier de son piano en répétition pour les récitals qu'elle donnerait lors du prochain événement. Elle avait choisi Chopin pour ses pièces, dont les thèmes tristes et romantiques lui tenaient à cœur, mais en contradiction avec son apparence simple et banale. Elle avait fait mettre en valeur ses cheveux blond souris ternes en prévision, peut-être, d'une photo dans le journal local, mais elle ne pouvait rien faire pour dissimuler le gris/bleu indistinct de ses yeux – d'autres dans le village, pas si naïfs, gardaient leur secret. solution à ce problème jalousement.

Alors qu'elle approchait d'un passage très délicat, ses oreilles discernèrent le « ah-ah-ahing » indubitable de sa voisine de l'autre côté du mur mitoyen, visiblement en train de s'échauffer avec des écailles, pour sa propre performance. Alors que la voix intrusive cherchait une note aiguë qu'elle ne parvenait pas à trouver et s'accrochait désespérément à une note inférieure d'une quart de note, Lydia jeta le couvercle de son « chéri » (son grand-père vert pistache) et se dirigea vers le haut. cuisine pour se préparer une tasse de thé à la camomille.

Elle attendrait maintenant que les enfants de la maison voisine se couchent, puis leur donnerait l'enfer avec les sections les plus bruyantes du « Blue Rondo a la Turk » de Dave Brubeck. Cela apprendrait à la garce à l'interrompre lorsqu'elle était « dans la zone ».

De l'autre côté du mur, dans The (converted) Haven, les yeux verts félins de Fiona Pargeter pétillaient de victoire et, en secouant ses vagues cuivrées, elle se lançait dans le solo proposé pour sa performance. Cela avait montré à la garce d'à côté qu'elle n'était pas la seule par ici à avoir un os musical dans le corps. Alors que sa voix montait de plus en plus haut, elle remercia Dieu que son mari Rollo soit un pianiste suffisamment accompli pour l'accompagner – comme elle aurait détesté se mettre à genoux pour mendier les services de Lydia.

Chassant ce scénario désagréable de ses pensées, elle laissa son esprit s'attarder tendrement sur lele fait que Rollo avait emmené leurs enfants George, Henry et Daisy au village pour nourrir les canards de l'étang. Ils ne reviendraient qu'à l'heure du thé, lui offrant le luxe rare de la paix et de la tranquillité, maintenant qu'elle avait surmonté les accords fracassants et truffés d'erreurs de cette vache prétentieuse d'à côté, qui ferait mieux, à son avis, de jouer des mélodies pour les ivrognes de The Inn on the Green un samedi soir.

LE DERNIER SOUFFLE

En bas de Stoney Stile Lane, dans Starlings' Nest, on pouvait distinguer la silhouette légèrement trapue de Delia Jephcott, produisant une mélodie lumineuse sur sa flûte, aussi belle et liquide que le chant d'un oiseau. Elle n'avait aucun intérêt pour le quartier et jouait allègrement, inconsciente de la rivalité et de la guerre semi-détachées en cours à Dragon Lane. Oh, mais elle avait faim ! Mais elle ne doit rien manger. Pas de nourriture ! Que la musique soit son seul moyen de subsistance.

S'arrêtant brusquement et posant sa flûte, elle se précipita d'un air coupable dans la cuisine et ouvrit le réfrigérateur. Une fille devait manger, n'est-ce pas ? Et ce n'était pas comme si elle ne pouvait rien faire après, n'est-ce pas ? Il ne faut simplement pas qu'elle en prenne l'habitude, sinon elle aurait un réel problème.

De l'autre côté de la haie, à Blackbird Cottage, Serena Lyddiard avait ses écouteurs et était totalement absorbée par sa gracieuse routine de danse, flottant et volant élégamment sur le sol de son salon, inconsciente de l'existence d'un monde extérieur, totalement absorbée. dans le mariage de la musique et du mouvement. Ses pas s'arrêtèrent soudainement et elle retira ses écouteurs en disant : « Explose tes yeux Tar Baby ! Que penses-tu que tu fais ?' Ses yeux souriaient affectueusement au gros chat noir, qui s'était involontairement offert comme Fred Astaire à son Ginger Rodgers, et elle l'a chassé pour aller jouer avec Ruby, son siamois à pointe rouge. compagnon.

De l'autre côté de Church Lane, en face de l'église, dans Blacksmith's Cottage, Camilla Markland tira un long et dernier accord persistant de sa harpe et soupira. Son propre jeu la rendait toujours émue. Femme légèrement en surpoids qui suivait constamment un régime, c'était une blonde suicidaire, teinte de sa propre main. Elle avait les yeux couleur boue et, comme Sadie Palister, elle a surmonté ce défaut en utilisant des lentilles de contact turquoise. Le petit secret de la sculptrice n'était gardé que tant que celui de Camilla était en sécurité dans le sein de Sadie. Si elle, Sadie, révélait un jour ce qu'elle savait, alors Stoney Cross se rendrait compte que Camilla Markland n'était pas la seule du village à se cacher les yeux.

Dans de nombreuses autres habitations de Stoney Cross, une multitude d'individus peignaient, montaient ou encadraient leurs aquarelles, huiles et pastels. Les portraits, les paysages et toute une série d'autres scènes étaient tous traités avec le respect qui leur était dû, comme des objets qui seraient bientôt visibles et sous le regard scrutateur du public.

Dans d'autres maisons, des voix s'élevaient de manière oratoire, pratiquant la récitation de poèmes, de nouvelles et d'extraits de créations littéraires plus longues. Toutes très appréciées de leurs créateurs, ces pièces étaient traitées comme des nouveau-nés, chaque « parent » espérant que sa « progéniture » serait louée pour sa beauté, mais avec la crainte non anormale qu'elles puissent être considérées comme n'étant pas jolies. assez; qu'on se moquerait même d'eux pour leur manque de perfection.

Stoney Cross était devenu une plaque tournante pour ceux qui avaient un penchant artistique et créatif et perfectionnait maintenant ses talents pour le plus grand spectacle que le village ait produit de mémoire d'homme.

Dans la ville de Carsfold, Marcus Willoughby emballait ses affaires en vue de déménager dans sa nouvelle maison. Il avait tout « dans le sac » en termes de travail d'ici vendredi, date à laquelle il s'installerait dans son logement récemment acheté, et pensait que son nouveau travail se passait vraiment très bien. Souriant d'un air suffisant, il inséra les derniers livres dans une boîte et la scella avec du ruban adhésif.

Chapitre 1

mardi 1er septembre

Les affiches étaient en place depuis un mois, collées aux fenêtres, collées sur les panneaux d'affichage du village et épinglées sur les murs du pub. Ils avaient été collés sur des poteaux télégraphiques et des clôtures, en fait partout où l'éclat du fond jaune fluorescent pouvait attirer l'attention. L'événement avait duré quatre mois de préparation, depuis la première idée nébuleuse, le premier vague espoir que cela pourrait réellement se produire, à travers toutes les réunions et discussions, jusqu'à aujourd'hui.

Aujourd'hui, les habitants de Stoney Cross ont commencé à mettre en œuvre leur plan fabuleux et passionnant, dont les résultats éblouiraient les habitants des villages environnants et les visiteurs. Ce serait une vitrine pour le talent artistique aux multiples facettes des habitants du village, et ils attendaient avec beaucoup d'impatience ce qui serait le « Stoney Cross Arts Festival » – avec un peu de chance, le premier d'une longue série au cours des années à venir. Cela devait avoir lieu le week-end du samedi 5 et dimanche 6 septembre, avec des plates-formes et des espaces d'exposition pour montrer les différents dons artistiques hébergés au sein de cette petite communauté.

Il devait y avoir un « Parcours des Artistes » autour des maisons des participants, afin que leurs œuvres puissent être vues in situ : sculptures trop lourdes à déplacer, aquarelles, abstraits ; toutes les catégories que l'on pourrait imaginer pour les représentations visuelles de l'art, dans les limites, bien sûr, d'un si petit espace.

Dans la salle des fêtes polyvalente, des récitals de musique, des lectures de poésie, des extraits d'œuvres littéraires et un spectacle de danse devaient avoir lieu. L'Inn on the Green et le salon de thé se préparaient à cet assaut, tout en se frottant les mains de joie à l'idée de bénéfices aussi inattendus à la fin de la saison. (Le comité du Festival avait une forte aversion à l'idée de voir des dizaines de petits pieds tonner et piétiner au milieu de leur joli village ordonné, et craignait également pour les expositions, risquant d'être endommagées par des petits doigts collants et autres, et avait décidé d'organiser l'événement lorsque les écoles se sont réunies de nouveau pour la nouvelle année scolaire.)

Les jardins de devant avaient été tondus, les parterres de fleurs désherbés, les paniers suspendus rafraîchis et les meubles de porte en laiton nettoyés et polis jusqu'à ce qu'ils frappent l'œil avec leurs paillettes scintillantes. Stoney Cross était à la parade et ne compromettrait pas sa réputation de pittoresque. La conscience collective du village a ignoré le mot « twee » comme une main indésirable sur l'épaule et s'est concentrée, à la place, sur l'idée de « l'endroit idéal où vivre », le visualisant comme étant envié par d'autres qui sont passés par là ou qui y ont vécu. les communautés environnantes, souhaitant pouvoir y vivre aussi.

Dans la salle des fêtes elle-même se trouvaient les nombreux habitants qui avaient formé le comité du Festival lors de sa phase de planification, ainsi que Hugo Westinghall, un romancier romantique comme sa femme, présent sur invitation. Leurs deux enfants jouaient sous la surveillance du public sur le terrain du village, en compagnie de leur labrador noir, Diabolo. Les personnes rassemblées ont apporté la touche finale à la « couche de peinture » sur les murs jugée nécessaire pour la présentation au public des joyaux de la couronne des artistes locaux.

Hugo était un petit homme, mesurant seulement environ cinq pieds six pouces et, à mesure que la zone sur laquelle il travaillait s'élevait de plus en plus haut, il commença à faire de petits mouvements de saut pour atteindre son objectif, laissant apparaître de petites taches de peinture sur la calvitie. par ses cheveux de souris qui disparaissent rapidement.

« Prends une chaise comme moi, espèce d'idiot », a appelé sa femme Felicity, elle-même mesurant seulement cinq pieds un, et en train de passer d'une chaise à un escabeau. Ils attendaient tous les deux avec impatience les lectures de leurs romans respectifs, et Felicity avait refait ses cheveux au henné pour se préparer à être à son meilleur pour son public.

« Quelqu'un a-t-il pensé à faire davantage de publicité ? » a appelé Sadie Palister depuis l'autre bout du couloir où elle était accroupie, peignant presque au niveau du sol. « Et je n'ai aucune idée de la raison pour laquelle j'ai participé à ce lifting, car j'organiserai une « journée portes ouvertes ». Vous savez que mes affaires sont beaucoup trop difficiles et trop chères à déplacer sans qu'un acheteur ne paie la note. » Certaines des sculptures de Sadie, en particulier celles d'extérieur, pesaient littéralement une tonne.

«C'est bien pour vous de faire partie du comité», a crié Hugo Westinghall depuis sa nouvelle hauteur sur une chaise. "Je n'ai même pas eu ce plaisir, et me voilà, pinceau à la main, à tout donner pour votre art."

« Tais-toi, Hugo ! » C'était de Sadie.

« Et la station de radio locale ? » Fiona Pargeter, la chanteuse, s'est exprimée d'une voix musicale et pénétrante. « Il y a eu un nouveau programme artistique à ce sujet ces trois dernières semaines. Il est censé couvrir les gens et les événements artistiques : il y a un peu de musique et quelque chose de livresque chaque semaine.

«Quand est-ce que ça passe?», a chanté Christobel Templeton (poète et toujours à la recherche d'une bonne rime pour le mot «violet»).

'FrTous les jours, à trois heures, annonça Fiona à tous ceux qui étaient intéressés.

« Quelle gare ? »

«Radio Carsfold.»

«Qui est le présentateur?» Sadie Palister avait désormais accordé toute son attention à Fiona.

« Je ne me souviens plus de son nom, mais il s'exprime très ouvertement en faveur des villages et de leurs habitants. » Fiona avait visiblement été attentive ces dernières semaines. En descendant de sa planche de soutien, la chanteuse a appuyé sur le teaurn et s'est préparée à informer et à éduquer. "Comme je l'ai dit, cela ne dure que trois semaines, et peut-être qu'il serait content du matériel, car il ne fait que commencer. Cela pourrait être une situation gagnant-gagnant pour les deux parties.

« C'est peut-être vrai, mais vous dites qu'il est franc – sur quoi en particulier ? » interrompit Camilla Markland, harpiste et harpie locale, et une garce de vingt-quatre carats aux yeux de beaucoup.

Sans se décourager, Fiona a commencé à réciter le contenu du premier trio d'émissions. "Eh bien, la première semaine, il s'est attaqué aux nouveaux arrivants, qui ont augmenté les prix de l'immobilier local au fil des ans, rendant ainsi difficile pour les vrais locaux d'avoir les moyens d'acheter des propriétés dans les villages."

Il y a eu un « Hourra ! » sourd d'Ashley Rushton, inhabituellement discret, là avec sa partenaire Delia Jephcott, et souffrant toujours d'une énorme gueule de bois après avoir célébré son anniversaire un peu plus vigoureusement qu'il ne l'avait prévu la nuit précédente.

« Que veux-tu dire, Ashley ? » a demandé Jeremy Templeton.

«Nous sommes nous-mêmes des nouveaux arrivants», répondit Ashley, mais toujours sur un ton calme, pour ne pas réveiller les petits hommes armés de pioches qui avaient élu domicile dans sa tête. « C'est nous qui avons augmenté les prix de l'immobilier, alors je vous dis « hourra » pour avoir augmenté nos investissements initiaux. »

"Je comprends", concéda Jeremy avec un sourire satisfait, alors que la réponse faisait mouche.

«Le deuxième programme», poursuivit Fiona sans se laisser décourager, mais avec un léger froncement de sourcils irrité sur le front, «portait sur le nombre de bâtiments dans les villages qui ont été convertis ou entièrement rénovés et modernisés. Il a dit que cela détruisait l'histoire locale.' Elle fut de nouveau interrompue, cette fois par Minty. Wingfield-Heyes, artiste abstrait. « Conneries ! » a-t-elle crié. « Sans des gens comme nous, ce village serait soit un musée, soit une ville fantôme. Nous l'avons empêché de disparaître dans la terre d'où il est venu », a-t-elle conclu assez pompeusement.

Cela a reçu les acclamations de toutes les personnes présentes, mais Minty a renvoyé le ballon directement à Fiona. « Et la troisième semaine ? Il a l'air bien pour l'instant – c'est un peu un imbécile précieux, mais nous pouvons l'utiliser à des fins publicitaires s'il est assez naïf pour penser que des endroits comme celui-ci

aurait pu survivre sans argent extérieur.

« Cela concernait les week-ends... »

'Quoi ? Ce triste feuilleton que la BBC persistera à diffuser ? Sadie n'était absolument pas une

ventilateur.

« Non, imbécile ! Des week-ends qui descendent dans leurs maisons de vacances et apportent avec eux toute leur nourriture et leurs boissons, tout ce qui leur permet de satisfaire leurs moindres caprices et n'achètent jamais rien dans les magasins du village. Il s'est également attaqué aux nouveaux arrivants susmentionnés qui font leurs courses dans les grands supermarchés des villes environnantes. Apparemment, nous « tuons l'économie locale ». C'est à cause de nous que les magasins du village ferment en masse.

'Hein! Qui a besoin de ce groupe pathétique de boutiques dans High Street ? » Sadie Palister était sur une lancée aujourd'hui. « Il n'y en a pas un qui vaille la peine d'être allumé, en ce qui concerne la vie de tous les jours.

À qui les manqueraient-ils s'ils n'étaient pas là ?

« Les aliments biologiques sont très utiles pour une alimentation saine. Je n'aimerais pas me retrouver sans blé de boulgar

– ou sans son – et devoir me rendre jusqu'au supermarché juste pour l'obtenir », proposa timidement Christobel Templeton.

« Mais vous ne mourriez pas sans cela pendant quelques jours, n'est-ce pas ? » insista Sadie Palister. «Ils font toutes ces choses saines dans les supermarchés, et vous pouvez vous les faire livrer. »

« Je sais, mais ce n'est pas pareil, n'est-ce pas ? C'est tellement agréable de pouvoir regarder, toucher et sentir sa nourriture avant de l'acheter, tu ne trouves pas ?

"Pas avec du poisson frais, ce n'est pas le cas." Sadie avait une réponse à tout, et cela semblait mettre fin à cette partie particulière de la discussion.

« Eh bien, devons-nous lui demander, alors ? » Fiona Pargeter les a ramenés au cœur du problème.

« Demandez-lui quoi ? » Ashley Rushton se sentait toujours mal à l'aise et n'y avait pas prêté attention, car ses entrailles, comme le golfe de Gascogne dans une force neuf, réquisitionnaient toute sa concentration.

« Oh, continue, Ashley ! » aboya Fiona. « Demandez-lui de faire un reportage sur notre Festival des Arts. Il pourrait dire quelques mots sur le programme de ce vendredi, et il aurait le week-end pour regarder autour de lui et trouver quelque chose pour son prochain programme. Qu'en pensez-vous, les gars ?

Un « oui » à l'unisson répondit à sa question et, à ce moment heureux, ils abandonnèrent tous leurs différentes positions.ons et matériel de peinture, et ajournés à l'urne à thé pour un rafraîchissement bien mérité, complètement gonflés d'importance par leur générosité et leurs largesses envers ce radiodiffuseur encore anonyme et sans méfiance.

Plus tard dans la soirée, de nombreux habitants étaient rassemblés dans le bar-salon de The Inn on the Green pour discuter avec enthousiasme du prochain Festival des Arts. Autour d'une table étaient réunies Lydia Culverwell la pianiste, Delia Jephcott la flûtiste et Camilla Markland la harpiste. C'était la table « musicale » de ce soir.

Autour d'une table adjacente se trouvaient Sadie Palister, Minty Wingfield-Heyes, Christobel Templeton, Fiona Pargeter et Felicity Westinghall. (Hugo était à la maison, apparemment pour s'occuper des enfants ; en réalité, pour s'entraîner un peu plus à lire le week-end suivant.) À part Fiona, qui évitait ouvertement la compagnie de sa voisine Lydia, c'était le ' table des arts littéraires et visuels.

De retour à la table musicale, Camilla aiguisait ses griffes. « Non Ashley ce soir, Delia ? » a-t-elle demandé. « Il est tellement jeune. J'aurais pensé qu'il préférerait sortir d'une soirée, au lieu de rester à l'intérieur comme quelqu'un d'âge moyen.' (Miaou !)

« J'avoue volontiers qu'il est un peu plus jeune que moi » (il avait vingt-huit ans contre quarante-trois, mais c'était à propos), « mais il n'a pas l'endurance que ceux d'entre nous d'un certain âge. une persuasion légèrement plus mature en profite. Quoi qu'il en soit, il souffre toujours de la gueule de bois qu'il a passé si longtemps à courtiser hier soir lors de sa fête d'anniversaire. Il était aussi malade qu'un chien quand nous sommes rentrés du couloir plus tôt, et quand j'ai suggéré qu'il pourrait sortir pour un verre ou deux réparateur, il est devenu franchement vert et s'est de nouveau dirigé directement vers la salle de bain.

« OK, ne fais pas de tort à ta culotte. Je demandais juste, n'est-ce pas ?

'Peut être. Mais au moins, je ne mens pas sur mon âge, marmonna Delia dans sa barbe.

'Ca c'était quoi ?'

« Oh, rien ; je me racle juste la gorge.

"Il n'a probablement pas besoin d'autant d'endurance que celle à laquelle j'ai dû faire appel récemment", a déclaré Lydia Culverwell de manière énigmatique.

« Pourquoi ça, vieux haricot ? Vous avez un jeune derrière bien en forme pour vous garder au chaud toute la nuit ? appela Sadie Palister, écoutant sans vergogne depuis la table voisine.

Ignorant cette interruption, Lydia poursuivit : « C'est la nuisance sonore constante venant d'à côté qui me déprime vraiment. Je me demandais si je pourrais avoir un peu de temps avant l'ouverture du Festival, pour répéter dans la salle, loin de toutes les distractions discordantes.

Il y eut une exclamation en réponse à cela, beaucoup plus forte que toutes les autres voix dans le bar et venant de l'autre table. « J'ai entendu ça ! » rétorqua Fiona Pargeter.

« Vous étiez censé le faire ! » rappela Lydia. « S'il y a quelqu'un qui doit supporter la pollution sonore, c'est bien moi, avec tes 'ah-ah-ah' absents toute la journée, désaccordés et sur la mauvaise tonalité. C'est comme vivre à côté d'une maison pour chats. Pourquoi ne prendriez-vous pas simplement quelques cours de chant, puis déménageriez-vous à Land's End ou à John O'Groats pour vous entraîner ? Lydia Culverwell exprimait son spleen avec toute la précision d'un tireur d'élite entraîné.

«J'ai entendu ça aussi!» rétorqua Fiona.

'Bien!'

« Espèce de vieille sorcière méchante ! » (Lydia n'avait que deux ans de plus que Fiona, trente-six à trente-quatre ans – ce n'est pas vraiment un gouffre. Mais tout était juste en matière d'amour et de guerre de village.) « À quoi pensez-vous que c'est pour moi, avec toi qui t'écrases et frappes sur ton foutu piano, toute la journée, tous les jours. C'est comme vivre à côté d'un... un... un foutu poltergeist ! » Sa colère était si grande que Fiona bafouilla pour trouver une comparaison appropriée.

Peregrine McKnight, la moitié de la direction de The Inn on the Green, apparut soudainement entre les deux tables en guerre et offrit un rameau d'olivier. 'Je ne sais pas! Quels tempéraments artistiques

! Maintenant, pourquoi ne pas nous calmer, et je vous apporterai toutes les boissons offertes par la maison, pour sceller un pacte de paix. Nous ne pouvons pas avoir la loi ici, vous arrêtant tous pour conduite désordonnée, n'est-ce pas ? Que serait notre Festival des Arts sans vous ?

A ce moment précis, son associé à la direction, Tarquin Radcliffe, débordait d'un grand plateau de boissons, l'apaisement écrit sur son visage malicieux. « Nous y sommes, mes chéris. Buvez, buvez et ne vous battez plus. Souriez, soyez heureux et acceptez notre petit cadeau de bonne chance pour vous tous.

L'ambiance s'éclaircit après seulement quelques regards renfrognés, et une voix qui avait été étouffée par le déclenchement des hostilités s'éleva à nouveau en signe de suggestion. « Pourquoi n'empruntez-vous pas simplement la clé de la salle et n'y entraînez-vous pas ? Pour autant que je sache, Serena Lyddiard est actuellement la détentrice des clés. Sans doute aimerait-elle aussi y entrer, s'entraîner un peu. Il ne peut pas y avoir beaucoup de place dans sa maison pour danser, et elle devra ressentir l'espace avant sa représentation. » La douce voix de la raison est venue, de manière inhabituelle, de Delia Jephcott. Normalement un personnage dissidentr, elle sentait qu'elle en avait déjà pour son argent ce soir et était plus intéressée à rester dehors tard pour ennuyer Ashley qu'à rentrer chez elle tôt après une dispute.

Cette dernière suggestion a effectivement séparé les deux tables et les a retournées sur elles-mêmes, alors que d'autres esprits s'interrogeaient sur l'idée d'emprunter la clé à Serena et d'avoir un peu de temps pour eux-mêmes, pour « essayer l'acoustique » (c'est-à-dire se montrer) et planifier combien de temps ils pourraient se rendre à Blackbird Cottage pour mettre la main sur ce puissant morceau de métal.

Ceux qui étaient à la table musicale partaient inévitablement les premiers, suivis de près par Fiona Pargeter, dont l'esprit allait dans le même sens. À la table littéraire (et des arts visuels), Felicity Westinghall et Christobel Templeton étaient également impatients de partir, car ils avaient des aspirations similaires pour leurs récitations, et ont rapidement fait leurs adieux, ne laissant que Sadie et Minty pour finir les grattages de porc. "Ah, quelle chose c'est d'être assez spirituel pour consacrer sa vie à son art", sourit Sadie à son compagnon.

« Tout à fait ! » acquiesça Minty Wingfield-Heyes, souriant en retour, « mais seulement si vous pouvez mettre vos petites mains collantes sur cette clé et empaqueter la plupart du temps disponible pour vous-même. Dieu merci, nous exposons tous les deux depuis chez nous, sinon nous nous arracherions probablement les yeux pour obtenir les positions les plus importantes pour notre travail. »

«Amen à ça», murmura Sadie. « Des foutus hommes pour ça ! »

Chapitre 2

mercredi 2 septembre

C'est Fiona Pargeter qui a pris sur elle de prendre contact avec Radio Carsfold afin d'obtenir le nom de l'heureux présentateur radio, ainsi que les instructions pour le contacter. Comme c'était elle qui avait écouté les programmes et qui en avait parlé à tout le monde, elle estimait que c'était son devoir de le faire (outre le fait que sa voix mélodieuse pourrait éventuellement être diffusée à travers la campagne pour le plaisir des autres).

Le nom qui lui a été donné était « Marcus Willoughby » ; le numéro de téléphone, un autre de Carsfold. La main de Fiona a montré un léger tremblement alors qu'elle composait le numéro, mais s'est immédiatement arrêtée lorsqu'une voix a répondu à son appel. C'était une voix grave, une voix profonde, dorée, riche, veloutée et bronzée, et elle fut immédiatement enchantée. Si quelqu'un devait être grand, brun et beau, ce devait être cet homme, pensa-t-elle en mettant machinalement la main dans ses cheveux. « Bonjour, c'est Marcus Willoughby ? Oh, c'est un plaisir de te parler aussi. Je me demande si je pourrais vous demander la moindre petite faveur ?', a-t-elle demandé, rendant sa voix grave et rauque – ce qu'elle considérait comme sa voix « sexy ».

« Et qu'est-ce que cela pourrait être, chère dame ? Parlez, et je me précipiterai positivement à votre aide.

'Oh! Eh bien, merci. Fiona était définitivement troublée. « C'est juste que nous organisons – je veux dire, le village où je vis organise un festival des arts, ce samedi et dimanche, en fait, et j'ai écouté vos programmes – si intéressants et édifiants – et je me suis demandé si vous le pouviez… » Ici, elle s'est un peu perdue, mais elle a continué à se battre avec courage. « Je me demandais si vous pourriez y venir, pourriez-vous même en parler ce vendredi, et ensuite venir… Oui, venez-y et peut-être, oh, je ne sais pas, peut-être que vous pourriez en faire quelques-uns. - de petites minutes dessus quand vous en aviez vu un peu. Je veux dire, ça dure tout le week-end, mais je ne pouvais pas m'attendre... »

« N'en dites pas plus, chère dame. Maintenant, laissez-moi être clair : il va y avoir un festival des arts dans votre village ?
'Oui.'
«Et ce sera ce week-end. C'est-à-dire le 5 et le 6 de ce mois ?
'Oui.'
« Et vous aimeriez que j'en parle dans l'émission de cette semaine, pour aider à la publicité et à la fréquentation, sans aucun doute ?
'Oui.'
— Et venir en personne pour en parler ?
« Oui. » Fiona n'avait jamais été aussi à court de mots.
«Je serais ravi, ma chère, pourvu que vous me fournissiez trois choses.»
« Quoi ? » demanda Fiona, encore plus troublée maintenant.
"Eh bien, le nom du village concerné, le nom de votre délicieuse personne et votre numéro de téléphone, afin que je puisse vous recontacter pour les arrangements."
« Oh, bien sûr, comme c'est stupide de ma part ! Et tu as évoqué les jours que j'ai évoqués... » Elle ne s'était toujours pas ressaisie.
« Je serais ravi de vous rendre visite les deux jours, si vous le désirez. Maintenant, parlez-moi des arts à représenter, et j'aurai une idée de ce à quoi je suis confronté, termina-t-il en se préparant à prendre des notes.

Elle a raccroché le combiné du téléphone une vingtaine de minutes plus tard, assez essoufflée d'être charmée. Se tapotant les cheveux une fois de plus et rapprochant ses lèvres pour s'assurer que son rouge à lèvres était toujours appliqué uniformément, elle sourit avec suffisance et se prépara à transmettre cette nouvelle merveilleusement excitante aux autres.

"Bonjour, Serena, devinez quoi ?" Serena Lyddiard n'était pas d'humeur à jouer aux devinettes et l'a dit, sans préambule, après avoir été harcelée presque jusqu'à la folie par des gens qui "appelaient simplement" pour voir s'ils pouvaient emprunter la clé du salle des fêtes.

« Oh, d'accord, c'est juste que j'ai parlé à ce présentateur de radio... »

« Quel animateur radio ? »

« Oh, bien sûr, tu n'étais pas là. Eh bien, il fait une émission sur Radio Carsfold intitulée "The Village Culture Vulture" tous les vendredis à trois heures, et je l'ai traqué," une autre tape inconsciente dans les cheveux, " et je n'ai eu qu'à lui faire accepter de faire de la publicité pour notre petite Fête ce vendredi, et qu'il vienne en personne, samedi et dimanche, pour qu'il puisse tout couvrir entièrement.

« Qui est-il ? » Serena n'était pas vraiment intéressée, mais réalisa qu'elle avait été un peu peu charitable en répondant à l'appel et qu'elle ferait mieux de se mettre à niveau avant de blesser les sentiments de Fiona.

« Marcus Willoughby.»

« Jamais entendu parler de lui ! » Oups, les manières ont encore dérapé.

« Eh bien, il avait l'air tout simplement divin au téléphone. Je parie qu'il est en bonne forme. Quoi qu'il en soit, j'ai pensé que je voulais juste te le faire savoir, et que tout dépend de mon petit vieux moi.

'Bien joué. Maintenant, si cela ne vous dérange pas, j'ai un gâteau dans le four et ça sent comme accrocheur.

Fiona entendit le combiné raccroché et haussa les épaules. On ne pouvait pas plaire à tout le monde tout le temps. Retrouvant sa bonne humeur, elle regarda sa liste de numéros et commença à composer le suivant.

Sur l'un des bancs de la verdure du village, le révérendBenedict Ravenscastle était assis à côté d'une femme âgée qui tenait un Yorkshire terrier par une fine laisse. Ils étaient en pleine conversation, le sujet étant évidemment sérieux. « Je me rends compte que Bubble te manque beaucoup, tout comme le petit Squeak. » Il jeta un coup d'œil au petit chien, levant sa patte au bout du banc. "Mais il est parti depuis plus de cinq mois maintenant, et je pense vraiment que vous devriez mettre cela de côté et ne plus vous déprimer, ma chère. Écureuil.'

Harriet Horsfall-Ertz, fidèle fidèle à l'église depuis ses soixante-dix-huit ans (car elle avait été portée à l'église comme un bébé dans les bras par ses parents), tourna ses yeux chassieux vers le représentant de Dieu ici sur terre (pour la paroisse de Stoney Cross, au moins) et il a dit : « Mais c'est ce problème avec l'âme, vous voyez, et l'Église qui pense que les animaux n'en ont pas ; alors, que va-t-il m'arriver quand j'arriverai aux Pearly Gates, et qu'il n'y aura pas un petit Yorkie qui gambaderait dans les parages, tout excité de me revoir ?

Toujours étonné de l'audace avec laquelle il avait utilisé le surnom de cette femme âgée, bien choisie car passionnée de voitures et collectionneuse invétérée, le révérend Ravenscastle regardait avec mélancolie vers le ciel, comme en quête d'inspiration, passant distraitement sa main droite sur son vêtement blanc. cheveux. « Je pense moi-même que c'est un peu dur de la part de l'Église, et si
   tu voudrais mon avis personnel...'

« Oui, s'il vous plaît, Vicaire. »

« Je pense que nos animaux de compagnie, comme les enfants, nous apportent une telle joie qu'il serait impossible à Dieu de les exclure de son royaume. Je suis convaincu que vous, Bubble et Squeak, avec le temps, serez de nouveau tous ensemble.

Le sourire qui accueillit cette déclaration était si plein de soulagement et de bonheur, qu'il tapota gentiment la main de la vieille dame et se leva pour reprendre ses fonctions. Ce n'était peut-être pas ce qu'il aurait dû dire, mais c'était ce qu'il avait besoin de dire pour démarrer le processus de guérison, même si tardivement.

Le frère de Squeak manquait beaucoup à Squirrel, qui avait été tué sur la route à Carsfold au début du mois de mars, et elle n'était plus la même personne depuis. Peut-être qu'elle recommencerait à reprendre un peu de vigueur, surtout avec toute l'effervescence du Festival. Elle adorait sortir avec ses petits chiens. Peut-être qu'elle reviendrait à ce passe-temps avec son dernier chien, un peu plus réconfortée.

Fiona raccrocha au dernier de ses appels téléphoniques triomphants. Outre Serena Lyddiard, elle avait parlé à Delia, Camilla, Sadie, Christobel, Felicity (et Hugo, qui a insisté pour attraper le combiné) et Minty – elle, Fiona, était définitivement l'héroïne du moment. Et maintenant, elle devait s'entraîner, mais au moins ce serait en paix, pendant un moment. Cette salope de Lydia Culverwell l'avait battue jusqu'à la clé la nuit dernière, à force de quitter le pub juste un peu plus tôt qu'elle, et de courir positivement vers Blackbird Cottage. Absolument aucune honte, cette femme ; et de toute façon, elle-même portait des chaussures à talons hauts et ne pouvait pas suivre le rythme de son adversaire.

Eh bien, au moins, avec Madame à l'écart dans la salle des fêtes, elle pourrait vraiment se lancer dans sa propre répétition, aussi fort qu'elle le voulait, sans crainte d'être interrompue, et elle aurait son tour comme prévu – la chance de entendez sa voix s'élever à travers tout cet espace, au lieu d'être avalée par les petits espaces de la vie domestique. Peut-être qu'elle irait jusqu'au palier, où elle savait qu'il y aurait une meilleure acoustique, grâce à l'escalier et au hall.

À Blacksmith's Cottage, Camilla Markland était en pleine fuite venimeuse, déversant toute sa rage et ses frustrations sur son mari Gregory, qui souffrait depuis longtemps, qui lui avait involontairement téléphoné à l'heure du déjeuner pour savoir comment se déroulait sa journée. (Cet imbécile aurait dû le savoir !)

« Vous savez, il ne reste que trois jours avant mon premier récital, et je n'ai réussi à gagner qu'une demi-heure, et c'était en mendiant absolument ; et c'est vendredi, et c'est entre ces deux horribles femmes en guerre de Dragon Lane.

« Mais tu ne veux pas de ta harpe là-bas pour le moment. Vous savez que vous n'aimez pas trop qu'on le déplace, et ce serait tellement gênant de devoir y aller chaque fois que vous voudriez parcourir votre pièce. C'étaient de sages paroles, mais elles tombèrent dans des oreilles assourdies par la fureur. .

« Ce n'est pas la question ! Et vous savez ce qui va se passer, n'est-ce pas ? J'arriverai là-bas pile à l'heure, et le premier dépassera exprès pour me voler de précieuses minutes, et l'autre arrivera plus tôt et voudra entrer, et vous savez combien de temps il me faut pour me mettre en place. tout est comme ça. Je ne parviendrai tout simplement pas à trouver la bonne humeur et ce sera une perte de temps totale. Et avec la harpe là, je ne pourrai pas m'entraîner à la dernière minute, et je me ridiculiserai devant tout le monde, et je veux juste mourir. Elle a fondu en larmes bruyamment et s'est pendue. sur son mari, se précipitant à l'étage pour sangloter en paix dans l'intimité de sa chambre, poussant ses autres ennuiss'inquiéter au fond de son esprit. Elle devrait gérer cela « sur le champ », pour ainsi dire.

Depuis les fenêtres ouvertes de The Old School, des rires en rafales étaient emportés par la brise. À l'intérieur du bâtiment se trouvaient Sadie et Minty, cette dernière étant arrivée quelques heures plus tôt avec deux bouteilles de Chardonnay bien frais. Elle se sentait un peu « venteuse » à l'idée d'ouvrir sa maison à des inconnus et avait envie d'une soirée entre filles et artistes avec une amie. Ce n'était bien sûr pas la première fois qu'elle participait à un Artists

Trail, mais c'était sa première fois depuis The Old Mill – c'était une sorte de moment de « perte de virginité » pour le lieu.

Sadie l'avait accueillie à bras ouverts, après avoir déjà consommé plusieurs canettes de bière blonde, et le temps qu'elles aient fini de boire du vin, elles étaient de bonne humeur. « Et toutes ces affaires à l'auberge hier soir ? » appela Sadie, sa voix étouffée par l'intérieur du réfrigérateur, où elle cherchait une ou deux bouteilles de vin inachevées, pour prolonger leur nuit.

'Je sais! Incroyable ! » répondit Minty en plissant les yeux dans son verre pour s'assurer qu'il ne restait même pas une petite goutte à boire.

"Certaines d'entre elles sont une bande de salopes à deux visages." La voix de Sadie s'intensifia alors qu'elle quittait la cuisine en serrant le goulot de deux bouteilles, toutes deux à moitié pleines.

« Oh, encore du caca ! » s'est exclamée Minty en frappant dans ses mains comme une petite fille le matin de Noël. Le nombre de calories qu'elle consommait ne semblait pas avoir d'importance – elle n'avait jamais pris une once de poids et était heureusement satisfaite de sa silhouette légèrement rembourrée. « Petite Minty adore son dîner... les boissons, » une légère insulte indiquait qu'elle en avait peut-être déjà assez, mais qu'elle était prête à prendre quelques verres de plus avant de finalement jeter l'éponge.

« Blanc ou blanc ? » a demandé Sadie, plissant les yeux, ivre, sur les étiquettes et riant en posant les bouteilles sur la table.

"Blanc, je pense, avec juste un peu de blanc", répondit Minty, avec un ricanement certain face à son propre esprit stupéfiant. "Bon les amis, c'est ce que nous sommes, n'est-ce pas, Sadie ?" Nous allons bien entre amis.

Titillant vers son visiteur, sirotant du vin dans les deux verres pleins qu'elle portait, le visage de Sadie prit un air ravi et malicieux. « Ouais ! Et les bons amis devraient partager des secrets, n'est-ce pas ?

« Oo, des caca vineux pour Li'l Minty. Hoc! Ouais, ils devraient partager... leurs noms.

Sadie, regardant son amie d'un œil mi-clos, leva un doigt vers son studio et conduisit Minty vers un morceau de pierre recouvert de tissu d'environ dix-huit pouces de haut. "Woss 'at?", A demandé l'artiste abstrait, vidant d'un seul coup son verre qu'il venait de remplir.

« Je vais vous raconter une histoire. "À propos d'un vieux bonhomme qui aussi" les pissssss. " Le sifflement sifflant dura un peu trop longtemps, confirmant son état d'ébriété similaire. « Je pense... j'ai pensé que mon travail était de la foutaise. Idiot vieux con ! Alors j'ai fait ce petit truc pour lui. Regardez ! Je vais vous montrer ! » Et sur ce, elle enleva le tissu, titubant de plusieurs pas comme un crabe vers sa gauche, et riant à nouveau, une main sur sa bouche pour étouffer sa joie.

Ce qui a été révélé a fait haleter Minty, puis a éclaté de rire, ivre et ravi, son index droit pointant la sculpture avec incrédulité. Ce qui avait été révélé était un gros pénis, la moitié inférieure dressée, la moitié supérieure tombante, le transformant en un semblant de « U » inversé. Les poils pubiens étaient savamment représentés, mais il n'y avait pas de testicules.

« Où sont les couilles, Sadie ? Où est ton bollox ? »

« Je n'ai pas de « ny ». »

"Eh bien, c'est qui qui a appelé ?"

« Critique d'art », prononça Sadie avec soin et précision.

"Est-ce que ce type est en train de gâcher mon travail."

« Hé hé hé ! Wozz 'c'est son nom ?' »

« Je peux... je ne peux pas être membre d'atta momen. Je vous le dirai plus tard.

Minty jeta un autre regard à la petite sculpture et rit si fort qu'elle se mouilla un peu, puis, trouvant ce fait absolument hilarant, rit encore plus fort.

L'horloge de l'église sonna minuit.

Les signes n'étaient pas de bon augure pour un départ radieux et tôt le lendemain matin pour Sadie Palister et Araminta WingfieldHeyes.

Un peu plus tôt, à The Inn on the Green, les échanges commerciaux étaient loin d'être dynamiques, car tous les participants au Festival étaient chez eux, soit pour titiller leurs contributions, soit pour répéter leurs pièces de fête. Quelques clients discutaient de manière décousue, dispersés autour des vieilles tables en chêne, mais le bar lui-même était calme.

« Pensez-vous que nous allons faire beaucoup d'échanges supplémentaires au cours du week-end ? » Tarquin Radcliffe a demandé à son partenaire commercial Peregrine McKnight : « Parce que si nous le faisons, je pense que

nous allons avoir besoin d'une paire de mains supplémentaires.

«Je pense que tu as raison, mon vieux. Vous avez des idées ?

« Eh bien, il y avait cette dame Doidge – quel était son nom ?

« Suzie. »

'C'est exact. A vécu sur la terrasse du roi George III. Voulez-vous que je lui donne un appel et que je voie si elle peut entrer ?

'Pourquoi pas?'

'D'ACCORD!Elle était une bonne petite travailleuse lorsqu'elle était ici à Noël – elle avait beaucoup d'expérience et elle s'est contentée de faire les choses. Je vais me glisser par l'arrière et faire ça à ce moment-là. Et Tarquin se dirigea vers l'arrière du bâtiment pour faire exactement cela.

Il revint après seulement quelques minutes. « Pas seulement « pas de réponse », mais la ligne ne semble plus être en service, alors peut-être qu'elle aurait besoin d'argent, si elle a été coupée.

«Bonjour, Vicaire», appela Peregrine à une silhouette qui venait de franchir la porte et lui fit signe de s'approcher du bar.

« Je ne suis pas venu boire un verre, j'en ai bien peur, M. McKnight. Je viens d'appeler pour parler avec un de mes gardiens dont la femme a dit qu'il était ici.

« Tout va bien, Vicaire. J'aimerais juste vous questionner sur l'un de vos paroissiens, si cela ne vous dérange pas.

— Pas du tout, tant que ce n'est pas confidentiel. Tirez loin. Le visage du révérend Ravenscastle prit une expression légèrement traquée en disant cela.

«Le fait est que nous venons d'essayer de contacter Suzie Doidge de King George III Terrace, et sa ligne téléphonique semble être déconnectée. Tu sais si elle va bien ?» Tarquin posa la question, car c'était lui qui avait essayé de téléphoner.

« En fait, non. Sachez, c'est vrai. Il semblerait qu'elle ait quitté la région. Je pense que c'était au printemps, mais je ne peux pas en être sûr. Elle ne faisait pas partie de mes fidèles habituels, vous savez, mais j'essaie de rester au courant de ce qui se passe, même pour ceux qui ne ressentent pas le besoin de visiter la maison du Seigneur.

«Merci beaucoup, révérend», dit Peregrine. C'était à peu près tout ce qu'il pouvait supporter de « Dieu ». «Je pense que le monsieur que vous cherchez est là-bas, près de la fenêtre, en train de jouer aux dominos.» Ravenscastle se retourna et s'éloigna d'un pas tranquille, et Peregrine et Tarquin se regardèrent, puis durent cacher leur visage alors qu'ils commençaient à rire.

« Et Annie Symons, à Castle Farthing ? » suggéra Peregrine. « Elle a fait un peu de comblement lorsque vous avez fait faire votre ongle incarné. J'ai son numéro dans le carnet près du téléphone. Ce ne sera pas une minute.

Il est également revenu sans rien de positif. « Pas de réponse au téléphone, alors j'ai fait tinter The Fisherman's Flies – vous connaissez George et Paula Covington, n'est-ce pas ? Elle avait l'habitude de leur donner un coup de main de temps en temps – comme si elle était à Drovers Lane – mais sans aucune joie. George pense qu'elle a déménagé pour vivre avec un parent malade, et Paula pense qu'elle est partie en Australie pour vivre avec un de ses cousins. Quoi qu'il en soit, elle n'est plus là. — Quand pense-t-on qu'elle est partie ?

« Pas vraiment sûr. Ils pensent qu'avant l'été, peut-être à la fin du printemps.

« Juste notre chance ! Vous ne pouvez pas obtenir le personnel, vous savez, déclara Tarquin en regardant dans le vide et en réfléchissant.

« Quelque chose va arriver, attendez et voyez. Et après tout, ce n'est que quelques jours. » Ce fut pour l'instant le dernier mot de Peregrine, alors qu'il s'avançait pour servir un client impatient qui tapait bruyamment sur le bar avec une pièce de 2 £ et s'éclaircissait ostensiblement la gorge.

Chapitre 3

Vendredi 4 septembre – en journée

C'était le début de l'après-midi et Stoney Cross était en effervescence. Certains artistes locaux préparaient leurs expositions prêtes à être emmenées à la salle des fêtes du village, d'autres, plus astucieux, étaient déjà dans la salle, occupés à emballer le meilleur de l'espace d'exposition. De grands écrans lourds, comme des cloisons de séparation, avaient été installés perpendiculairement aux deux longs murs. Entre ceux-ci, dans l'espace clair de passage, des chaises devaient être placées pour mettre à l'aise ceux qui venaient écouter les lectures et la musique à jouer et regarder Serena Lyddiard danser.

À l'arrière de la salle, à l'extrémité opposée de la salle de spectacle, des tables sur tréteaux avaient été érigées, sur lesquelles étaient placés de la vaisselle et des théières et des cafetières, prêtes à accueillir ceux qui avaient faim et soif de bien plus que des arts. Le salon de thé fournissait des sandwichs, des gâteaux et des biscuits à un tarif réduit, et on espérait que cette entreprise de restauration particulière rapporterait de bons bénéfices au fonds de restauration de l'église.

Le révérend Ravenscastle et son épouse Adella étaient présents à cette activité, tout comme Squirrel Horsfall-Ertz et son inévitable compagnon, Squeak. Sa laisse fixée aux pieds d'une des tables à tréteaux, il s'était glissé sous cet abri et dormait désormais paisiblement dans tout ce chaos, recroquevillé en une petite boule de poils.

Sadie Palister était là pour l'aider, après s'être remise de ses excès de la nuit précédente, et sa voix grave pouvait être entendue résonner dans la partie centrale de la salle. « Madame Solomons, pourriez-vous s'il vous plaît arrêter de démonter les peintures à l'huile de Mme Carstairs et les remplacer par vos propres aquarelles. Il y a beaucoup d'espace d'exposition pour tous.

« Mais je veux le mien ici, dans la lumière. Ce sont des œuvres délicates, des aquarelles, et doivent être accrochées avec soin en ce qui concerne l'éclairage. Ses huiles sont beaucoup plus voyantes – elles pourraient aller n'importe où et se faire remarquer.

"C'est ce qu'elle dit", rétorqua Mme Carstairs, prenant soudain conscience de ce qui se passait. Je ne connais pas le terme « délicat », mais en ce qui me concerne, c'est le premier arrivé, premier servi. N'êtes-vous pas d'accord, Mme Palister ? » La dernière question comportait une certaine connerie, mais Sadie l'ignora, plus intéressée par la justice que par le fait d'être prise entre deux feux.

« Madame Solomons, j'ai bien peur que vous deviez retirer vos aquarelles et laisser cet espace à Mme Carstairs... »

'Mais ...'

« Non mais ! Je suis en train de dresser un catalogue pour les spectateurs, et toutes les salles sont numérotées, comme vous pouvez le constater. Si vous déplacez les tableaux de Mme Carstairs, non seulement les spectateurs ne sauront pas où se trouvent les siens, mais ils ne sauront pas de qui sont les vôtres lorsqu'ils les trouveront. Ce n'était pas strictement vrai, tout comme les objets exposés. classés dans l'ordre jusqu'à ce qu'ils aient tous été pendus, mais c'était une façon assez intelligente d'arrêter les combats internes.

«Je suppose que vous pensez que vous êtes intelligent, n'est-ce pas?» ricana Lionel Fitch, scrutant l'espace contesté, ses œuvres au pastel rangées en pile à ses pieds.

"Oui, en fait," répondit Sadie, puis marmonna dans sa barbe, "Et cela ne sert à rien de me faire ce signe, ou cette tête, M. Fitch. Tu ferais mieux de faire attention que le vent ne change pas, sinon il te sera terriblement difficile de te raser le matin, menaça-t-elle en haussant à nouveau la voix.

Minty Wingfield-Heyes s'était réveillée avec une de ces gueules de bois qui passent par deux étapes. Au début, vous souhaiteriez juste pouvoir mourir, vous vous sentez tellement mal. Puis, à mesure que vous vous levez, la deuxième étape s'installe ; celui où vous auriez aimé mourir, car rien ne pourrait être pire que cela.

Au début, elle s'était sentie malade comme un chien ; alors elle l'était. Deux tasses de café noir et un morceau de pain grillé sec ont également fait leur apparition, et ce n'est qu'après une très longue douche chaude et deux analgésiques qu'elle s'est sentie assez humaine pour s'habiller et essayer à nouveau le petit-déjeuner. temps avec un peu plus de succès. Plus jamais, jura-t-elle, elle ne se saoulerait à ce point. Jamais plus ! Si elle ne s'était pas réveillée ce matin-là, cela aurait probablement été un soulagement, comme elle l'avait ressenti.

Se sentant un peu plus humaine, elle décida de se promener – lentement – jusqu'à la salle des fêtes et de voir comment tout se passait. Elle avait quitté sa maison prête à être inspectée la veille au soir, lorsqu'elle s'était rendue chez Sadie, et si elle se tenait à l'écart, cela resterait ainsi jusqu'à demain, lorsque ceux sur la Route des Artistes commenceraient (elle l'espérait) à arriver.

Ce n'était pas seulement elle et Sadie qui avaient décidé d'exposer chez elles, quelques autres – principalement les artistes les plus méfiants et les plus convoités de leurs œuvres – avaient également profité de l'occasion pour exposer depuis chez eux, et il y aurait un petite carte préparée, montrant les maisons participantes, l'artiste et le type d'œuvre exposée.

En approchant de The Old Barn, elle s'est rendu compte qu'il y avait un gros camion de déménagement garé à l'extérieur, bloquant partiellement la route.sur la route et une voiture inconnue dans l'allée. C'était une TVR toscane avec une plaque d'immatriculation personnalisée – R7 MEW, et elle se demandait à qui appartenait cette voiture. La Vieille Grange était restée vide depuis quelques mois et il apparaissait maintenant que, pendant ce temps, elle avait trouvé un nouveau propriétaire.

Sa curiosité fut bientôt satisfaite car, à l'arrière du camion de déménagement, regardant impuissant à travers ses portes ouvertes, se trouvait la silhouette d'un monsieur compact et plutôt âgé. En lui souhaitant le bonjour et en lui demandant si elle avait le plaisir de s'adresser au nouveau résident du village, Minty lui tendit la main. Au son de sa voix, la silhouette se retourna et la fixa de ses yeux bleus, souriant derrière une paire de lunettes sans monture.

Lui prenant la main et, au lieu de la serrer, la portant à ses lèvres plutôt fines, il l'embrassa. « Marcus Willoughby à votre service, charmante jeune femme. » Son visage semblait rayonner de bonhomie alors qu'il disait cela, et Minty fit un travail d'une fraction de seconde pour l'évaluer. « Vers cinq heures huit, pensa-t-elle, cheveux blancs, coupe numéro cinq ; un petit triangle de poils idiot sous sa lèvre inférieure ; je commence tout juste à avoir le ventre et à monter un peu en graine ; oh, et un clou en or dans son oreille gauche. Et je crois qu'il est probablement un vieux flirt ; il le trouve charmant. »

Elle comprit ces détails si rapidement qu'il n'y eut pratiquement aucune hésitation avant de lui rendre son sourire et de retirer sa main légèrement inconfortablement, résistant à l'envie d'en essuyer le dos avec la manche de son cardigan. « N'êtes-vous pas ce type de radio ? » a-t-elle demandé, son nom résonnant enfin dans son esprit avec une cloche forte et urgente.

« Le même : Marcus Willoughby, autrement connu sous le nom de « Vautour de la culture du village » – pilier de Radio Carsfold », l'informa-t-il, exagérant légèrement son importance, mais sans s'en soucier.

« Alors c'est vous qui allez couvrir notre petite fête de village. »

« Tout à fait raison, chère dame, et je crois que cela ouvre demain. »

« C'est vrai, mais ils s'installent en ce moment. Souhaitez-vous venir jeter un œil et, peut-être, prendre une tasse de thé ? Je devrais penser que tu es desséché, avec toutes ces alouettes émouvantes, quoi

? Ou est-ce que je vous dérange – je suis vraiment désolé. Je te laisse en paix pour continuer ce que tu allais faire.

« Pas du tout, pas du tout. Je cherchais justement la boîte avec ma bouilloire et mes affaires de thé et de café dedans, mais, comme je n'en détecte ni la peau ni les cheveux, continuez, continuez, et rendez un vieil homme très heureux," répondit-il, et , repliant confortablement son bras droit sous son gauche pour qu'il soit du côté de la route sur le petit trottoir, il la conduisit vers la High Street en direction de la salle des fêtes.

«Quel horrible vieux smarm-pot», pensa-t-elle en se balançant à ses côtés, toutes pensées concernant sa gueule de bois complètement oubliées. «J'ai hâte de le montrer à Yodelling Fiona – elle aura une vache. Grand, brun et beau, mon cul !

Ils sont entrés dans la salle des fêtes au son d'une dispute bruyante et émotionnelle qui se déroulait devant la salle dans la zone de représentation, plusieurs voix s'élevant dans une détresse aiguë et colérique.

"Tu as monopolisé la majeure partie du temps de répétition cette semaine, espèce de salope égoïste, et je dois préparer mon instrument pour essayer l'acoustique. C'était Camilla Markland, et elle a crié ça pour défendre sa harpe, qui était maintenant. " en place, à côté de l'endroit où elle se tenait au combat.

«Non, je ne l'ai pas fait, espèce de vieille sorcière stupide», lui cria Lydia Culverwell. "J'ai à peine pu mettre les pieds ici à cause de Fiona, cette foutue Pargeter, qui ne semble pas pouvoir chanter à la maison à cause de ses petits morveux dans le besoin qui l'interrompent."

«Attendez une minute», cria Fiona Pargeter. « Premièrement, comment oses-tu dire que mes enfants sont des gamins. Ils se comportent exceptionnellement bien et ne sont pas dans le besoin. Et deuxièmement, n'ose pas me reprocher de prendre tout mon temps dans le hall. Délia est là aussi, avec sa flûte ; Felicity, Christobel et Hugh étaient tous ici pour pratiquer leurs lectures, et Serena était là aussi pour exécuter sa routine de danse. N'est-ce pas, ma chérie ?'

«Je m'en fous si l'archevêque de Cantorbéry est venu ici pour faire de la pole dance. J'ai besoin de m'entraîner, et je dois m'entraîner maintenant. » Camilla avait sans aucun doute gagné le combat pour lequel elle se gâtait, s'étant préparée, si nécessaire, à une guerre sanglante et à couper le souffle.

"Oh, fais-toi empailler, espèce de vache grossière!" Fiona a lancé son dernier pétard et s'est éloignée du champ de bataille, pour ensuite se précipiter à fond vers Minty Wingfield-Heyes, qui avait un vieux con à l'air gluant à ses côtés..

« Bon après-midi, Fiona, et comment allons-nous aujourd'hui ? » Minty trilla positivement, alors qu'elle dégageait son bras de celui de son compagnon et se préparait à faire les présentations.

«C'est vraiment horrible, si tu veux savoir. Et qui est-ce ? Si c'est un autre artiste qui cherche de l'espace, làil n'y en a pas ; et en plus, il aurait dû appeler il y a des semaines et ne pas attendre la dernière minute, claironna-t-elle avec indignation ; elle n'avait pas de temps pour les gens qui n'avaient pas planifié à l'avance.

« Non, non, Fiona, tu as vraiment tort. Puis-je vous présenter Marcus Willoughby ? Monsieur Willoughby, voici Mme Fiona Pargeter, avec qui, si je ne me trompe, vous avez déjà eu le plaisir de parler au téléphone.

Le visage de Fiona s'est vidé de toute couleur, sa bouche était grande ouverte et ses yeux se sont écarquillés, comme pour tenter de suivre sa mâchoire inférieure. Son embarras fut heureusement de courte durée, car quelqu'un au fond de la salle avait monté le volume au maximum sur une radio qui murmurait toute seule depuis un certain temps. La voix de Marcus résonnait dans l'espace clos, annonçant le prochain Festival des Arts à Stoney Cross, qui débuterait le lendemain.

Alors que l'émission se poursuivait, déplorant la disparition des commerces villageois et des services de bus ruraux, tous, selon la chaîne, dus aux navetteurs, aux arrivants, aux week-ends et aux géants des supermarchés, et a été remplacé par « Dies Irae » de Verdi, choisi par le présentateur comme Dans la première pièce de l'édition d'aujourd'hui de son émission, beaucoup de ceux qui l'avaient écouté sont retournés à leurs activités précédentes, et le faible bourdonnement de la conversation a commencé à prendre de l'ampleur.

Mais avant tout, le bruit était une pensée – une pensée dans tant d'esprits, qu'elle aurait dû résonner au-dessus de tous les bavardages. 'Non! Ce n'est pas possible ! Pas après tout ce temps !

Un certain nombre de personnes avaient quitté la salle avant que Minty puisse continuer ses présentations. Delia Jephcott avait rangé sa flûte dans son étui et était partie par la porte de sortie arrière, s'excusant en disant qu'elle s'entraînerait beaucoup plus si elle rentrait chez elle, mais elle avait l'air légèrement sournoise en donnant la raison de son départ.

Camilla Markland, après un regard précipité en direction de Minty, devint rouge betterave et abandonna la bataille, s'éloignant furtivement de sa harpe bien-aimée et se dirigeant dans la même direction que Delia. Elle se sentait nauséeuse et choquée, et ne voulait rien d'autre que rentrer chez elle pour mettre de l'ordre dans ses pensées.

Serena Lyddiard avait également fait sa sortie avant que Marcus puisse être correctement présenté, faisant sa sortie peu de temps après que l'émission de radio ait commencé à retentir dans la salle. Elle était à la maison maintenant, enveloppant sa cheville droite et son talon de bandages. Elle ne pouvait plus danser maintenant, pas après ce qui venait de se passer. Elle ferait mieux de laisser un message sur le répondeur de Fiona lui disant que, comme elle s'était foulé la cheville assez gravement, elle ne pouvait pas jouer. C'était le meilleur plan – après tout, elle ne voulait pas qu'ils courent ici alors qu'ils avaient tant de choses à faire avant demain.

Même la femme du vicaire avait rejoint l'exode général après avoir été présentée à Marcus, trouvant son mari et l'informant qu'elle avait un mal de tête intense et qu'elle voulait s'allonger dans une pièce sombre avant que cela ne se transforme en une véritable migraine. Elle avait l'air si pâle et si misérable que son mari était d'accord avec elle et la chassa anxieusement, en promettant de lui apporter une tasse de thé à la menthe en rentrant à la maison.

Adella Ravenscastle se déplaçait à une vitesse surprenante pour une personne dans son état, mais son rythme essayait simplement de suivre le rythme de ses pensées. Elle connaissait ce visage. Elle ne pourrait jamais oublier ce visage. Que diable allait-elle dire à sa sœur, Meredith ? Comment allait-elle expliquer à sa sœur que l'homme qui avait fauché sa fille unique (Maria, la nièce d'Adella, dix ans), se trouvait en réalité à Stoney Cross ? Qu'il résidait désormais dans la paroisse de Benoît ? Et que dirait Benoît lorsqu'il reverrait l'homme et comprendrait pourquoi elle était partie si précipitamment ?

Comment pourrait-elle un jour regarder cet homme en face, sans qu'il ne voie la haine dans ses yeux ? Elle savait que Benoît lui demanderait de chercher pardon dans son cœur, mais elle ne le pouvait pas ; elle ne pouvait tout simplement pas. C'était il y a presque huit ans maintenant, mais cela perturbait toujours son sommeil et hantait ses rêves. Elle était peut-être méchante de ne pas lui avoir pardonné, mais combien plus méchant était-il, dans la mesure où il avait pris une vie innocente et avait simplement continué à vivre la sienne ? Elle avait vraiment mal à la tête maintenant et se dirigea directement vers la chambre lorsqu'elle atteignit le Vicarage.

Au cours de cette première période chargée, Marcus s'était soudainement retourné, alors que son regard avait capté le mouvement d'une tête familière, une démarche qu'il avait cru reconnaître. « Hé ! » avait-il crié. « Hoy ! » mais il n'y a eu aucune réponse. Secouant tristement la tête, il réalisa qu'il avait dû se tromper.

Mais, juste un instant, il en avait été si sûr.

De retour à la salle des fêtes, Fiona Pargeter avait retrouvé sa dignité, avait accepté docilement une autre introduction plus civilisée à Maurice Willoughby, et se vantait du drame improvisé (pour expliquer la dispute) et du fait que certains d'entre eux s'y essayaient souvent. en public, juste pour voir quelle réaction ils obtiendraient. Mais elle n'était pas convaincante et Minty dut se détourner un instant pour essuyer unefaçon son sourire, utilisant son mouchoir comme accessoire pratique. Si Fiona pouvait bavarder sur des am-drams inexistants, alors elle pourrait utiliser son mouchoir pour un peu de « affaires ».

« Vous devez vraiment excuser nos petites plaisanteries, M. Willoughby. Je suppose que certains d'entre nous ne parviendront jamais à supprimer «l'enfant intérieur», a expliqué Fiona, utilisant en fait sa propre improvisation pour se sortir de cette situation embarrassante. Elle le suivit d'une tentative de son rire tintant de boîte à musique, mais il ne sortit pas et contenait une note discordante, comme si certaines des petites dents métalliques étaient déformées et désaccordées.

« N'y réfléchissez pas, ma chère Mme Pargeter. Je comprends tout à fait », l'apaisa-t-il, tandis que Minty attrapait, une fois de plus, son mouchoir, alors que ses pensées allaient davantage vers de petites querelles de terrain de jeu, tirant les cheveux, pinçant et mordant.

« Au fait, M. Willoughby... »

«Appelle-moi Marcus.»

« Merci beaucoup, et vous devez m'appeler Fiona. » (Elle ne peut pas penser qu'elle s'en est tirée, n'est-ce pas ? pensa Minty.

Pour son côté pur et effronté, elle a certainement pris le biscuit.)

« Merci beaucoup... Marcus. Je me demandais juste, comment as-tu fait pour être à la radio tout à l'heure, alors qu'on pouvait te voir debout ici ? Je sais que des choses comme la musique sont simplement diffusées, et cela peut être fait par n'importe qui, mais c'était comme si vous diffusiez en direct – sans script ni quoi que ce soit.

"C'est simple, ma chère", commença Marcus, alors que plusieurs paires d'oreilles se dressaient pour apprendre ce petit truc pratique, et ce serait sans aucun doute de notoriété publique dans chaque foyer avant la fin de la journée.

« J'utilise un petit enregistreur pour prendre des notes lorsque je signale quelque chose comme ça. Puis, plus tard, lorsque je peux accéder à mon ordinateur portable, j'utilise les notes griffonnées que j'ai prises à partir de ce que j'ai enregistré plus tôt, je sélectionne un programme sonore approprié et je parle. Je peux ensuite le convertir au format nécessaire à la station de radio, le leur envoyer – et les laisser s'en occuper.

« Mais c'est ingénieux. Pas besoin de se présenter à une heure ou un jour précis, pas d'écriture de scénario et même pas d'appel téléphonique ?

« Et vous êtes payé pour ça ? »

'Correct! Bien, n'est-ce pas ?

Plutôt de l'argent pour de la vieille corde, pensa Minty, et il commença à l'emmener dans le couloir pour rencontrer d'autres de ses nouveaux voisins à Stoney Cross.

Après quelques présentations supplémentaires, Minty se rendit compte que la foule s'était quelque peu éclaircie et conduisit l'animateur vers les tables à tréteaux pour la tasse de thé qu'elle lui avait promise il y a longtemps. Adella avait déjà déserté son poste et le révérend Ravenscastle était parti en chancelant avec une cruche jusqu'au vestiaire pour chercher de l'eau pour les urnes. C'est donc Ecureuil qui leva les yeux avec éclat pour voir qui voulait être servi.

Alors qu'elle regardait ses clients, son regard se posa sur le visage de Marcus et le sourire fut effacé du sien, pour être remplacé par un masque de rage et de haine. « C'est toi, foutu vieux diable ! C'est toi ! Tu as tué ma Bulle, et j'aurai ta peau en échange, espèce de crapaud lâche et pleurnicheur. Alors qu'elle terminait sa tirade, Écureuil avait saisi un couteau posé sur la table dans le but de couper des gâteaux et retirait sa forme arthritique. derrière son poste de travail.

Attrapant son bras, Minty galopa en plein air, le tirant dans son sillage, et se dirigea vers la Vieille Grange. « De quoi s'agissait-il ? » demanda-t-il, essoufflé, alors qu'elle l'entraînait.

« Avez-vous déjà eu un accident à Carsfold où vous avez tué un chien ?

«Pendant un instant, son visage était pâle et couvert de sueur, mais il a commencé à reprendre ses couleurs au mot «chien».

«J'ai bien peur de l'avoir fait. Il y a quelques mois, j'avais tout oublié.

"Eh bien, vous venez de rencontrer son propriétaire", a soufflé Minty. « Ce petit chien était sa bulle, et elle a toujours son frère, Squeak. Je devrais éviter les ruelles sombres, si j'étais toi. Avez-vous vu à quelle vitesse elle ramassait ce couteau ?

'Je l'ai fait; et je le ferai ! Je n'ai vraiment pas envie d'être découpé pour ce groupe, d'en discuter avec une boisson rafraîchissante pendant qu'ils se promènent dans les expositions.

«Tu ferais mieux de le croire, mon frère. C'est la vérité !'

"Je dois avouer que je ne pensais pas que rencontrer les voisins serait une expérience aussi stressante", a-t-il admis, puis il a baissé la paupière de son œil droit en direction de Minty, dans un clin d'œil paresseux. "Mais peu importe, j'espère que je m'en remettrai."

L'écureuil Horsfall-Ertz avait également fui la salle, peu après l'homme qu'elle considérait désormais comme « le meurtrier ». Traînant presque Squeak dans son sillage, elle se précipita chez elle à Church Cottage, se dirigeant directement vers le jardin arrière, où elle s'agenouilla, lentement et douloureusement, à côté d'une petite tombe avec le nom « Bulle » légèrement gravé sur une pierre à sa tête. Baissant les épaules et laissant tomber la tête en avant, elle pleurait, sanglotant des menaces incohérentes de vengeance et de chagrin.

Chapitre 4

Vendredi 4 septembre – soir

Après avoir aménagé une chambre saine et confortable et préparé son lit pour la nuit, Marcus Willoughby s'est rendu à The Inn on the Green pour un rafraîchissement fortifiant et un peu plus de couleur locale. Il avait le sentiment qu'il allait se plaire ici. Cela n'avait pas été très agréable quand cette vieille sorcière s'en était pris à lui, mais elle ressemblait, à ses yeux, à la cinglée du coin. Selon lui, ils devraient mieux la surveiller et ne plus la laisser s'approcher d'objets tranchants à l'avenir. Et il ferait de son mieux pour l'éviter s'il la voyait dans la rue, décida-t-il avec un hochement de tête perceptible. A part elle, il pensait qu'il pourrait juste s'amuser ici.

S'installant avec son verre, essayant de s'imprégner de l'atmosphère, il se retrouva involontairement à écouter la conversation de deux jeunes femmes attablées à proximité puis, au fur et à mesure que la conversation avançait, à écouter intentionnellement. Ce genre de chose n'était-il pas pour lui de la viande et de la boisson ? Cela n'a-t-il pas simplement insufflé de la vie et de l'authenticité à ses programmes ? Il se considérait vraiment comme un anecdotiste et était déterminé à accroître sa réputation publique à cet égard.

« Allez, Trace, tu sais pourquoi nous venons en ces petites vacances – pour essayer de trouver un petit bout de campagne avec un peu de chic. Comment vas-tu faire ça si tu ne portes pas de short ? C'était tout l'intérêt des traitements, des jambes longues, musclées et pulpeuses.

« Je me suis trompé, n'est-ce pas, Leeza ? »

« Comment vous êtes-vous trompé ? C'était simple, n'est-ce pas ? Cire les jambes puis faux bronzage.

« Je l'ai fait à l'envers, n'est-ce pas ?

« Dans le mauvais sens ? »

'Ouais. J'ai d'abord eu le faux bronzage, puis, quand ils ont fait l'épilation à la cire, j'ai eu toutes ces rayures pâles sur mes jambes. J'ai l'air d'un vrai monstre en short.

« Ta vache idiote, Trace ! Et le Brésilien ? Vous n'avez pas pu tout gâcher.

Mais je l'ai fait.

« Aïe ? »

«J'ai oublié comment ça s'appelait, j'ai marmonné quelque chose à propos de peut-être que c'était quelque chose de mexicain, et la prochaine fois que je l'ai su, elle m'a épilé la lèvre supérieure en blanc et m'a fait ressembler encore plus à un monstre. Je suis parti à ce moment-là, avant de pouvoir aggraver encore les choses.

«Espèce de vache stupide!» Je me suis battu, il y avait quelque chose de drôle dans ton visage.

« Eh bien, je devrais me maquiller, n'est-ce pas, pour effacer le peu de blanc ? Sinon, j'aurais ressemblé à un type avec une moustache très pâle. Désolé, Leeze.

« Qu'est-ce que je vais faire avec toi, Trace ? Comment allons-nous trouver quelqu'un en forme et chargé, alors que tu as l'air d'une vraie salope stupide ?'

À ce stade, le gène chevaleresque de Marcus s'est enflammé, le reste de sa personne a oublié son âge, et il s'est levé et s'est approché de leur table.

«Bonsoir mesdames», ouvrit-il, captant leur attention. "Je, ah, j'ai entendu un peu ce que tu disais, et je voulais juste, ah, tu sais, te faire savoir que je suis libre."

«Je ne suis pas surpris, grand-père. Vous avez largement dépassé votre date de péremption, répondit celle qui s'appelle Tracey en fronçant le nez de dégoût.

"Et tu ferais mieux de faire attention à ne pas dépasser ta date limite de consommation aussi", ajouta celle qui s'appelle Leeza, ne voulant pas être en reste, "sinon même les vers ne te regarderont pas

!" " et tous deux se mirent à rire d'un air moqueur, satisfaits de leur esprit et de leur jeunesse. Marcus ramassa son verre sur la table et s'approcha du bar pour se le remplir.

« De vulgaires petites bêtes de gouttière, pensa-t-il, ne ressemblent pas du tout aux habitants de ce beau village.

Repoussant instantanément l'incident précédent au fond de son esprit, il repensa à plus tôt. Avait-il vu celui qu'il croyait avoir vu ? Et qui était la femme aux cheveux couleur miel ? Il prendrait encore un verre, décida-t-il, puis rentrerait chez lui et se coucherait tôt, car le Festival s'ouvrait demain matin, et il voulait que ses perceptions et son esprit soient aussi vifs que possible.

Lorsque Minty quitta la salle des fêtes, elle ne rentra pas directement chez elle, mais tourna à droite, quittant Market Darley Road et s'engageant dans Stoney Stile Lane, en direction de Blackbird Cottage. La rumeur s'était répandue, comme c'est le cas de manière mystérieuse dans un village, que Serena Lyddiard s'était blessée à la cheville, et Minty pensait que c'était seulement de bon voisinage de voir si elle pouvait faire quelque chose pour l'aider : un peu de courses ou de travaux de ménage légers, du temps. si elle le permet (surtout le week-end, lorsqu'elle était censée être de service dans sa propre maison).

Elle attendit un bon moment après avoir sonné et appuyé sur le heurtoir, et était sur le point de se détourner, déçue, lorsque la porte s'ouvrit lentement pour révéler Serena, sa cheville et son pied droits enveloppés de bandages et une paire de chaussures à l'ancienne. des béquilles sous les bras.

«Eh bien, pauvre vieux con, tu ne retourneras pas travailler dans cette maison de retraite avant un certain temps. Je ne vous vois pas aider les vieux chéris alors que vous ne pouvez même pas vous déplacer vous-même.

« Bonjour, Minty, entre. Seulement, si tu veux du thé ou du café, j'ai bien peur que tu doives le préparer toi-même. J'ai réussi à me fabriquer une flasque, mais je ne peux plus supporter de me tenir sur cette cheville pour le moment, und Je dois me rasseoir.

« Ne vous inquiétez pas. » Minty a reconduit Serena dans son fauteuil et s'est dirigée directement vers la cuisine. « Qu'est-ce que ça va être ? Thé ou café ?

« Oh, du thé, s'il te plaît. J'ai du café dans ma gourde, mais le thé ne semble pas très bien survivre si on le met en bouteille.

« Tout à fait vrai ! Qu'as-tu fait exactement ? Ça a l'air plutôt méchant, vu ta façon de clopiner.

« La bêtise habituelle. Je ne dansais même pas. Je me suis retourné brusquement et j'ai oublié de prendre ma jambe avec moi – puis c'était « aïe » ! – et plus de danse pour Serena Lyddiard.

«Oh non!» S'exclama Minty. « Tu es sûr que ça ne ira pas mieux dimanche après-midi ?

« Pas une chance. Il faudra du temps pour que ça guérisse, et je vais juste devoir m'asseoir ici et supporter ça. Je n'ai pas vraiment le choix, n'est-ce pas ?

«Je vois ce que tu veux dire. Y a-t-il quelque chose que je puisse faire pour vous – quelque chose de vraiment urgent, comme ne pas jeter les toilettes, ou quelque chose comme ça ?

« Rien de tel, mais j'ai laissé un message sur le répondeur de Fiona Pargeter. Peut-être que tu pourrais juste faire un petit tour là-bas en rentrant chez toi et lui faire savoir que je vais bien, sans te donner la peine de venir, avec l'ouverture du Festival demain et tout ça.

'Aucun problème. Je viendrai dès que nous aurons bu ce thé. N'ayez crainte, Minty est là !'

Bien que Minty ait juré, ce matin-là, qu'elle ne toucherait plus jamais une autre goutte d'alcool, après avoir parlé à Fiona et avoir été l'écouteur d'une autre de ses séances de garce sur l'entraînement dans la salle, elle s'est tournée vers The Inn sur le Vert.

Alors qu'elle descendait High Street, se préparant à tourner à gauche dans School Lane, elle aperçut Sadie Palister, également, vraisemblablement, en route vers le point d'eau du village, et elle ralentit jusqu'à ce qu'ils puissent faire ensemble les dernières étapes du voyage. Alors qu'ils approchaient du pub, Marcus Willoughby en sortit, hochant légèrement la tête en guise de salutation en passant devant eux.

Tous deux ralentissèrent un peu leur pas et se tournèrent pour se regarder.

« Je pense que nous avons besoin d'une petite discussion », a ouvert Sadie. « J'ai besoin de te dire quelque chose et, à en juger par ton regard, tu vas me dire exactement la même chose. Installons-nous à l'intérieur et je vais lancer le bal.

Une fois assis à une table d'angle légèrement éloignée des autres buveurs et donc semi-privée,

Sadie tint parole et commença à parler à voix basse. « Je connais le visage de cet homme. Je sais juste que je l'ai déjà vu quelque part. Je ne savais pas d'où, mais quelque chose s'est déclenché quand je suis rentré à la maison, et tout à coup j'ai eu besoin d'un peu de courage néerlandais avant demain, au cas où l'histoire se répéterait.

"Je connaissais aussi son visage, et il y a quelque chose qui me taraude au fond de mon esprit et que je n'arrive pas à comprendre."

« Vous avez dit que vous aviez déjà participé à des Artists Trails. Avez-vous déjà laissé une petite carte à côté d'un de vos tableaux ? Pas tout à fait une carte de visite, plutôt une carte de visite à l'ancienne ?

'Oui! Je l'ai fait!'

« Et votre travail a-t-il fait l'objet d'une critique malveillante et sévère dans le journal local peu de temps après, sans qu'aucun nom ne lui soit attribué ? »

'Oui! Mais je ne me souviens pas de ce qu'il y avait sur la carte. Quoi que ce soit, cela ne signifiait rien pour moi. J'ai supposé qu'il avait été oublié par accident et je l'ai simplement jeté à la poubelle.

« Il y avait trois initiales dessus, n'est-ce pas ? – « AAL vous a rendu visite ». Pas d'adresse ni de description de poste, juste les trois initiales.

"Oui," dit Minty, "Je peux en quelque sorte le voir si j'y réfléchis suffisamment, mais avez-vous une idée de ce qu'ils représentent?"

« Certainement ! Ils signifient « Anonymous Art Lover ! », cracha Sadie avec mépris. La carte était un petit geste pompeux de la part d'un des journalistes du journal local. Il se pensait au niveau des critiques gastronomiques célèbres et regardait toujours de manière anonyme – pas d'interview, juste un article dans sa veine venimeuse habituelle. Tout aussi bien en fait. S'il avait parlé à l'un des artistes, moi y compris, je lui aurais fracassé la gueule. Je vous ai dit que j'avais été malmené lorsque je vous ai montré ma petite sculpture, vous vous en souvenez ? Minty hocha la tête, ce souvenir de sa soirée ivre étonnamment vif.

«Maintenant, Minty, je sais que tu n'as pas encore fait de sentier à Stoney Cross, mais reviens à ton ancienne maison. Pensez simplement à sa vilaine gueule et voyez si vous pouvez le situer le jour où vous avez trouvé cette petite carte.

Après quelques instants de silence et un visage tordu, Minty a crié : « Oui ! » puis a baissé la tête alors que certains des autres clients regardaient vers leur table. «Il m'a demandé un verre d'eau.»

«C'est vrai, moi aussi», murmura Sadie. « C'est le petit salopard qui nous a recousus – je présume – tous les deux. Je n'ai rien vendu pendant des mois après cela, et me voilà – nous y sommes tous les deux – le laissant à nouveau entrer chez nous pour nous faire un autre pop. Je ne savais pas quoi faire, alors j'ai pensé que j'allais me procurer un peu de néerlandaisdu courage et une réflexion, puis je suis tombé sur toi, et quand nous avons tous les deux réagi en le voyant, j'ai réalisé que nous étions dans le même bateau. Avez-vous des idées ?

Minty a de nouveau foiré son visage et a commencé une de ses « réflexions profondes ». «Je suppose que nous pourrions pousser le panneau fermé ou verrouiller la porte – ou simplement nous cacher», suggéra-t-elle faiblement.

"C'est un peu excentrique s'il y a d'autres spectateurs dans la maison, tu ne trouves pas ?"

« Point pris ! Mais, Sadie, oh mon Dieu, oh mon Dieu, oh mon Dieu... ! Votre statue – « Critique d'art ». Vous devez le cacher – vous devez simplement le faire, sinon il aura une crise de colère et vous crucifiera complètement.

«La statue reste», déclara Sadie, et elle vida son verre, semblant plus courageuse qu'elle ne le pensait.

De retour dans The Old Barn, Marcus Willoughby était assis à son bureau entouré de cartons de livres et prenait quelques notes sur ses premières impressions de Stoney Cross. Il avait déjà décidé qu'il aimerait vivre ici et qu'il s'amuserait certainement avec son émission, en vue du prochain Festival. Il pinça ses lèvres plutôt fines en dépit d'une fille, tout en ajoutant quelques notes supplémentaires à sa collection déjà croissante.

Un coup aux portes-fenêtres le distraya, et il se tourna pour voir l'orbe pâle d'un visage appuyé contre une des vitres, qui, en ouvrant les portes, se résolva dans celui de la fille du pub – celle avec les cheveux blond vénitien – celui dont il se souvenait s'appelait Leeza.

N'ayant aucune idée de ce qu'elle voulait de lui, il ouvrit les portes et la regarda simplement, puis demanda : « Quoi ? » d'une voix plutôt autoritaire. Elle s'était déjà moquée de lui et s'était moquée de lui. Que pouvait-elle vouloir de plus ?

«Écoutez, je suis terriblement désolée pour ce que j'ai dit plus tôt...» commença-t-elle, et il la regarda simplement avec incrédulité.

« Qu'est-ce qui est arrivé à ta voix ? » demanda-t-il, consterné. Dans The Inn, elle avait semblé si ordinaire. Sa voix était maintenant douce et raffinée, sans aucune trace de l'accent épouvantable d'avant. En fait, on aurait dit qu'elle aurait pu fréquenter la même école qu'Araminta Wingfield-Heyes.

LE DERNIER SOUFFLE

« Juste une reprise que mon ami et moi utilisons toujours lorsque nous pensons que nous sommes écoutés. Je suis désolé si nous vous avons blessé, mais parfois c'est plutôt amusant de simplement parler et de voir ce qui se passe. , nous essayions simplement de restaurer l'intimité de notre conversation, et vous devez admettre que l'effort de ce soir a été plus important. " "Je suppose que c'était le cas", a admis Marcus.

« Et j'ai vraiment besoin de te parler. C'est de la plus haute importance. Si vous pouvez me pardonner ce qui s'est passé plus tôt et m'accorder quelques minutes, je vous en serais éternellement reconnaissant.

« Bien sûr, bien sûr. Entrez. Marcus était intrigué. "Il y a de la place sur le canapé, si tu veux t'expliquer un peu plus et me dire ce que tout cela a à voir avec moi."

«Je veux juste vous poser quelques questions – assurez-vous que mes déductions sont correctes.»

« Vos déductions ? Feu loin !'

« Avez-vous eu une fille en 1985 ?

«Je ne vois vraiment pas de quoi cela vous regarde, jeune femme!» Marcus faillit cracher, le visage plissé par un froncement d'indignation.

« Et est-ce que tu t'appelais Norman Clegg ? »

« Comment oses-tu... »

«Je voulais juste être sûr avant de dire quoi que ce soit, parce que je suis ta fille.»

La bouche de Marcus s'ouvrit d'étonnement. Comment diable savait-elle tout cela ?

«Cette information n'est pas destinée à être diffusée publiquement, jeune femme. Je ne sais pas comment vous l'avez découvert, mais je le nierai absolument si vous en parlez à un tiers.

« J'ai cette information parce que j'essaie de te trouver depuis des années. Changer de nom n'a pas beaucoup aidé, mais je suis arrivé jusqu'à Carsfold cet après-midi et je me suis présenté devant votre ancienne porte. Un voisin m'a dirigé vers Stoney Cross et j'ai pensé que le pub était un endroit aussi bon qu'un autre pour savoir où vous aviez déménagé. En fait, tu es tombé sur mes genoux – c'était juste de la chance. Après avoir accompagné mon ami, j'ai bu encore un verre et je me suis promené jusqu'ici, après être allé par l'arrière et avoir vu où tu étais tombé.

« Si vous êtes ma fille, quand êtes-vous née et quel est le nom de votre mère ? » Marcus pouvait se montrer rusé quand il le voulait et n'allait pas se faire saigner pour un sou, s'il pouvait s'en empêcher.

« Je suis née le vingt et un septembre mil neuf cent quatre-vingt-cinq et ma mère s'appelle Jennifer Linden ; on m'appelle toujours Jenny, on m'a fait comprendre.

Elle l'avait eu et, admettant sa véritable défaite, Marcus lui tendit timidement la main et dit : « Enchanté de vous rencontrer, jeune femme. Il semblerait que je sois ton père », puis, faisant fi de toute prudence, il l'enveloppa dans le genre de câlin digne d'un parent perdu depuis longtemps.

« Ravi de te rencontrer aussi... Papa. Je m'appelle Summer Leighton.

« Quel joli nom. Tellement jolie, tout comme ta... Justecomme ta mère. » Sa voix s'adoucit. « Veux-tu rester ici pour que nous puissions faire connaissance ? » demanda-t-il nerveusement, s'éloignant d'elle et espérant ardemment que la réponse serait « oui ». Il n'avait jamais vraiment souhaité qu'elle soit adoptée, et un frisson soudain l'envahit lors de ces retrouvailles tardives.

« Je dois rentrer un peu à la maison. Je suis désolé, mais vous avez pris quelques découvertes. Je pars ce soir, mais je vous donnerai toutes mes coordonnées si vous me donnez les vôtres. Je vous contacterai et je vous promets de revenir ici dans quelques jours. J'ai quelques détails à régler avant de pouvoir passer du temps de qualité avec vous. Et je n'ai toujours pas retrouvé ma mère. Elle semble avoir disparu de la surface de la terre au moment où je suis né.

«Ne t'inquiète pas pour ça», la rassura Marcus. « Nous allons résoudre ce petit problème ensemble, vous et moi. »

À Blackbird Cottage, Serena Lyddiard était assise et regardait tristement sa cheville enveloppée d'un bandage. Elle avait tellement hâte de se produire à nouveau – de danser, au lieu de nettoyer, de nourrir et de soulever des corps âgés et malades. Certes, elle n'avait besoin de travailler qu'à temps partiel, mais la danse était son premier amour, et elle y était restée fidèle toute sa vie. Tant de choses avaient été gâtées pour elle qu'elle devrait s'y être habituée maintenant, mais elle ressentait néanmoins profondément la perte de son petit « régal » public et soupirait face à cette récente défaite.

Les dernières lueurs se sont éteintes sur le village de Stoney Cross, une finale appropriée à ce qui avait été un coucher de soleil spectaculaire, une performance virtuose, avec ses roses, ses jaunes, ses bleus et ses violets, qui était passée totalement inaperçue auprès d'un public distrait par le quotidien. des anecdotes et leurs propres petits problèmes. Ainsi, la beauté est négligée chaque jour, les splendeurs de la nature ignorées, alors que les gens d'en bas, de petites fourmis se précipitant, vaquent à leurs occupations sans se soucier des merveilles qui les entourent.

Chapitre 5

Les jours suivants à Stoney Cross furent assez mouvementés, avec plusieurs épisodes désagréables pour gâcher leur décès. Cela était presque certainement dû à l'implication très émotionnelle des résidents dans le festival et au rôle de catalyseur joué par Marcus Willoughby. Au-delà des habituelles rivalités mesquines qui se manifestent lors d'un tel événement, certaines rencontres et conversations étaient certainement dignes de mention.

Samedi 5 septembre

Au Old Mill, Minty n'avait pas bien dormi et, même si sa maison était impeccable et ses immenses œuvres d'art bien exposées, elle-même était une épave. Elle s'assit sur la dernière marche de l'escalier menant à sa chambre en mezzanine, tombante de fatigue à cause de sa nuit agitée, et se fout de la fièvre, de peur que quelqu'un ne franchisse la porte pour voir ses œuvres – que ce soit lui.

À une occasion, et probablement aujourd'hui, cette personne aurait été Marcus Willoughby, et il avait déjà saccagé son travail une fois. Qu'il était un philistin qui ne comprenait tout simplement pas ce qu'elle faisait, elle en était absolument sûre – absolument sûre aussi que, même si elle avait la possibilité d'expliquer ce qu'elle essayait de dire dans ses peintures, cela ne changerait pas du tout son opinion. . S'il ne faisait pas preuve d'un peu plus de pitié cette fois, il pourrait mettre fin à sa carrière, et cela s'était si bien passé, à l'exception de ce petit incident, où il avait, dans le personnage de "AAL", mutilé son travail. dans la Gazette de Carsfold.

Dans The Old School, Sadie Palister était dans un état similaire, voire pire. Elle était assise recroquevillée à la table de sa cuisine, autour d'une tasse de café noir fort, son humeur oscillant entre le ressentiment face à ce qu'AAL avait écrit sur elle dans le passé, et l'anxiété à l'idée que Marcus regarde ses œuvres les plus récentes et s'y exprime à nouveau, cette fois. à la radio, et un frisson de pure terreur mêlé d'exaltation, alors qu'elle l'imaginait tomber sur son article « spécial » – « Art Critic ».

S'il voulait détruire ses œuvres et son talent, autant lui donner un gros os à mâcher ; un os géant en caoutchouc pour qu'il puisse s'inquiéter à sa guise. Imaginant simplement son visage aussi léger que son inspiration, elle poussa un petit rire nerveux et prit conscience d'une nappe de transpiration froide, produit de la peur, sur son front et sa lèvre supérieure.

Qu'il vienne ! pensa-t-elle. Je suis un artiste, et ce n'est qu'un petit con inculte qui essaie de renforcer son ego en détruisant la réputation des autres. Ses petits éclats mesquins ne faisaient que montrer sa jalousie envers les autres, car il n'avait pas la moindre fibre artistique dans son corps. Quel poseur ! Sadie alluma une cigarette, sa première depuis trois ans, et se prépara au combat.

Le Festival s'était ouvert à neuf heures et, à une heure et demie, Marcus était dans la salle des fêtes du village pour inspecter les expositions visuelles. Il assisterait aux représentations musicales et littéraires du lendemain, rendant visite aux participants du Trail sur son chemin vers le village, lui laissant ainsi le temps de bien digérer ce qu'il avait vécu, et de nombreuses occasions de réaliser une petite pièce sympa. pour le programme de cette semaine.

Alors qu'il se promenait autour des écrans, il soupirait, faisait des tut-tut, fronçait les sourcils et marmonnait dans son enregistreur portatif. Il venait de voir de nombreuses expositions, les trouvant trop insipides et ineptes même pour les regarder, même si elles recevraient une mention pour illustrer son mécontentement et l'illusion de ceux qui pensaient qu'ils étaient talentueux.

Il a complètement rejeté les huiles de Mme Carstairs. Elle avait utilisé un couteau à palette pour certains, et il rit en pensant que, peut-être, elle aurait dû utiliser un couteau Stanley et en finir avec ça. Il considérait les aquarelles de Mme Solomons comme un gaspillage total de bon papier et de peintures. Selon lui, elle n'avait aucune idée de la perspective et sa gamme de couleurs était trop délavée et limitée.

Les pastels, accrochés avec tant d'amour par Lionel Fitch, retenaient toute son attention. Cet artiste se considérait évidemment comme un peu moderniste et tout ce qui était représenté dans ses expositions était de travers et déformé. Il doit vraiment aimer le rose et le violet, décida Marcus en observant les personnages et les paysages déformés. Avec un regard hideux, il commença à marmonner dans son enregistreur vocal, ignorant que la silhouette qui se tenait presque à côté de son épaule était l'artiste lui-même et qu'il pouvait entendre chaque mot à faible volume prononcé par Marcus.

Au cours de ses déambulations dans la salle, il aperçut Camilla Markland, la harpiste, parcourant ce qui était proposé. Il est vrai que quelques photos arboraient de petits autocollants rouges, indiquant qu'elles étaient déjà vendues. Il ne fallait pas tenir compte des goûts, supposa-t-il, et il se tourna vers sa victime.

« Bonjour, ma chère Camilla », lui souffla-t-il à l'oreille, par derrière, et il était très satisfait du début que cela produisait. « Et comment allons-nous aujourd'hui ? Prêt pour une autre nuit de passion sublime ? Ma maison est ta maison, comme on dit en Espagne, murmura-t-il, imaginant sa voix comme irrésistiblement sexy.

Camilla s'est remise de son choc et, un peu verte à propos dubranchies, a adopté une expression pseudo-perplexe et a répondu : « Je suis terriblement désolé, mais je n'ai pas la moindre idée de ce dont vous parlez. » Mais sa voix a tremblé en disant cela.

« Ah », murmura Marcus avec un demi-clin d'œil conspirateur. « Notre petit secret, n'est-ce pas ? Mon mari ne sait pas ? Qu'à cela ne tienne, je n'en dirai pas un mot, tant que nous pouvons répéter cette représentation dans un avenir pas trop lointain. Qu'en dis-tu, sexy ?

La harpiste vacilla visiblement sur ses pieds puis, retrouvant sa dignité, faillit lui cracher dessus. « C'était un plaisir de vous rencontrer, M. Willoughby, mais je dois vraiment rentrer à la maison. » Et sur ce, elle tourna les talons et sortit en titubant de la salle des fêtes, se mettant à courir alors qu'elle atteignait Church Lane, le visage tourné vers elle. maintenant écarlate vif, et les larmes aux yeux.

Et s'il disait quelque chose ? Et s'il essayait de la forcer à faire quelque chose qui la rendrait sûrement malade maintenant ? Comment allait-elle le cacher à son mari Gregory ? Est-ce que cela détruirait son mariage ? Et, plus immédiat encore, comment diable allait-elle pouvoir se produire en public demain, sachant que ce vieux dépravé répugnant était dans le public en train de la lorgner.

Se souvenir de ce qui s'était passé entre eux. Elle avait mis ses lunettes de Chardonnay lorsqu'elle l'avait rencontré l'année dernière, après l'une de ses performances, et son esprit s'éloignait des souvenirs horribles et dégoûtants de ce qui s'était passé cette nuit-là.

Alors qu'elle partait, Marcus l'avait regardée d'un air légèrement perplexe. Elle avait semblé assez passionnée lors de leur dernière rencontre. Il avait donc été un peu insistant, un peu pressant, en mentionnant ainsi son mari – mais il avait apprécié les heures qu'ils avaient passées ensemble et avait très hâte de répéter l'expérience.

Chassant ces pensées de son esprit, son regard se posa sur Delia Jephcott et il se dirigea suavement dans sa direction. En effet, c'était vraiment très amusant, et il allait profiter de cette rencontre au maximum de ses capacités.

Délia, près des buvettes et semblant presque nue sans la présence de sa flûte, prit conscience de lui alors qu'il posait une main sur son bras. Une autre attaque arrière, et pas tout à fait du cricket. Se retournant et l'identifiant, elle s'écarta comme avec dégoût et se lança aussitôt dans une tirade murmurée. « Personne ne nous connaît. Pas même Ashley – ma partenaire. Nous avons peut-être un passé commun, mais cela ne veut pas dire que le reste de ma vie vous appartient. Je suis heureux ici et je ne veux pas que quelque chose arrive qui gâche cela.

Marcus lui sourit avec une fausse perplexité et releva légèrement les épaules dans un mouvement presque gaulois dans son expressivité.

«Je pense ce que je dis, Marcus. Juste un mot et tu le regretteras. Je suis sérieux! Si tu laisses le chat sortir du sac, je te tordrai le cou, je te jure que je le ferai. Ne lui laissant aucune chance de répondre, elle s'éloigna jusqu'à l'autre bout du couloir et sortit par la sortie de secours, toujours furieuse. . .

Un peu déconcerté par les impressions défavorables qu'il semblait faire, il se tourna vers les tables de rafraîchissements pour prendre une tasse de thé réjouissante, mais avant d'avoir terminé son tour, il avait sa tasse de thé, bouillante, et partout sur sa veste. Dégoulinant, légèrement échaudé et brûlant de colère, il affronta son agresseur. «Maudit bâtard meurtrier!» a crié Squirrel, habituellement si calme et poli, qui s'est ensuite frayé un chemin à travers la file d'attente et s'est dirigé vers la maison.

Essuyant sa manche détrempée avec son mouchoir, Marcus décida de mettre un terme à sa journée et de rentrer chez lui pour préparer quelque chose pour son prochain programme. Il était à peu près de bonne humeur maintenant.

Quelques minutes après son départ, la voix de Lionel Fitch s'élevait au-dessus du bourdonnement général des conversations. « J'ai entendu ce qu'il disait dans sa machine, à propos de mes photos – des choses méchantes et horribles ; et son visage était mauvais. J'en ai marre des gens comme lui. Pour qui se prend-il, hein ? Critiquer les gens parce qu'ils sont des arrivants et des navetteurs, et toutes les autres choses auxquelles Sa Seigneurie prend envie de s'essayer ?

« Je vis ici parce que j'en ai vraiment envie et parce que j'en ai vraiment les moyens. À qui est-il pour parler ? Il n'a emménagé ici qu'hier – les nouveaux arrivants, mon gros cul poilu – et dans une grange reconvertie, alors qu'il a éliminé tous ceux qui ont déjà converti un vieux bâtiment. Vieux connard hypocrite et moralisateur ! Et je suis sacrément un bon artiste, quoi qu'en disent les connards comme lui ! '

Plus tard dans la soirée, Marcus Willoughby décrocha son combiné téléphonique et composa un numéro qu'il avait déniché, non sans difficulté, au cours de la journée. Il avait beaucoup réfléchi depuis la visite inattendue de Summer hier, et était maintenant certain qu'il avait raison et que c'était la meilleure ligne de conduite. Après trois sonneries, on répondit à son appel et il sut, dès que la voix parla, qu'il avait touché la cible.

« Bonjour Jenny, non, ne raccroche pas ! Je sais qui tu es et il n'y a rien à faire à ce sujet. Je voulais juste que tu saches que notre fille est avec toich avec moi, mais je ne sais pas où vous vous trouvez. Je vous appelle pour vous dire que je crois que c'est mon devoir moral de lui dire qui et où vous êtes. »

La ligne est tombée en panne, car le récepteur a été claqué à l'autre bout. « Jenny ? Jenny ? Remplaçant doucement son propre combiné, Marcus sourit intérieurement. Il était peut-être un vieux charlatan moralisateur, mais il attendait avec impatience les petits contretemps qu'il allait provoquer.

Chapitre 6

dimanche 6 septembre

Marcus Willoughby sifflait doucement dimanche matin lorsqu'il est sorti de The Old Barn et a tourné à droite en direction de The Old Mill. Il n'avait aucune idée de ce qui l'attendait dans la propriété d'Araminta Wingfield-Heyes, mais il se souvenait très bien de la dernière fois qu'il avait vu son travail, et cette fois, il n'aurait pas à laisser de petite carte énigmatique. Cette fois, il ne serait pas anonyme.

Le panneau fait maison sur la porte d'entrée était tourné vers « ouvert » et, frappant un court tatouage sur le bois, il fit son entrée. Il n'aurait pas pu souhaiter une meilleure réaction, car Minty, qui était de nouveau assise au pied de l'escalier, se leva avec un petit « ooh ! » de surprise et d'horreur. Doom était écrit en grand dans ses yeux alors qu'il se présentait à nouveau formellement et se dirigeait vers ses toiles surdimensionnées.

Minty, ses cheveux courts dressés là où elle y avait passé ses doigts avec désespoir, chancelait derrière lui, offrant de petites phrases d'explication saccadées, se retenant tout juste de se jeter à sa merci et le suppliant d'être gentil avec elle. travailler cette fois.

Marcus maintenait un silence de pierre, tout en souriant intérieurement du pouvoir qu'il exerçait. Doit-il être brutal, ou devrait-il adopter une position plus évasive cette fois-ci ? Il n'arrive pas encore à se décider : ses pièces sont très frappantes et affichent une large palette. Il déciderait de remettre cela à plus tard, décida-t-il, et de voir dans quelle humeur il se trouverait à la fin de la journée. Il pourrait même être gentil – cela dépendait vraiment de ce qu'il ressentait à la fin de la tournée d'inspection d'aujourd'hui. Après tout, elle avait été gentille avec lui la veille, en le conduisant à la salle des fêtes et en le présentant à tout le monde.

Prenant congé de Minty avec une poignée de main brève et un simple soupçon de sourire, il se tourna vers The Old School, pour renouer avec un autre artiste dont le travail l'avait cinglé. Minty regarda son départ avec confusion mais peu d'espoir, et reprit sa place au pied de l'escalier, enfonçant à nouveau sa tête dans ses mains.

Sadie accueillit son arrivée avec beaucoup moins de timidité. Lui serrant fermement la main (un peu trop fermement au goût de Marcus), elle lui fit un sourire de défi et l'invita dans son studio. Elle a ensuite disparu vers l'autre bout de la maison, le laissant contempler ses sculptures, apparemment sans la présence d'un créateur anxieux, en réalité parce qu'elle avait, comme elle l'aurait dit elle-même, « la trouille ».

Dans la cuisine, même si c'était tôt dans la journée, elle versa une grosse gorgée de cognac dans son inévitable tasse de café noir et s'assit à table pour attendre, tambourinant sans cesse ses ongles noirs sur la table. Toute la journée d'hier, le vieux salopard les avait tenues en haleine, elle et Minty, l'attendant à chaque minute et redoutant le moment où il arriverait. Eh bien, maintenant qu'il était réellement là, même si vingt-quatre heures après qu'elle avait anticipé son arrivée, il pouvait se promener seul. Elle ne lui donnerait pas la satisfaction d'observer ses réactions tandis qu'il scrutait chaque pièce.

Et elle avait laissé « Art Critic » à une place assez importante et attendait sa réaction avec une appréhension mêlée d'un peu de joie.

Elle n'a pas eu longtemps à attendre, car un hurlement de colère retentit du studio. Se remettant sur ses pieds, elle marcha, ses pas délibérément lents, vers la source de la fureur, pour trouver Marcus devant une sculpture totalement différente, semblant étrangement innocente.

« Est-ce que je t'ai entendu appeler ? » Demanda-t-elle, douce comme la sucrerie.

« Euh, oui », a-t-il admis. « Je, euh, je me suis cogné l'orteil sur l'un de vos, euh, morceaux de statue qui suscitent la réflexion. J'espère que je ne vous ai pas dérangé pour quelque chose d'important.

« Pas du tout », a admis Sadie, et elle n'était pas du tout dupe non plus de son petit acte. Il avait bien vu « Art Critic » et s'était identifié comme l'inspirateur. Eh bien, qu'il mette ça dans sa pipe et qu'il la fume. Elle en assumerait les conséquences, quelles qu'elles soient, car, même sans sa petite surprise, elle était sûre que l'issue n'aurait pas été en sa faveur. Il pourrait aller en enfer, pour elle. Et s'il lui proposait à nouveau de travailler, elle pourrait bien se permettre un peu plus de représailles cette fois, quelque chose d'un peu plus fort et d'encore plus personnel.

Après un déjeuner léger à The Inn on the Green (qui avait été plutôt orienté vers le liquide, pour la majeure partie de son contenu), Marcus se dirigea de nouveau vers la salle des fêtes du village. S'installant au milieu de la première rangée de sièges, il attendit de se divertir.

À deux heures trente-deux, avec seulement quelques minutes de retard, Minty Wingfield-Heyes s'est présentée au milieu de la salle de spectacle et a commencé à accueillir le public pour le divertissement de l'après-midi. Après quelques phrases, cependant, elle se rendit compte que Marcus lui souriait avec pitié et se mit à bavarder, se précipitant dans sa première introduction comme s'il s'agissait d'une course, et s'enfuit derrière l'un des écrans, après avoir jeté un coup d'œil au nom de Fiona Pargeter.

Àà cette extrémité de la salle, et légèrement à droite du centre, se trouvait un vénérable piano devant lequel Rollo Pargeter prenait place, étalant les partitions de sa musique sur le pupitre dans l'ordre dans lequel il aurait besoin de la jouer. Sa femme, Fiona, n'avait pas de musique – car ce n'était pas professionnel – et s'est plantée au milieu de la zone, un sourire de douce anticipation sur le visage.

Tout a si bien commencé – du moins pendant les six premières mesures, quand Rollo lui a gentiment fait remarquer dans un murmure audible qu'elle n'avait pas la bonne tonalité et voulait-elle qu'il la transpose ? Cela n'augurait rien de bon pour le reste de sa performance et, bien sûr, au fur et à mesure qu'elle parcourait ses trois chansons, sa voix développa une qualité tendue, hurlant de plus en plus sur les notes aiguës et s'égarant avec nervosité.

À la fin de sa dernière chanson, elle était complètement désaccordée et s'en sortait à peine, grattant les notes aiguës, comme un homme qui se noie s'agrippe à une paille. Visage rouge comme une tomate, elle avait cependant du cran, car elle a courageusement tiré sa révérence et ne s'est pas enfuie à la fin de sa prestation. Elle s'éloigna tranquillement, la tête haute pour éviter que les larmes dans ses yeux ne coulent sous un petit applaudissement de la part des membres les plus polis (ou sourds) du public.

Minty présenta brièvement Delia Jephcott dans un cri aigu, et la flûtiste arriva avec sa musique, son support et sa flûte. Après avoir adapté sa musique et la position du pupitre, elle porta son instrument à ses lèvres et commença à jouer.

C'était un morceau assez long, et tout s'est bien passé jusqu'à environ la moitié du morceau, lorsqu'elle a détourné son regard de sa musique vers le haut et a croisé les yeux de Marcus Willoughby, le regardant d'un air entendu depuis sa position semblable à un trône ; exactement là où un roi se serait assis s'il avait été diverti par ses courtisans. Un soudain accès de peur la traversa et, bien qu'elle essayât désespérément de contrôler sa respiration, elle commença à souffler trop fort, faisant sauter certaines notes une octave plus haut qu'elles n'auraient dû sonner.

Délia ferma les yeux, car elle connaissait le morceau plus ou moins par cœur, pour se cacher de ce spectacle inquiétant, et reprit son calme environ un quart du chemin avant la fin du morceau. Elle ne s'était pas couverte de gloire, elle le savait, mais elle n'avait pas non plus fui. Elle l'avait vu, certes avec un peu d'hésitation, mais elle avait terminé ce qu'elle avait l'intention de faire, et maintenant tout ce qu'elle voulait, c'était foutre le camp de cette salle et rentrer chez elle en courant.

Ayant eu un effet si minime, l'humeur de Marcus commença à devenir maussade. La nature liquide de la majeure partie de son déjeuner produisait son effet : il commençait à devenir somnolent et c'était un méchant ivrogne, plutôt que du genre bienveillant « J'aime tout le monde ».

Camilla Markland est ensuite montée sur scène, dévoilant sa harpe, qui se trouvait, inaperçue et drapée d'un drap de soie noire, à l'arrière du côté gauche de la salle de représentation. Plutôt déconcertée par les deux prestations précédentes, elle prit plusieurs respirations profondes, avant de s'installer confortablement et de commencer à jouer.

Un peu plus loin dans son morceau, ses doigts tâtonnèrent et l'arrêtèrent. Reprenant joyeusement là où elle s'était arrêtée, elle recommença, mais ses mains tremblaient maintenant, les nerfs la mordaient vraiment. Lorsqu'un membre du public (reconnu par les habitants de Stoney Cross présents comme venant d'un vulgaire habitant de Steynham St Michael) a crié : « Revenez, Harpo Marx, tout est pardonné ! » L'esprit de Camilla est devenu complètement vide. Ses doigts se figèrent et, pendant quelques secondes épouvantables, il y eut un silence de mort. Dans ce silence, Camilla s'est levée et a couru hors de la scène en sanglotant, directement dans les bras de son mari, Gregory, qui l'a escortée avec tact hors de la salle.

Lydia Culverwell, qui était la suivante, a dû serrer les dents et rassembler tout son courage pour s'approcher du piano, se demandant si, peut-être, elle n'aurait pas dû choisir quelque chose d'un peu plus facile à jouer. Mais, trop tard maintenant, elle lâcha ses doigts dans un tourbillon d'anxiété, commençant raisonnablement, sinon absolument exactement, à entendre les quelques erreurs qu'elle avait commises, et donna désormais à son public une juste imitation des Dawson dans une ambiance musicale exubérante.

Au lieu de soupirs d'émotion face au caractère triste et poignant de la musique de Chopin, il y eut de petits rires et ricanements et, au moment où elle eut fini de jouer, des éclats de rire la balayèrent du corps de la salle. Quelle humiliation ! Elle savait que ce n'était que de la nervosité et qu'elle était une excellente pianiste. Comment elle pourrait vivre cela, elle n'en avait aucune idée.

À ce stade des débats, Minty a balbutié une annonce selon laquelle ils prendraient une pause d'une demi-heure avant la section littéraire des représentations et que tout le monde aimerait s'asseoir aux tables de rafraîchissements, où les attendaient du thé, du café, des biscuits et des gâteaux.

Marcus n'a pas pris la peine de se conformer à cette suggestion, car il n'aimait pas se baigner à nouveau dans du thé brûlant et, laissant sa veste sur le dossier de sa chaise, s'est rendu à l'auberge pour fortifier son homme intérieur avec quelques verres supplémentaires - il ' j'en aurais besoin s'il y allaitJe n'ai pas envie de m'asseoir à nouveau sur tout ça. Mais il le fallait, s'il voulait faire un reportage à ce sujet pour le programme de la semaine prochaine, et, oh mon Dieu, était-il maintenant impatient d'y être.

Minty accueillait déjà le public dans la seconde moitié du programme lorsque Marcus descendit l'allée à gauche du siège et se dirigea, un peu instable, vers son siège précédent. Minty, à l'origine soulagée par son absence et espérant qu'il en avait assez et était rentré chez lui, s'est immédiatement égarée dans son accueil et a jeté un coup d'œil à une brève introduction à Christobel Templeton, leur propre poète.

Christobel se glissa, telle une souris, pour prendre sa place, laissant tomber et ramassant des papiers au fur et à mesure. Pourquoi, oh pourquoi avait-elle accepté de faire ça ? Son mari, Jeremy, l'encourageait toujours dans ses petits efforts, et leurs chats, Byron et Longfellow, s'occupaient toujours d'elle avec contentement lorsqu'elle leur lisait ses vers. Maintenant, pour la première fois, elle doutait de la qualité de sa poésie et avait envie d'être à des kilomètres de là et de faire quelque chose de complètement différent.

Nerveusement, elle réorganisa ses papiers, s'éclaircit la gorge et commença à lire, d'une voix quelque peu hésitante, « Nature's Bounty – de Christobel Templeton ; c'est-à-dire moi.

Encore un raclement de gorge, puis :
Les rayons du soleil ont joué pendant des heures et des heures,
Sur les hôtes de belles fleurs
Qui poussent sur cette terre si belle, Pour égayer un peu partout.
Dans champ et jardin, parc et pot
Ils nous remontent toujours beaucoup le moral,
Et laisse leur parfum là où ils vont
Pour que tous puissent sentir et chérir ainsi...

À la fin de la quatrième ligne, le public était déjà devenu rétif, et au début de la huitième ligne, il avait commencé à applaudir lentement, mené, a-t-on remarqué, par ceux qui ne vivaient pas réellement à Stoney Cross – aucun habitant de ce village n'aurait fait preuve d'aussi mauvaises manières envers le cher, doux et joli Christobel. Ils auraient applaudi ses efforts et auraient simplement dit qu'elle était si jeune et qu'elle avait simplement besoin de temps pour grandir en tant que poète.

Cependant, n'ayant aucune idée de cette gentillesse et maintenant complètement déstabilisée par le bruit de censure provenant du corps de la salle, elle s'arrêta, mélangea à nouveau ses papiers, marmonna un « merci pour votre temps » et s'enfuit furtivement par la sortie de secours. complètement humilié et embarrassé.

Marcus s'était joint aux lents applaudissements des mains alors qu'il se sentait à nouveau somnolent et agité par le niveau épouvantable des offrandes. Il aurait aimé faire une petite sieste rafraîchissante, mais il savait qu'il devrait d'abord voir cette chose. Non seulement il avait donné sa parole, mais il avait l'intention de détruire chaque instant de ce week-end lorsqu'il rentrerait chez lui et commencerait à enregistrer son programme.

Hugo Westinghall fut le prochain à être jeté aux lions, mais il calma de manière inattendue la foule en colère grâce à la qualité de son écriture. Comme sa femme, il était un romancier romantique mais, contrairement à elle, il ne parsemait pas ses histoires de descriptions sucrées et de conversations pleines de clichés. Le public s'est calmé sous le ton reposant de sa voix, et a véritablement écouté l'extrait qu'il a lu de son dernier livre. À la fin de son discours, alors qu'il fermait son livre, il y a eu une véritable salve d'applaudissements sincères, et quelques personnes présentes ont tapé du pied et sifflé en remerciement. Il quitta la scène la tête haute, très soulagé de ne pas avoir reçu le traitement infligé au pauvre petit Christobel.

L'offrande d'Hugo fut suivie par celle de sa femme, Felicity, mais leurs styles variaient considérablement et elle était encore inédite. Alors qu'elle parlait de mains fortes et hirsutes rampant sous les corsages, et que les soupirs et les gémissements de plaisir lorsqu'un téton était caressé ici, une oreille mordillée là, le public redevint rétif.

Ses nombreuses perles et bracelets claquaient et claquaient sur le coton fluide de sa longue robe, alors qu'elle commençait à trembler. Une ou deux fois, ses longues boucles d'oreilles pendantes s'accrochaient au tissu au niveau de ses épaules, et sa lecture était ponctuée de « aïe » et de « aïe » occasionnels. Le fait que sa voix soit plate et monotone n'aidait en rien, et bientôt, la salle fut remplie de huées et de cris.

Minty n'attendit plus et se poussa dans la zone de représentation, poussant Felicity hors du chemin assez vigoureusement. Son apparition a calmé les choses et elle a commencé à remercier le public d'être venu à leur petit divertissement, tout en remerciant silencieusement sa bonne étoile de ne pas l'avoir facturé. Ils voudraient tous récupérer leur argent, et il y aurait une sacrée dispute. Au moins, c'était gratuit, et ils l'oublieraient probablement d'autant plus vite qu'ils n'avaient pas eu à mettre la main à la poche.

Enfin, elle s'est excusée du fait qu'il n'y aurait pas de danse pour terminer le programme, car leur danseuse, Serena Lyddiard, s'était blessée lors de l'entraînement, et elle espérait qu'ils lui souhaiteraient tous un prompt rétablissement. À cela, Marcus dressa l'oreille. C'était la dame à qui il n'avait pas été présenté, et il tenait à remédier à la situation. Il faudrait qu'il se renseigne à nouveau à l'auberge pour voir.e s'il pouvait recueillir suffisamment d'informations pour la localiser géographiquement.

Se levant de son siège et enfilant sa veste, il réfléchit furieusement alors qu'il se dirigeait inévitablement vers le pub.

Chapitre 7

Dimanche 6 septembre – soir

L'auberge était aussi occupée qu'elle l'avait été depuis vendredi soir ; toutes les tables du bar étaient occupées et beaucoup plus de personnes se tenaient en groupe ou au bar. Peregrine et Tarquin ont été renversés, n'ayant pas réussi, au cours des derniers jours, à obtenir une aide supplémentaire. Mais cela n'avait aucune conséquence, car cela signifiait simplement qu'ils gagneraient plus d'argent pour eux-mêmes.

Marcus était assis seul à une table pour deux, la deuxième chaise étant empruntée pour être utilisée à une autre table. Il avait eu un certain succès dans ses recherches et ses investigations, et il était maintenant assis, perdu dans un bureau brun, réfléchissant à ce qu'il dirait lorsqu'il rédigerait son programme.

Il se sentait particulièrement espiègle et plein d'esprit en ce moment, mais réalisa qu'il pourrait devoir rester discret pendant un moment après la diffusion. En fait, il devrait faire profil bas jusqu'à ce que l'émission soit diffusée, ne voulant pas que quiconque parmi ceux dont il avait été témoin cet après-midi, ni aucun des artistes, ne le supplie d'avoir une critique favorable. Il l'a raconté tel qu'il le voyait et ne compromettrait son honnêteté pour personne.

Il lui faudrait leur laisser au moins quelques jours pour se calmer, peut-être en attendant le milieu de la semaine pour faire leur apparition. Peut-être pas. Et il ferait mieux de se cacher complètement vendredi après-midi, car il y aurait sans aucun doute de nombreux « contrats » verbaux sur lui après le programme, s'il avait quelque chose à voir avec cela. Comment pouvaient-ils s'attendre à autre chose, après toutes ces images mornes d'hier et ce désastre honteux cet après-midi ?

À une table près de la fenêtre étaient assis les artistes de la journée, la plupart du temps des boissons intactes devant eux, plongés dans la tristesse face à la façon dont les événements s'étaient déroulés. Les yeux de Christobel Templeton étaient rouges et gonflés et elle était assise, comme une souris découragée, avec le bras de son mari autour de son épaule.

Elle redoutait l'arrivée du vendredi après-midi et ne savait pas comment elle aurait le courage de faire face à son humiliation radiophonique. Mais pire encore seraient les jours intermédiaires, où tous ses voisins savaient à quel point elle avait été idiote de penser qu'elle pouvait écrire de la poésie. Elle poussa un grand soupir, le cœur lourd, et but distraitement le double cognac que Jeremy lui avait acheté pour calmer ses nerfs.

Felicity Westinghall brillait par son absence. Elle s'était portée volontaire pour s'occuper des enfants ce soir, un fait presque inouï. Hugo était désormais assis en face de Christobel, baigné d'une aura de fierté pour son travail. Après tout, il a été publié ; Felicity travaillait toujours pour atteindre ce niveau d'acceptation. Il avait ressenti un étrange sentiment de culpabilité face à la différence dans la réception de leurs lectures, mais il n'allait pas laisser cela faire éclater sa bulle. Il avait « fait son apprentissage » il y a des années et en récoltait désormais les fruits. Felicity devrait simplement travailler pour obtenir un style plus crédible.

Delia Jephcott, accompagnée de sa partenaire Ashley, semblait également intimidée par son expérience de cet après-midi, mais c'était la présence de Marcus Willoughby dans le village qui était sa plus grande inquiétude. Et si Ashley le découvrait ? Que penserait-il d'elle ? Elle avait toujours déclaré avoir été absolument célibataire et n'avait jamais voulu avoir quoi que ce soit à voir avec le mariage. Maintenant, elle serait prise en flagrant délit de menteuse.

Et elle avait menti sur son âge lorsqu'ils avaient emménagé ici. Tout le monde savait qu'elle était un peu plus âgée qu'Ashley, mais pas l'ampleur de leur différence d'âge. Cette seconde pensée l'inquiétait presque autant que la première. Les gens la croyaient-ils ou se moquaient-ils d'elle en silence ? Eh bien, s'ils ne le savaient pas maintenant, ils le sauraient bientôt, avec ce lézard à la langue fourchue dans les parages. Qu'allait-elle faire ? Il lui suffirait de persuader Ashley de déménager avec elle. Elle ne serait jamais capable de dévoiler effrontément ses deux petits « secrets ». Et elle savait juste qu'elle descendrait dans la nuit et pillerait le réfrigérateur et le tonneau à biscuits, ce qui entraînerait les conséquences inévitables. Il faudrait vraiment qu'elle se ressaisisse, sinon elle aurait un troisième problème à résoudre.

Ashley, totalement inconscient de l'agitation qui se déroulait à ses côtés, continua à souper, profitant au maximum de cette visite à l'auberge. Ce n'était peut-être pas la célébration que tout le monde espérait, mais il était tout aussi disposé à lever un ou plusieurs verres à leur échec. Cela ne faisait aucune différence pour lui, et peut-être que cela détournerait l'attention de Delia de lui pendant quelques jours, le temps qu'elle se remette de son humiliation.

Camilla Markland était également maîtrisée, faisant face à ses troubles intérieurs en mettant des chips dans sa bouche. Toujours légèrement en surpoids, elle enviait le métabolisme de son mari : il pouvait manger ce qu'il voulait tout en restant mince comme un râteau. Oh mon Dieu ! Elle retint sa main, une fois de plus en route vers sa bouche. Et s'il le disait à Greg ? Et une autre pensée, un peu comme celle de Delia : et si j'avais cinq ans de plus que lui ? Cela peut paraître anodin à certaines personnes, mais ces personnes étaient généralement des hommes. Les femmes étaient beaucoup plus sensibles à ce genre de choses.ng, et cela l'inquiétait terriblement.

Fiona Pargeter et Lydia Culverwell étaient cependant dans un état d'esprit totalement différent. N'ayant rien à cacher et absolument aveuglés par leur manque de talent, ils se sont retrouvés face à face, dans une discussion indignée sur la manière dont leurs efforts seraient évalués. Habituellement les meilleurs ennemis, ils étaient devenus les meilleurs amis dans l'adversité.

« C'était définitivement ce piano », conclut Lydia au nom d'eux deux. « Jangly vieille horreur ; J'ai entendu dire que c'était désaccordé quand Rollo a commencé à jouer votre accompagnement. Pas étonnant que tu aies eu tant de problèmes.

Fiona hocha la tête en signe d'accord reconnaissant – c'était bien mieux que de rejeter tout le blâme sur ses cordes vocales. « Et comment pourrait-on s'attendre à ce que vous jouiez du Chopin sur ce qui, de l'avis de tous, ressemblait à un vieux piano de pub ? » compatit-elle. Bien sûr, la trêve ne durerait pas longtemps, mais pour l'instant, ils restaient ensemble comme... enfin, comme deux ou trois choses très collantes !

Depuis une table adjacente, la voix stridente de Sadie se fit entendre. « Qu'est-ce qui t'arrive cet après-midi, Camilla ? On ne voyait pas parce qu'on avait oublié de mettre nos lentilles de contact turquoise ? »

Sortant sa main d'un paquet de fromage et d'oignon et éparpillant des chips sur la table, Camilla prit une profonde inspiration de fureur et cria presque à travers le pub : « Salope ! Tu as dit que tu ne dirais rien si je ne le faisais pas. » Ratissant le bar avec ses yeux déguisés, elle continua : « Elle les porte aussi, tu sais ! Seules les siennes sont bleues. Ce ne sont pas ses vrais yeux ! » conclut-elle, légèrement inexacte dans sa fureur.

« Oh, tais-toi et gagne une vie, femme. Je n'en ai plus rien à foutre de ceux qui connaissent mes lentilles, mais après le petit fiasco de cet après-midi, je pense que vous devriez porter vos lentilles roses à l'avenir. Grâce à cela, la vraie vie ne semblera plus si douloureuse. Sadie, se sentant un peu mieux que la veille, avait décidé que c'était le tour de quelqu'un d'autre dans le tonneau et, après plusieurs verres de vin, avait élu Camilla à ce poste.

Cette dispute aurait pu durer encore et encore, mais il y avait des bruits très intéressants venant du bar où Marcus essayait, en vain, d'obtenir un autre verre.

«Je pense vraiment que vous en avez assez, monsieur.» C'était Tarquin, essayant d'être diplomate, mais condamné à ne rien faire. «Et c'est presque l'heure de la fermeture.»

«Je veux seulement un autre cognac. Marcus était définitivement un peu en mauvais état, ayant commencé à boire à l'heure du déjeuner. Il était également retourné à The Inn à l'entracte et était revenu immédiatement après la fin des performances désastreuses. Il avait très peu mangé pendant cette période, ce qui n'avait fait qu'exacerber la rapidité de son ivresse.

« Pourquoi ne rentrez-vous pas chez vous, monsieur ? Vous avez dû avoir une journée très chargée ; en fait, un week-end très chargé. » C'était Peregrine, intervenant pour soutenir son partenaire commercial.

Je ne veux pas encore rentrer à la maison ! Je veux un autre verre.

Peregrine prit la barre. « Je suis désolé, monsieur, mais nous ne pouvons pas vous servir. »

« Pourquoi non ? »

"Parce que nous pensons que tu as déjà assez bu, Monsieur."

« Comment oses-tu ! » Marcus parut soudain plus sobre à mesure que ses squames augmentaient. « Comment osez-vous, espèce de couple de pédés minauduers et hachés – vous et votre gin-house de pouf-parlour. Comment oses-tu ! Je veux un autre cognac, et vous allez me servir, salauds de bandits.

Il a fallu quatre clients masculins forts (et Sadie !) pour le faire sortir des lieux et le renvoyer. Mais il n'avait pas encore fini. Il leur montrerait bien ! Il leur montrerait tout ! Car à lui appartenaient le royaume, la puissance et la gloire... Avec ce thème religieux qui lui tournait en tête, il se tourna vers l'église Saint-Pierre et Saint-Paul, avec l'idée qu'il avait un os à régler avec 'Le Patron', et que c'était définitivement le bon moment pour le faire.

Lorsque l'endroit fut vide de clients et que tout le nettoyage fut fait, Peregrine et Tarquin s'assirent à l'une des tables du bar, entre eux un siphon à soda, un seau de glace et une bouteille de Campari. — Quelle soirée ! s'écria Tarquin, le plus jeune des deux hommes, en soupirant de soulagement que ce soit fini.

« Je ne pourrais pas être plus d'accord. Et quel week-end ! Finalement, nous avons réussi », a reconnu Peregrine.

En fait, ils venaient tout juste de finir de jouer l'histoire qui Enid Blyton n'a jamais pris le temps de s'engager sur papier – « Peregrine et Tarquin Pull it Off ». « Et qu'en est-il de ce vieux poseur ivre, qui nous traite de poufs ? » ajouta Peregrine en prenant une délicate gorgée de son Campari et de son soda et en pinçant les lèvres avec une petite moue de dégoût.

'Exactement! Et tout le reste ! » Tarquin hochait la tête en signe d'accord. « C'est génial de nous traiter de poufs » (ici, il soupira, puis continua), « quand nous sommes deux bis ! »

Peregrine faillit s'étouffer avec son verre, amusé.

Marcus tituba le long de School Lane, puis se tourna en titubant vers Church Lane, sa destination.l'église Saint-Pierre et Saint-Paul. Il avait dans son esprit confus qu'il ne recevait pas le traitement respectueux qu'il méritait de la vie et, alimenté par un excès d'alcool et les illusions de grandeur que cet état induisait toujours en lui, décida qu'il était grand temps qu'il ait un mot. avec quelqu'un à ce sujet – et il allait toujours directement au sommet.

Il n'y avait ni radio ni télévision dans The Vicarage, tandis que le révérend et Mme Ravenscastle faisaient le ménage en vue d'aller se coucher. Ce fut Adella qui entendit le bruit la première, les fenêtres étant toujours ouvertes. Il semblait y avoir une sorte de chahut dans l'église, volontairement (mais bêtement) laissée ouverte par Benoît, au cas où quelqu'un souhaiterait entrer pour prier.

L'informant, il s'arrêta et écouta. Cela ressemblait à quelqu'un qui criait et, lorsqu'il y avait un choc, comme si quelque chose de lourd avait été lancé ou renversé, Benoît s'est dirigé vers la porte. « Je ne sais pas ce qui se passe là-bas, mais on dirait que je ferais mieux d'y jeter un œil », a-t-il appelé par-dessus son épaule. "J'allais y aller dans quelques minutes et enfermer pour la nuit de toute façon."

« Fais attention, Benoît, mon cher. Vous ne savez pas qui est là-dedans ni ce qu'ils font. Il pourrait y en avoir toute une foule, pour autant que vous le sachiez.

« Cela me faisait penser à une seule personne, et rappelez-vous, j'ai mis ma foi dans le Seigneur pour ma protection. » En disant ces mots, il ferma la porte et se précipita vers le porche de l'église.

À l'intérieur, il trouva Marcus Willoughby en état d'ébriété, debout près d'un banc renversé et levant le poing vers le ciel. « Si tu existes vraiment, tu es un vrai salaud. Tu sais que je suis important, mais tu me laisses être humilié comme ça, rugit-il, et il continua dans cette veine jusqu'à ce que Benoît pose une main douce sur son épaule gauche.

« De bon, mon vieux ! » l'apaisa-t-il en se retournant pour se retrouver face à face avec Marcus. « Je ne sais pas de quoi il s'agit, mais pourquoi ne rentres-tu pas te coucher ; dormez bien et venez me voir demain matin si vous souhaitez en parler. Cela lui a coûté cher d'être si soucieux envers l'homme qui avait déchiré sa famille, mais son respect pour le poste qu'il occupait l'a jugé nécessaire.

« C'est une sacrée fraude ! » hurla Marcus.

« C'est un peu fort, mon vieux. Je vous offre simplement des soins pastoraux.

"Non", toi, je suis ton Dieu qui saigne. 'E ne fait pas ez, ez, ez... ezzist. Et ma vie est pour moi, et je veux juste faire une pause. Même s'il fait de l'ezzist. Le discours de Marcus s'était encore détérioré à mesure que sa rage s'apaisait un peu. « Et éloignez-vous de moi, vous n'y allez pas, ce dérangeur de Dieu, continua-t-il fermement, s'égarant sur le dernier mot.

Benedict passa un bras autour de l'épaule de Marcus et commença à le guider, lentement mais sûrement, vers la porte. La seule lumière dans l'église provenant de la lampe votive, ce n'est que lorsqu'il fut presque arrivé au porche qu'il aperçut le visage de sa femme, une expression de détresse sur son visage, les regardant. Adella s'éloigna d'eux alors qu'ils sortaient, et son mari indiqua à Marcus la direction générale de sa propre maison. Ils le regardèrent s'éloigner en chancelant, toujours en marmonnant et en se plaignant dans sa barbe. Il les aurait tous ! Il rentrait chez lui pour enregistrer son programme et il le déchirait en rubans. Déchirez-les en lambeaux. Ils le traiteraient avec respect à l'avenir. Il dirait au monde entier à quel point ils étaient une bande de garces, de traîtres et de nuls, puis ils le regretteraient et il serait à nouveau le meilleur chien. Son programme anéantirait leur pathétique petit Festival, ou alors il était Néerlandais.

Aiguisant ses griffes mentales, un sourire diabolique s'étala lentement sur son visage, atteignant enfin ses yeux. Il les assassinerait tous et révélerait leurs pathétiques petits secrets. Il les laissait crus et implorait grâce, au moment où il en avait fini avec eux. Et puis, pensa-t-il, il serait peut-être temps de partir – peut-être vers les Caraïbes, cela lui plaisait beaucoup. Peut-être que venir à Stoney Cross n'était pas une si bonne idée finalement...

Chapitre 8

Lundi 7 septembre – premières heures

Il était presque deux heures lorsqu'Adella Ravenscastle fut réveillée par son mari qui essayait de monter à l'étage pour la rejoindre dans son lit. « Où diable étais-tu à ce moment-là, Benoît ?

« Désolé, mon amour. Je ne pouvais pas envisager de dormir après cette histoire avec Willoughby, alors je suis allé faire une petite promenade pour me calmer, puis je suis allé prier pendant un moment.

« Et ? » a demandé Adella, sachant qu'elle ne devrait pas demander.

«Pour lui pardonner ce qui s'est passé ce soir, ainsi que pour le remords et le pardon pour ce qu'il a fait à notre famille. J'ai également prié pour comprendre pour moi-même et pour que je reçoive la force de vraiment lui pardonner son horrible péché de se suicider.

« Oh, Benoît, je ne pense pas pouvoir le supporter : qu'il vive ici dans notre paroisse, et qu'il doive le voir, le croiser au moment où je m'y attends le moins. Je ne sais pas si je peux garder mon sang-froid. Je ne sais même pas si je peux garder mon sang-froid.

« Dieu vous donnera la force, ma chère. Et n'oubliez pas que nous ne sommes pas les seuls à souffrir de sa présence. Squirrel commençait tout juste à accepter la perte de Bubble – oui, je sais que ce n'était qu'un chien, mais il était sa famille – et maintenant il est arrivé et a rouvert la plaie. Je ne l'ai pas vue depuis qu'elle l'a baptisé dans le thé, conclut-il, très content de sa petite plaisanterie cléricale. Si c'était un faible, il s'en fichait. Le thé aussi. « Dormons dessus pour le moment, et j'irai voir Squirrel demain, pour voir comment elle va. »

Il s'endormit immédiatement alors que sa tête touchait l'oreiller, mais Adella continua de marmonner pour elle-même, finissant finalement ses pensées par : Eh bien, si personne d'autre ne veut rien faire à ce sujet, je le suis - et je sais juste. quoi! Je ne peux rien faire pour ramener notre chérie Maria, mais il y a quelque chose que je peux réparer. J'ai juste besoin d'y réfléchir un peu.

Complètement réveillée maintenant, l'esprit occupé par son plan, elle sortit du lit, enfila un manteau léger et des chaussures et, ne prenant qu'un instant pour griffonner une note au cas où Benedict se réveillerait et la trouverait partie, quitta la maison. Même si une simple bombe pouvait habituellement réveiller Benedict, elle prenait cette précaution par courtoisie et, entre autres choses, elle avait besoin d'air. Elle était une femme en mission et ne laisserait pas l'heure tardive retarder son plan.

De nombreux artistes résidents de Stoney Cross n'ont pas pu dormir après la débâcle de leurs présentations ce jour-là, et aucun des artistes n'était non plus tout à fait à l'aise. Il y avait beaucoup trop de possibilités quant à ce qui allait se passer ensuite, et bon nombre de personnes ont pris leur voiture ou se sont promenées dans les rues. Bien qu'aucun d'entre eux n'ait réellement eu de rencontre physique, de nombreux personnages voltigeaient, pour la plupart perdus dans leurs pensées ou bouillonnants de colère. Que Dieu ait pitié de Marcus quand il montrera enfin son visage – il en aurait besoin !

Deux de celles qui sont restées sur place étaient Delia Jephcott et Camilla Markland.

Dans Starlings' Nest, Delia se gênait pour dire à Ashley qu'elle avait été mariée à Marcus pendant une brève période, il y a plus de vingt ans. Elle redoutait sa réaction et était terrifiée à l'idée de perdre son toy-boy ; car elle l'aimait, et espérait qu'il l'aimait suffisamment pour lui pardonner ce petit oubli de sa part à propos de son passé. Après tout, il n'avait qu'environ sept ou huit ans à l'époque... même si cela mettrait en évidence leur différence d'âge dans son esprit. À Dieu ne plaise – il pourrait même la quitter !

Aussi calmement qu'elle le pouvait, sa voix tremblant à peine, elle réussit à prononcer des mots horribles et à révéler les détails de son plus sombre secret. Alors qu'elle finissait, elle était sur le point de se jeter à la merci d'Ashley, quand il éclata soudain de rire et la rattrapa dans une étreinte totalement inattendue. « Espèce de jument idiote ! » déclara-t-il. « Je me fiche de ce que vous avez fait avant de me rencontrer, parce que tout cela appartient au passé et aucun de nous ne peut changer le passé. Tout ce qui compte, c'est maintenant ; et « maintenant » signifie toi et moi. Embrasse-nous, idiot.

Lorsqu'elle se fut démêlée, Délia examina minutieusement son expression. « Ça ne vous dérange vraiment pas ? »

« Plus que ça, je m'en fiche vraiment. À quoi ça sert de se déformer à cause de choses que nous ne pouvons pas changer ?

« Ashley Rushton, tu es le meilleur homme du monde et je suis si heureuse que nous soyons ensemble. » La voix de Delia tremblait à nouveau d'émotion et des larmes non versées brillaient dans ses yeux.

« Viens ici, espèce de vieille idiote », chantonna-t-il presque, la prenant à nouveau dans ses bras.

« Et pas tellement de « vieux », le réprimanda-t-elle, sa voix étouffée par son épaule, où elle avait enfoui son visage de soulagement. « Écoute, je sais qu'il est tard, mais je vais faire une petite promenade. Je suis tellement soulagée que tout soit dévoilé et que tu ne fasses pas ta valise.

« idiote, idiote Delia ! Tu pensais vraiment que j'étais si superficiel ?

"Eh bien, je te harcèle un peu, mais non, chérie, c'est juste... » Sa voix tomba dans le silence. Elle lui sourit avec soulagement et alla prendre l'air frais dont elle avait besoin.

Camilla Markland n'a pas eu autant de chance avec la réaction de son mari Gregory à sa « petite confession ».

« Vous avez fait quoi ? » cria-t-il avec incrédulité.

«C'était après ce concert à Carsfold l'année dernière. J'étais complètement brisé, avec des nerfs, du champagne et de l'adrénaline. Je n'ai jamais été aussi ivre, Greg, et il a profité de mon état.

« Ouais, je parie qu'il l'a fait. Puisque vous le lui proposez probablement dans une assiette, comment pourrait-il refuser ? — Ce n'était pas comme ça ! protesta-t-elle.

« Alors, comment c'était ? Veux-tu me le dire, ou préfères-tu que je l'imagine ?

« Grég ! J'étais complètement hors de mon visage. Je m'en souviens à peine ! Je me souviens juste de m'être réveillé le lendemain, d'avoir réalisé ce que j'avais fait et d'avoir eu l'impression que ma vie était finie.

« Espèce de tarte ! Espèce de pute ! Et avec ce vieux ratatiné et pompeux... » Greg Markland bafouilla jusqu'à s'arrêter verbalement dans sa rage.

« J'ai dit que j'étais désolé et j'en suis toujours mortifié. S'il vous plaît, ne soyez pas trop dur avec moi. Depuis, je suis en enfer. Et maintenant qu'il a déménagé dans le même foutu village, je savais que cela sortirait tôt ou tard, et je voulais d'abord te le dire, avant que tu l'apprennes de lui ou de quelqu'un d'autre.

« Tais-toi, tais-toi, tais-toi ! Espèce de putain de salope ! Je sors et je ne sais pas si je reviendrai. Et si je le fais, ce sera juste pour récupérer mes affaires quand j'aurai trouvé un logement.

« Greg, s'il te plaît, ne me quitte pas. Je ferai n'importe quoi – n'importe quoi.

« Oh, je sais que tu le feras, et tu viens de me tout dire. C'est fini pour moi, en ce qui me concerne ! » et il s'est enfui de la pièce, laissant Camilla affalée sur le canapé, pleurant et sanglotant face à la catastrophe qui l'avait rattrapée.

Stoney Cross pourrait prendre un air plus sombre la nuit. Lorsque The Inn on the Green eut verrouillé sa porte et fermé pour un autre jour, les fêtards se dispersèrent, riant et criant, vers leurs propres maisons, le quasi-silence contrastant ayant un caractère déconcertant. De nombreux objets du quotidien qui nous indiquent où nous nous trouvons dans le temps, comme les antennes paraboliques, se sont perdus dans l'ombre. L'éclairage public était faible, comme s'il était encore produit au gaz, et les routes étroites et les vieux bâtiments étaient également trompeurs quant à la date exacte de « maintenant » – cela aurait pu être à n'importe quel moment au cours des cent cinquante dernières années environ. Pour un esprit ivre, c'était déroutant et intimidant.

Des volutes et des vrilles de brume provenant de la rivière voisine, la Little Darle, flottaient et se glissaient comme des doigts en quête dans les rues et les jardins, ajoutant un autre monde à l'atmosphère. Le village lui-même faisait rage contre Marcus, l'enveloppant de soudains nuages de brouillard qui l'aveuglaient temporairement, le faisant trébucher sur des obstacles invisibles et le faire perdre son chemin à tel point qu'à un moment donné, il se retrouva au milieu de la route. Il a dû exécuter un astucieux pas de côté pour éviter un véhicule venant en sens inverse, qui roulait, heureusement pour lui, très lentement dans les conditions météorologiques du moment, et a juré dans sa barbe alors qu'il s'éloignait de manière invisible. Le village montrait son revers – celui qui rappelait la violence, les privations, la faim et les grandes difficultés, et il taquinait l'imagination de Marcus, accélérant son rythme et faisant battre son cœur un peu plus vite alors qu'il approchait de la sécurité de sa nouvelle maison.

Toujours en colère, sa première action, après s'être assis à son bureau, fut de se verser un grand cognac, de tirer le téléphone vers lui, de sortir un petit bout de papier de sa poche et de composer un numéro avec un peu plus de vigueur. que ce qui était nécessaire. Sans donner au destinataire de l'appel la possibilité de parler, il a entonné : « Jenny ! Vous ne pouvez plus vous cacher. Je te l'ai dit la dernière fois. Je t'ai trouvé ! Je t'ai vraiment trouvé maintenant ! Et notre fille voudra vous rendre visite à son retour. N'est-ce pas tout simplement charmant et confortable, après tout ce temps ? Nous pouvons commencer à être une vraie famille. Ne serait-ce pas sympa ?

Mais il n'y eut que la tonalité, alors qu'il arrivait à la fin de son rappel torturant. Remplaçant le récepteur, il se frotta les mains avec une joie rauque et tira son mini-enregistreur vers lui pour parcourir ses notes orales précédentes, en vue de peaufiner son prochain programme avant d'aller se coucher. Les souvenirs de son comportement le plus scandaleux étaient déjà lointains et faibles, ressemblant davantage à des fantômes. Il se sentait comme le roi du monde, sur le point d'exercer son pouvoir et se sentant tellement « goo-ooo-ood ».

Il était en bonne voie lorsque, à son insu, une voiture rampait le long de High Street à travers la brume, le bruit de son moteur étant étouffé par les conditions météorologiques. Une voiture sans phares et faisant le moins de bruit possible, compte tenu des circonstances, finit par rouler en roue libre alors qu'elle atteignait l'allée de The Old Barn. Il aurait pu s'agir de la voiture de n'importe laquelle des personnes qu'il avait bouleversées ce week-end, ce jour-là, ce soir-là, mais le conducteur n'était pas identifiable.n la pénombre de l'intérieur du véhicule, l'éclairage public tamisé et la qualité obscurcissante de la brume.

Personnage totalement anonyme, il sortit du véhicule en fermant la porte conducteur le plus silencieusement possible et se dirigea vers le côté de la propriété, où une lumière éclairait la pelouse depuis une paire de portes-fenêtres légèrement entrouvertes pour laissez sortir la chaleur du jour et entrez la fraîcheur de la nuit.

Il était tellement absorbé par son enregistrement malicieux – il travaillait maintenant directement sur le programme informatique – qu'il n'avait aucune idée que quelqu'un était entré dans la pièce, marchant tranquillement pieds nus. Il était inconscient du fait que quelqu'un se tenait maintenant derrière lui, les bras levés, avec quelque chose qui s'étendait entre les deux et s'enroulait autour, les poings serrés.

Oui, Stoney Cross était en colère ce soir, et la cause de cette colère allait bientôt être punie...

Chapitre 9

Lundi 7 septembre – matin

Le Festival, après toute sa planification, ses espoirs, ses ambitions et ses craintes, était arrivé, s'était frayé un chemin jusqu'à son horrible conclusion, et il ne restait plus qu'à faire le ménage.

Les « suspects habituels » étaient à la salle des fêtes du village, emballant des gobelets en polystyrène, des paquets de biscuits et de chips, débarrassant les tables, les chaises et les paravents, et laissant les œuvres d'art en petits tas, pour que leurs créateurs les récupèrent dans la journée.

Serena était également là, n'ayant aucun problème de transport, car sa voiture était automatique et pouvait être conduite avec un seul pied, si nécessaire. Elle s'est assise solennellement, sur une chaise près du piano, dans ce qui avait été la salle de représentation, sa jambe gauche appuyée sur une autre chaise pour se soutenir.

La plupart des personnes présentes travaillaient avec soulagement à l'idée que toute l'expérience était terminée, mais quelques-uns se sont assis sur des chaises égarées, apparemment perdus dans leur propre monde. Camilla Markland, habituellement si pleine d'elle-même et de ses propres opinions, était affalée sur une chaise au fond du couloir près des portes, les larmes coulant sur son visage, son nez légèrement en bec rouge et à vif. À quiconque s'approchait pour voir ce qui n'allait pas, elle secouait légèrement la tête et se détournait un instant. Elle n'avait pas voulu rester assise seule dans sa maison vide, à attendre les sons que Greg ne ferait plus jamais. Elle était si plongée dans le malheur qu'elle n'avait aucun espoir de son retour et envisageait un avenir sombre et solitaire.

À l'autre bout du couloir, Adella Ravenscastle était assise, se baissant de temps en temps pour caresser son teckel, Satan. Sur son visage se dessinait un sourire énigmatique. Elle le laissa là pour le reste de son temps dans le hall.

Lydia, Fiona, Sadie, Minty, Delia et Ashley ont travaillé avec volonté, tout en menant une conversation inégale et décousue. Lorsque Fiona a laissé tomber un sucrier en verre avec un tintement retentissant, Rollo, qui passait devant le piano à ce moment-là, a écrasé un accord de mi min dim7 avec les deux mains, suivi d'un ré min de deux octaves, et a terminé la fioriture avec un sous-sol. D, une octave en dessous du D inférieur. Cela a provoqué un certain amusement parmi les personnes présentes et a même fait sourire Camilla. Adella, cependant, continuait à regarder au loin, souriant toujours de son petit sourire, serrant son secret contre elle comme une enfant avec un ours en peluche.

Christobel n'était pas présente, ayant supplié son mari, Jeremy, de rester à la maison avec elle pour obtenir de l'aide, et de ne pas se rendre au grand nettoyage, de peur qu'il ne revienne avec des histoires de commentaires désobligeants sur son doggerel. Qu'elle n'écrirait plus jamais de poésie, elle en était absolument sûre ; et elle ne pourrait même pas se montrer à Stoney Cross pendant un bon moment. Elle anticipait son isolement qu'elle s'était imposée avec une sorte de plaisir sombre – le fait de se débarrasser de sa propre punition, tout en évitant toutes les médisances et les reproches des autres dans un avenir immédiat.

Felicity et Hugo Westinghall, leurs enfants, ont également donné un coup de main, jetant inévitablement du pain aux canards sur l'étang avec les enfants Pargeter. Des canards qui débordaient désormais de largesses, et probablement de meurtrissures, car le pain était toujours rassis et parfois dur comme de la pierre. Quelques-uns des autres artistes exposants faisaient également partie de l'équipe, après avoir été obligés de les aider lorsqu'ils sont arrivés pour récupérer leurs photos.

Sadie et Minty étaient des participants inattendus, car elles avaient exposé leurs œuvres chez elles. Leurs motivations, cependant, étaient ancrées dans une pure curiosité : le besoin de savoir ce que ressentaient les autres participants, afin de pouvoir comparer cela avec leurs propres réactions.

Vers onze heures environ, ils se sont tous deux glissés sur un banc dans la verdure du village pour que Sadie puisse prendre une cigarette ou deux et comparer leurs notes. Prenant place sur le banc le plus éloigné de l'étang et de sa coterie de petites oreilles indiscrètes, ils s'assirent juste de l'autre côté de la haie qui séparait la maison de Sadie du green. Minty a fait l'offre d'ouverture.

«Je pensais que j'allais encore me mouiller, cette fois avec peur», a-t-elle admis en se tordant les mains dans cette angoisse rappelée.

«Cela se serait bien passé», répondit Sadie avec l'ombre d'un petit rire.

«Eh bien, il a les yeux tellement froids et il n'a jamais dit un mot sur mes affaires. J'ai peur de penser à ce qu'il va dire à ce sujet dans l'émission», a poursuivi Minty en passant une main dans ses cheveux courts – une habitude qu'elle avait lorsqu'elle était énervée. « Mais et toi ? A-t-il vu cette chose ?

«Il l'a effectivement vu.»

« Et qu'a-t-il dit ? Était-il vraiment en colère ? Est-ce qu'il a fait une scène et s'est attaqué à vous ?

« Rien de tout cela », raconta Sadie avec un léger pincement de la bouche. «J'étais dans la cuisine quand il y a eu ce cri tout-puissant. Je savais juste qu'il l'avait vu et je me suis précipité à l'intérieur, sans aucune idée de ce que j'allais dire pour ma propre défense. Et il n'en a rien dit du tout. Il a fait semblant de s'être cogné l'orteil contre un autre de mes morceaux de pierre et est parti peu de temps après. Mais je vais te dire une chose : j'ai eu un anonymeeuh, je l'ai mis dans la boîte aux lettres, pour le double du prix auquel je l'avais acheté.

« Sûrement, pas de lui ? » Minty avait les yeux écarquillés de surprise et de spéculation.

'Je pense que oui. De toute évidence, ce n'était pas signé, et je ne connais ni son écriture ni son numéro de téléphone personnel, mais je le connais dans mes os.

«Mais pourquoi le voudrait-il?» Minty était maintenant perplexe, n'étant pas très douée pour les motivations sournoises.

«Pour l'une des deux raisons suivantes», commença Sadie en guise d'explication. « Soit il voulait utiliser un marteau et le détruire, soit il était encore plus tordu que cela. Peut-être qu'il allait le cacher. Peut-être qu'en dépit de toutes ses critiques précédentes, il s'est rendu compte que j'avais un vrai talent et m'a proposé de l'afficher lorsque je serai connu. Cela deviendrait alors une plaisanterie délicieuse pour lui, même si la plaisanterie était contre lui, car cela le ferait passer pour un vieil ami qui aurait été de connivence dans l'affaire.

« Mon Dieu, Sadie, que penses-tu de ces choses ? » Minty était définitivement impressionnée.

«Je suppose que j'ai une trace de ruse diabolique qui me traverse», répondit son amie en jetant son mégot de cigarette et en commençant à se lever. « Allez, toi ! Il y a encore du travail à faire avant que nous puissions aller à l'Auberge et récolter nos justes récompenses.

Du mardi 8 au jeudi 10 septembre

Il n'a pas fallu longtemps pour qu'une merveille de neuf jours se transforme en une merveille de deux ou trois jours, et la vie à Stoney Cross a retrouvé son existence paisible et ininterrompue. Quelques incidents méritent cependant d'être soulignés : les changements provoqués par le déménagement de Marcus au village et son air de « s'encanailler » au Festival.

Felicity Westinghall s'était inscrite à un cours d'écriture créative à Market Darley, déterminée à « améliorer son jeu » à un niveau lui permettant de rivaliser de manière réaliste avec Hugo.

Lydia Culverwell avait décidé de ne plus jamais se produire en public, expliquant sa décision par un mot : nervosité. C'était une façon de sauver la face et c'était en partie vrai. Elle savait bien jouer ; n'était pas un mauvais pianiste, mais il s'effondra devant le public. Qu'elle puisse jouer correctement à la maison était une chose, mais devant les autres, sur un instrument extraterrestre, ses doigts devenaient comme deux régimes de bananes, et elle ne pouvait rien y faire.

Les yeux de Camilla Markland apparaissaient désormais nus en public. Pour la vie de tous les jours, maintenant que son secret était dévoilé, elle a boudé ses lentilles de contact colorées autrefois tant appréciées, les réservant uniquement aux concerts et autres représentations publiques. Dans son état de misère post-confessionnel, elle n'aurait de toute façon pas pu les porter, tellement elle pleurait. Personne à Stoney Cross n'était plus dupe, alors à quoi bon ? Qu'elle ait reçu une lueur de respect pour cela, elle aurait été surprise de le découvrir et se demanderait plus tard pourquoi elle avait été si vaniteuse dans le passé.

Elle avait vécu seule quelques jours terriblement misérables. Des journées noyées dans des larmes de chagrin et de perte, puis jeudi soir, elle avait été surprise d'entendre une clé dans la porte et submergée de joie de voir Greg franchir la porte d'entrée. L'idée qu'il aurait pu revenir juste pour récupérer quelques biens ne lui est jamais venue à l'esprit, et elle s'est jetée sur lui, l'entourant de ses bras et pleurant (encore) de soulagement. Et elle avait eu de la chance dans son hypothèse car, après avoir réfléchi longuement et durement, il avait décidé, pour l'instant, qu'une petite erreur (aussi stupide et infidèle soit-elle) ne devrait pas briser un mariage qui avait survécu si longtemps sans autre solution de ce type. incidents dommageables. Leurs retrouvailles ont été à la fois passionnées et tendres, et il faut les laisser en profiter en toute intimité.

Serena Lyddiard passait encore la plupart de son temps à la maison. Une jambe surélevée, elle était assise dans son fauteuil tandis que d'autres lui téléphonaient ou lui rendaient visite, la tenant au courant de tout ce qu'elle avait manqué au Festival et de toutes les autres bavardages du village qui, selon eux, pourraient l'intéresser, y compris le fait que Marcus semblait être allé au sol. Jeudi après-midi, elle a tenté une promenade timide dans le village, avec juste un bandage en crêpe et une canne pour se soutenir, attendant avec impatience son retour à une vie plus sociable, et un des excellents éclairs au café du salon de thé (préparés le jour même). locaux, bien sûr).

Au Vicarage, Adella Ravenscastle avait confondu son mari en étant plutôt distante et secrète, fredonnant parfois doucement et en vaquant à ses tâches quotidiennes avec une nouvelle vivacité. Elle avait été rejetée dans les gueules d'un vieux chagrin à l'arrivée de Marcus, et pourtant, elle était là, se baladant avec un plumeau et semblant, sinon radieuse, du moins beaucoup plus apaisée. Son mari ne demandait rien, préférant rester dans l'ignorance si sa femme n'était plus en larmes et pleine de colère.

D'Écureuil, il n'y avait eu aucun signe depuis l'incident du lancer de thé, et elle et son petit Yorkie commençaient à nous manquer. C'est dans cet esprit que le vicaire s'est dirigé vers son cottage de Church Lane après avoir prononcé une seule chanson du soir. La petite maison était plongée dans l'obscurité et, au début, il n'y eut aucune réponse à ses coups. À son deuxième coup, commentver, un « wuff » étouffé était à peine audible et, sachant qu'il y avait une clé sous le lourd paillasson, il la récupéra et entra.

La maison sentait le renfermé et le manque d'air, une odeur nauséabonde rappelant Squeak à son esprit, mais en bas, il n'y avait aucun signe de vie. Le salon était dépoussiéré et en désordre, surpeuplé de bibelots, les achats récents dans les vide-greniers empilés sur les chaises et sous la table. La cuisine était en désordre total, avec de la vaisselle sale dans l'évier et sur la table de la cuisine, et des mouches bourdonnaient autour des bols de nourriture vides de Squeak. S'aventurant à l'étage, il suivit les légers bruits de chien et trouva Écureuil dans son lit, son petit chien au pied, tous deux semblant faibles et désespérés.

Comprenant immédiatement la situation, il transporta le chien léger comme une plume jusqu'à la cuisine, où il ouvrit une boîte de nourriture pour chien et remplit le bol d'eau, ouvrant ainsi la porte arrière, avec la double intention de laisser entrer un peu d'air frais et laissant sortir les mouches, ainsi que l'odeur nauséabonde des « accidents de nécessité » du chien. Squeak n'avait visiblement pas eu accès au jardin depuis un certain temps – son nez l'avait confirmé lorsqu'il avait ouvert la porte d'entrée pour la première fois.

Il a ensuite ouvert une boîte de soupe qu'il avait trouvée dans un placard mural et l'a mise sur la plaque de cuisson pour la faire chauffer, pendant qu'il préparait une théière. Il n'y avait pas de pain comestible, mais il estimait que ce n'était pas très important, car Écureuil n'avait manifestement pas mangé depuis un certain temps et devrait d'abord y aller doucement avec son estomac, pour ne pas le surcharger.

Montant ces offrandes, il nourrit la vieille dame, puis la persuada d'aller aux toilettes pour un nettoyage attendu depuis longtemps, trouvant des draps frais dans un coffre au pied du vieux lit en laiton et les changeant avant son retour. C'est une heure plus tard qu'il partit pour rentrer chez lui, emportant le linge sale avec lui et promettant d'établir un roulement de visiteurs, tant pour l'entreprise que pour les tâches ménagères. Il s'occuperait de ses courses lui-même, emmenant Squeak avec lui pour un petit exercice bien mérité et une opportunité de gérer ses propres affaires.

Ces dispositions prises, il retourna au Vicarage, bouillonnant de fureur que la simple présence de Willoughby dans le village ait pu avoir des effets aussi catastrophiques sur l'un de ses ouailles. Et lui, personnellement, aurait du mal à lui pardonner ce qui s'était passé dans le passé et les choses blasphématoires qu'il avait dites dans la maison de Dieu quelques jours auparavant. Pour une fois, la prière ne semblait servir à rien.

Christobel Templeton avait mis étonnamment peu de temps à se remettre de son humiliation publique et de la prise de conscience qu'elle n'était pas poète. Elle s'était plutôt tournée vers la planification d'une histoire de meurtre sanglante, dans laquelle un Marcus Willoughby à peine déguisé était la victime, mourant horriblement, lentement et dans l'agonie. Non seulement c'était thérapeutique, mais cela dissipait son embarras et sa colère et lui donnait quelque chose à faire. Une distraction des souvenirs et une vision vers l'avenir.

Mais elle allait bientôt s'en désintéresser, à mesure que l'humiliation revenait et la replongeait dans le désespoir. Si elle n'était pas poète, alors elle n'était probablement pas auteur non plus, et sa vie lui semblait à nouveau vide et inutile, la montée d'adrénaline initiale de sa vengeance s'infiltrant, comme l'eau de pluie dans le sol.

Minty avait adopté la même attitude que Sadie après une longue conversation téléphonique et, sachant que son travail était bon, avait accepté de rejoindre Sadie pour voir s'ils pouvaient organiser une exposition commune à Market Darley, avec l'aide d'un vieil ami qui j'avais plutôt une grande camionnette. De cette façon, d'autres pourraient voir leur travail et pourraient le juger par eux-mêmes.

Sadie avait été très amusée par l'incident des lentilles de contact et s'en était achetée une nouvelle paire. Elle arborait désormais une lentille bleu vif et une riche lentille marron chocolat, à la consternation de tous ceux qui la rencontraient, et était ravie de l'effet qu'elle produisait sur les gens qu'elle connaissait. Elle aimait ce look et s'amuserait à les échanger – un jour, l'œil droit marron, le lendemain, l'œil gauche marron. Quel grand effet elle aurait auprès des étrangers et des spectateurs de ses sculptures. Ils se souviendraient d'elle, et ce n'est pas une erreur.

Tard jeudi soir, après la fermeture, Summer Leighton s'est garée à l'Inn on the Green et a frappé vigoureusement à la porte. À l'intérieur, Peregrine et Tarquin, tous deux un peu grincheux face au ralentissement des échanges après l'agitation du week-end du Festival, s'étaient mis à discuter des propos offensants tenus par leurs clients sur la radio locale depuis sa dernière visite à The Inn, et revisitant ses remarques offensantes à leur sujet.

Bien qu'ils soient tous trop conscients de l'homophobie, une grande partie de celle-ci a disparu au cours des dernières années, laissant place à une attitude de laisser-faire. Les gens le pensent peut-être encore, mais, surtout ici, ils ne disaient rien, ce qui était bien. Ceux qui le faisaient racontaient généralement une blague ou faisaient valoir différents modes de vie. La tirade de Marcus avait cependant été différente. Il avait été tout 'la grêle est tombéeow, bien rencontré' jusqu'à ce qu'ils aient refusé de le servir, alors il avait montré ses vraies couleurs. Et ils n'étaient pas jolis, mais pleins de haine, d'intolérance et de méchanceté.

La conversation fut interrompue si brusquement par le coup frappé à la porte que le silence soudain aurait pu être dû à l'extinction d'une radio. Ils savaient que Summer arriverait ce soir-là puisqu'elle avait réservé une chambre ce matin-là, mais ils l'attendaient un peu plus tôt. Ils connaissaient également sa relation avec Marcus Willoughby (ce salaud homophobe !), mais ne voulaient pas perdre la clientèle en offensant l'un de leurs clients, en particulier celui qui avait fait une réservation, et fréquenterait très probablement leur établissement pour des rafraîchissements pendant. son séjour.

Alors qu'ils montaient les escaliers menant aux chambres de location, Peregrine se plaça devant elle pour lui montrer le chemin, Tarquin derrière, faisant la grimace et tirant la langue à Peregrine, car il avait dû porter son sac, et il pesait une tonne. . Peut-être que Willoughby construisait une extension et que Summer avait proposé d'apporter les briques, pensa-t-il sarcastiquement, alors qu'il sentait la tension sur les muscles de ses épaules.

« Vous n'avez rien vu de mon père, M. Willoughby, n'est-ce pas ? » demanda-t-elle, semblant juste un peu mal à l'aise à l'idée d'utiliser « mon père » en relation avec Marcus.

«Il n'est pas venu depuis dimanche soir, Mme Leighton», répondit Peregrine, qui s'appelait toutes les femmes ces jours-ci, sauf indication contraire, de peur qu'il ne l'offense.

« Quoi, pas du tout ? Pas même en déplacement dans le village ?

« Désolé, mon amour. » Tarquin n'était pas aussi politiquement correct. "J'ai bien peur qu'il ait été un peu ennuyé quand il nous a quittés, alors peut-être qu'il nous a envoyé à Coventry."

J'irai le voir demain, décida Summer en se grattant la tête et en réfléchissant. «Je vais faire une longue grasse matinée le matin», décida-t-elle à voix haute, «puis, en fin d'après-midi, j'irai là-haut. C'est drôle, tu sais, je n'ai pas eu de réponse à mes appels téléphoniques, mes e-mails ou mes SMS. Il doit être très occupé.

S'installant avec présomption sur le lit de sa chambre, Tarquin lui fit un bref récit de ce qu'il savait des événements du week-end dernier, mais de telle manière que la gravité de tout cela n'était pas soulignée, donnant l'impression qu'il tout cela n'était qu'une joyeuse collection de malentendus et plutôt de malchance. Elle ne fut donc pas alarmée par son histoire et s'installa pour déballer ses valises, laissant sans révision son projet de visiter The Old Barn tard demain après-midi.

En fait, personne n'avait vu Marcus depuis dimanche, quand il rentrait de The Inn. Personne du tout – sauf un !

Chapitre 10

Vendredi 11 septembre – après-midi

Toutes les radios sauf une étaient réglées sur Radio Carsfold bien avant 15 heures ce vendredi-là. Ceux qui avaient participé au Festival attendaient avec effroi ; ceux qui ne l'avaient pas fait, dans l'attente d'une aussi bonne dose de Schadenfreude qu'ils étaient susceptibles d'en recevoir pendant un certain temps encore. Une radio est restée, par nécessité, silencieuse.

Après le jingle d'ouverture, est venue l'annonce du programme. "Et maintenant, notre dose hebdomadaire d'art, avec notre propre vautour culturel du village, M. Marcus Willoughby." Il y eut une minuscule pause et la voix indéniablement hautaine de Marcus commença à entonner.

« La semaine dernière, je vous ai parlé d'un festival des arts qui allait avoir lieu à Stoney Cross les 5 et 6 de ce mois. Je tiens à présenter mes excuses dès le début du programme à tous ceux d'entre vous qui ont décidé d'y assister... » Les hackles commençaient déjà à s'élever à Stoney Cross.

" Pour tous ceux d'entre vous qui n'ont pas assisté à l'exposition d'art à la salle des fêtes, laissez-moi vous dire que vous avez eu de la chance. " La voix de Marcus semblait déjà un peu décalée, pas tout à fait l'énonciation précise à laquelle ils étaient habitués. . Comme Peregrine l'a fait remarquer à Tarquin : « Peut-être qu'il s'est fait prendre « le verre ».

« Tout ce que je peux dire, c'est que toutes les expositions visuelles étaient d'un amateurisme indescriptible. Ils étaient tous mal exécutés, sans aucun souci des proportions, de la perspective ou de la couleur... » Dans sa cabine de radio, son producteur soupirait et se demandait pourquoi ils avaient pris un risque avec cet homme. Ils savaient qu'il était controversé grâce à ses reportages sur les arts dans le journal local. Une méchanceté de ce niveau, ils ne s'y attendaient pas. Cependant, il n'avait pas vérifié le contenu au préalable et devait maintenant poursuivre la diffusion. Ce qu'il faisait n'avait pas d'importance ; il serait damné de toute façon.

«... et quant au sentier des artistes – oh mon Dieu, j'aurais aimé rester à la maison et me mettre des épingles dans les yeux. Au domicile de Mme Sadie Palister, je pensais qu'il y avait eu une livraison récente de la carrière, jusqu'à ce que je réalise que ce que je regardais étaient ses œuvres terminées. Dois-je en dire plus ?

« Juste avant cette visite, j'avais fait appel à Mme Araminta Wingfield-Heyes qui se considère comme une artiste abstraite. Eh bien, ses œuvres sont peut-être abstraites, mais elles ne sont certainement pas artistiques. S'ils avaient été plus petits, ils auraient été moins douloureux pour les yeux et la sensibilité, et je suggère respectueusement qu'elle peigne des miniatures à l'avenir et les accroche face au mur.

« J'en viens maintenant aux représentations à la salle des fêtes de dimanche dernier, expérience que j'espère ne jamais avoir le malheur de revivre. Le « show » (les auditeurs pouvaient entendre les guillemets) a été ouvert par Mme Lydia Culverwell au piano. Je ne sais pas qui lui a dit qu'elle savait jouer, mais pour ma part, je n'ai jamais entendu une cacophonie aussi méchante. Pour paraphraser les paroles d'un de nos regrettés grands comédiens, elle jouait peut-être toutes les bonnes notes, mais certainement, sans l'ombre d'un doute, pas dans le bon ordre. Et si je puis ajouter, pas dans le bon village, car je la souhaitais n'importe où sauf là où j'étais.

Au fur et à mesure que le programme se poursuivait, la clarté du discours de Marcus se détériorait, sa prochaine petite aiguille empoisonnée précédée d'un hoquet discrètement étouffé. "L'offre suivante était un récital de flûte, donné par Mme Delia Jephcott, et il aurait été préférable qu'elle s'attaque à 'Inachevé', car elle a hurlé pendant une partie de sa pièce, puis s'est enfuie de la scène", a-t-il menti. " Et c'était le meilleur, car nous n'avons plus eu à souffrir de son jeu épouvantable... "

Alors qu'il continuait à bourdonner, les esprits montaient, les poings serrés et les dents grinçantes à Stoney Cross. Tout le monde avait travaillé si dur pour son Festival, et voici cet arrivant, ce personne, piétinant leurs efforts et piétinant leurs rêves, sans se soucier de leurs sentiments. Des pensées hostiles se formaient, ainsi que des pensées de vengeance encore plus sauvages, mais les auditeurs ne s'éteignaient toujours pas – hypnotisés par la voix désormais familière, incapables de se dégager de sa méchanceté.

«... Pargeter, qui se dit chanteuse. Eh bien, laissez-moi vous dire, chers auditeurs, j'ai entendu mieux dans un pub de l'East End un samedi soir après la fermeture. C'était définitivement un acte de piratage – la mort sur les aigus.' Alors qu'il concluait ces remarques acides, sa voix monta en hauteur et en volume, commençant à paraître un peu démente.

Se calmant légèrement, son mépris continua. "Mlle Camilla Markland, une charmante fille que j'ai déjà eu le plaisir de rencontrer", a-t-il dit d'une voix traînante, sa voix étant désormais lascive, "et qui ne me dérangerait pas de me revoir... Quoi qu'il en soit, je m'éloigne du sujet ! Ici, il a semblé se ressaisir ! » ensemble, et sommes revenus à l'assassinat en cours. « Cette charmante dame se fait malheureusement illusion, croyant maîtriser l'instrument qu'elle a choisi : la harpe. J'ai le sentiment qu'elle a été guérie de heuh, une illusion dans cette salle des fêtes, car elle est partie en sanglotant, comme si l'illumination avait effectivement frappé.

« Passons maintenant à la section littéraire des représentations... » Christobel Templeton a finalement trouvé la force, non pas d'éteindre la petite radio, mais de la jeter par terre et de la piétiner, comme un enfant en colère. «Je n'en peux plus», crie-t-elle. « Ne pense-t-il pas que j'ai été assez humilié ce jour-là ?

«Je suis d'accord», dit son mari en l'entourant de ses bras. « Ce n'est pas comme si vous étiez un professionnel. Cela a été fait de bon cœur, et j'aurais pensé qu'il aurait eu le bon sens de voir cela. Il utilise simplement le Festival pour renforcer sa réputation d'« intrépide et controversé », comme il le croit sans aucun doute. Oubliez ça et venez prendre une bonne tasse de thé. » Jeremy faisait de son mieux pour devenir un « chevalier en armure étincelante ». Il savait qu'il aurait dû la persuader de ne pas lire ses vers, mais elle avait été tellement excitée par cette perspective, et maintenant regardez où cela les avait menés. Dieu merci, elle avait perdu son sang-froid et avait réussi à éviter les mots tranchants que Marcus aurait prononcés s'il avait entendu l'intégralité de son offre.

«... des bavardages inacceptables et insupportables. Le genre de doggerel qui sonnait comme s'il avait été écrit par un enfant de sept ans. » D'autres radios n'avaient pas été détruites et continuaient à diffuser ses mépris. «Maintenant, après Mme Templeton, sont venues les seules minutes passables de tout ce shebang. Hugo, Hugo West... West, Westinghall – c'est ce type – eh bien, au moins, il est un auteur publié et, même si je n'aime pas tout le roman romantique – le genre – l'effort de Hugo n'était pas trop minable. Mais ensuite nous avons eu son – hic ! – épouse, Felicic-icity. » Marcus commençait à se désintégrer sous les oreilles mêmes de ses auditeurs, et de nombreux casse-têtes, réels et métaphoriques, étaient menés à Stoney Cross et à la station de radio.

« Tout cela était boueux, bâclé, ungram... ungrammat-at-at-ical, et noyé dans une mer de travaux inutiles. Probablement le pire tas de bavardages inimaginables et banals que j'ai entendus pour l'homme, pour l'homme, – pour beaucoup – depuis des lustres. Sa voix coulait comme une boîte à musique, lorsque la radio a émis un cri. d'une ampleur surprenante, il y eut une courte période de grognements et de bagarres, puis le silence.

Au bout de deux minutes, en réalité très longues en diffusion, la voix du producteur s'est éteinte pour s'excuser de cette perte de transmission, et leur a proposé, entre-temps, de la musique, pendant que la radio réglait son « petit problème technique ».

Alors que d'autres se demandaient ce que cela signifiait, Summer, qui écoutait dans le bar de The Inn on the Green, se précipita dehors, remonta School Lane et se dirigea vers High Street en direction de The Old Barn. Elle ne savait rien des problèmes techniques radiophoniques, mais elle savait qu'elle n'avait pas réussi à contacter son père depuis des jours, par tous les moyens qu'elle avait essayés, et que les dernières secondes de l'émission l'avaient plongée dans la panique. Quelque chose de terrible s'était produit, elle en était sûre, et elle ne se calmerait pas tant qu'elle ne l'aurait pas vu.

Elle l'a vu, d'accord.

Au quartier général de la police de Market Darley, l'inspecteur Harry Falconer se trouvait dans son propre bureau marron, réfléchissant à l'issue d'une affaire récente dans le village de Castle Farthing et à la conclusion insatisfaisante à laquelle elle était parvenue. Il aurait dû être plus astucieux – il n'aurait jamais dû laisser la possibilité qu'une telle chose se produise.

Il leva ses yeux marron chocolat vers le plafond et fronça les sourcils à ce souvenir, alors que le téléphone sur son bureau commençait à sonner son appel urgent. Secouant la tête pour ramener son esprit au présent, il décrocha le combiné et écouta. « Oh, pas un autre, sûrement ? ... Où, cette fois ? ... Bon Dieu, pas dans un autre de ces villages abandonnés de Dieu ? Qui, cette fois ?' Il y eut une pause plus longue pendant qu'il écoutait l'explication. « Au milieu d'une émission de radio ? Je n'y crois pas ! La mort dans l'air, comme je vis et respire ! Qui vais-je emmener ? ... Oh non, pas encore ! Cela ne peut pas arriver ! D'accord, d'accord. Oui, je vais juste lui faire signe.

Falconer passa ses doigts impeccablement manucurés dans ses cheveux courts et noirs et déclara : « Cette zone ressemble chaque jour davantage à... des meurtres en plein hiver. Rien ne se passe pendant des années, puis deux enquêtes pour meurtre surviennent simultanément. Et donc on dirait que j'ai le rôle de l'inspecteur... Carnaby. » L'incident de Castle Farthing venait tout juste de se terminer, et les voilà de nouveau, avec un autre cadavre sur les bras. Vérifiant sa tenue vestimentaire d'un rapide coup d'œil vers le bas, il décida qu'il devrait rentrer chez lui et se changer en quelque chose de moins cher, ouvrit la porte du bureau et hurla : « Carmichael ! J'ai besoin (gémit-il intérieurement) de votre compagnie.

Une voix a appelé : « J'arrive ! » et, une minute et demie plus tard, un policier en uniforme, mesurant près de six pieds et demi, s'est légèrement esquivé pour entrer.r la chambre. « Vous avez appelé, monsieur ? » demanda cette apparition, les cheveux dressés dans tous les angles, la veste d'uniforme boutonnée de travers et un stylo derrière l'oreille.

« Effectivement, Carmichael. Mon sergent habituel est actuellement en congé de paternité. » Falconer a failli cracher les deux derniers mots, dégoûté de voir à quel point le monde était devenu dingue depuis qu'il était enfant, et il a poursuivi : « Et Steve Milligan est en congé de maladie pour cause de stress, le idiot égoïste, espérant probablement une retraite anticipée pour des raisons médicales ; donc tu vas devoir rentrer chez toi et te changer. Vous allez être mon DS par intérim sur une autre affaire de meurtre.

« Un autre, monsieur ? » Le visage de Carmichael exprimait un mélange de joie et d'incrédulité. Comment a-t-il pu avoir autant de chance ?

« Vos oreilles ne vous ont pas trompé. Maintenant, rentrez chez vous et essayez de vous habiller comme un être humain – et de préférence pas comme un être américain. Je ne veux pas être vu en public avec quelqu'un qui ressemble à un Hank ou à un Zeke. Maintenant, saute dessus et je viendrai te chercher chez toi.

Le col de la chemise de Carmichael, taché de traces de doigts sales, il soupira et dit : « Tire-moi la langue. » Carmichael l'a fait, sans poser de questions, et bien sûr, il était taché de violet. Il avait sucé le mauvais côté de son stylo à bille. Encore !

De retour chez lui, une maison individuelle des années 50 à l'intérieur clinique et minimaliste, Falconer a soigneusement accroché son costume en lin léger à la porte de l'armoire, décidant qu'il avait besoin de quelque chose d'un peu plus chaud (et moins cher !) pour son voyage en ' pays du banjo », comme il le pensait. Il apporterait le costume en lin pour le presser sur le chemin de Stoney Cross, afin qu'il soit présentable la prochaine fois qu'il voudrait le porter. Ancien militaire, c'était un travail qu'il aurait dû entreprendre lui-même, mais la vie était trop courte et ses heures de travail trop longues. Il aimait que son temps libre soit juste cela : gratuit.

Démarrant à nouveau le moteur de sa Boxster, il se dirigea vers la maison de Carmichael à Victoria Terrace. Son Acting DS vivait dans une extension plutôt délabrée à l'arrière de la maison mitoyenne de sa famille, cette dernière reconnaissable au nombre de véhicules abandonnés et abandonnés dans son jardin de devant. La «résidence privée» de Carmichael, que Falconer avait mentalement surnommée «Carmichael Towers» (ce qui ferait également office de description physique de l'homme lui-même, car, mon garçon, est-ce qu'il tournait) ne pouvait être atteinte que par une ruelle à l'arrière. de la maison. Falconer l'avait tenté une fois, après une averse, et ne répéterait pas l'expérience, car il avait pratiquement ruiné une très belle paire de chaussures italiennes fabriquées à la main.

Faisant retentir son klaxon d'une manière tonitruante, il attendit sur la route devant la maison jusqu'à ce que son partenaire – il pouvait à peine supporter de penser ce mot – apparaisse ; ce qu'il a fait en quelques secondes, montrant son flair habituel pour la mode et le style. Aujourd'hui, il portait un pantalon tartan et un tee-shirt Deep Purple, une veste en cuir noir de mauvaise réputation, considérablement éraflée, complétant la tenue.

Falconer regarda son « Watson » par intérim et soupira profondément. Sherlock Holmes n'a jamais eu à conduire un taureau docile avec lui. Il n'y avait aucune odeur bovine chez le Dr John H., qui avait toujours eu son fiable revolver de service avec lui lorsqu'il se trouvait dans une situation difficile. Tout comme Holmes lui-même. Falconer se fouilla distraitement alors qu'il éprouvait ces pensées, puis se pencha pour ouvrir la portière passager.

"Désolé pour ça, monsieur", dit Carmichael avant que Falconer ait eu la chance de parler, "seulement, c'est le jour de lessive de ma mère, et vous savez comment c'est chez nous – à part mon uniforme, je suis parfois surpris de savoir je ne suis pas obligé de sortir avec les vêtements de mes sœurs.

« À Dieu ne plaise ! » répondit son supérieur, en mettant la voiture en marche et en essayant de bannir de son esprit toute image visuelle produite par la dernière remarque de Carmichael. C'était tout simplement trop bestial à imaginer – Carmichael en travesti !

« Quel âge as-tu, Carmichael ? » a-t-il demandé alors qu'ils se dirigeaient vers le village de Stoney Cross.

« Vingt-sept, monsieur », répondit son passager en gardant les yeux fixés sur la route devant ; en fait, il imaginait qu'il conduisait cette voiture très convoitée et qu'il devait lutter contre l'envie de faire des bruits de « balai-balai » alors que son supérieur changeait de vitesse et accélérait.

« Bon sang ! Je pensais que tu étais beaucoup plus jeune que ça.

«Je suis arrivé directement après l'école, monsieur, et je prépare actuellement mes examens de sergent.»

Falconer a failli quitter la route en direction d'un fossé en entendant cela. Si Carmichael gagnait ses galons, il pourrait être transféré définitivement en civil ; ils pourraient devenir des partenaires à long terme. Il frémit à cette pensée et décida qu'il devrait demander le divorce. Lui et Carmichael souffriraient de différends irréconciliables, et aucun juge ne pourrait manquer de lui accorder son jugement.

Changeant de sujet, l'inspecteur a demandé à Carmichael ce qu'il pensait du déclin de l'agriculture britannique au cours des dernières décennies, alors qu'ils traversaient désormais la campagne, et du silence qui régnait dans le pays.Le véhicule lui donnait la chair de poule. Il a trouvé son passager étonnamment bien informé sur le sujet, terminant par déclarer qu'il travaillait dans une ferme pendant les vacances scolaires.

« Mais comment ? » demanda Falconer, ne sachant pas comment formuler sa question avec tact.

'Quoi ? Comment ai-je réussi à travailler dans une ferme alors que j'ai grandi dans une maison publique ?

« Eh bien, oui, je suppose. »

«Je prends un vélo!», expliqua le sergent par intérim, un sourire suffisant sur le visage d'avoir déjoué un officier supérieur.

L'inspecteur Harry Falconer a garé sa voiture sur le parking de The Inn on the Green, réalisant que c'était le meilleur endroit pour commencer. Les propriétaires connaissaient tout le monde et tout ce qui se passait dans un village, et l'appel initial au 999 avait été passé par un certain M. Peregrine McKnight, de cette même adresse.

Lorsqu'ils entrèrent dans le bar, ils le trouvèrent plein, ce qui était inhabituel à cette heure de la journée, même un vendredi. On avait entendu Summer crier à The Inn après sa visite à la maison de son père, et la nouvelle s'était répandue dans un village, meilleure que du beurre mou sur une tranche de pain fraîchement sorti du four. Tous ceux qui avaient participé au Festival étaient présents, certains avec des boissons alcoolisées, d'autres avec des boissons gazeuses ou du café, mais tous rassemblés, unis dans la confusion et la consternation face à ce qui s'était passé, et en colère face à ce qui avait été diffusé publiquement cet après-midi.

Qu'aucun d'entre eux ne regrettait la mort de Marcus était une évidence ; qu'ils regrettaient tous que cela se soit produit dans leur village était également vrai. Les mots « un fou de passage » et « un autre pauvre con qu'il avait vilipendé dans le passé » avaient été prononcés par quelques-uns, mais il y avait un sentiment général de vulnérabilité dans l'air. Les habitants de Stoney Cross furent les dernières victimes à être renversés par la timidité verbale de Marcus, et ils se rassemblèrent désormais, comme des animaux nerveux, cherchant le réconfort et la sécurité en nombre, ignorant qu'il s'agissait d'un acte instinctif d'auto-préservation.

Initialement invité dans l'arrière-salle pour répondre à l'appel 999 de Peregrine, Falconer a fait une pause un moment, demandant à toutes les personnes présentes que, si elles souhaitaient partir, auraient-elles également la gentillesse de laisser une note de leur nom, adresse et numéro de téléphone. où ils pouvaient être contactés, avec le DS Carmichael par intérim, dont la forme imposante et la tentative intimidante de porter des vêtements civils intimidaient certaines des âmes les plus nerveuses présentes. En disant cela, il passa derrière le bar et disparut par une porte entre deux lignes d'optique, pour se retrouver dans un petit salon joliment décoré et meublé.

Regardant autour de la pièce avec une surprise rapidement réprimée, sa première question fut de savoir comment Peregrine avait reçu la nouvelle du décès. Après avoir expliqué que leur invité payant était la fille de la victime et qu'elle avait rendu visite à son père, pour ensuite le trouver dans un état d'impossibilité de la recevoir, Falconer a voulu savoir où se trouvait désormais la jeune femme en question.

« Elle est à l'étage dans sa chambre en train de se coucher », expliqua Peregrine, mais lorsque Falconer lui demanda son chemin, il reçut un air découragé. "Je ne le ferais pas, si j'étais toi, pas tout de suite, en tout cas."

«Pourquoi pas?» Falconer était perplexe devant cette réticence à le laisser trouver le corps – son principal témoin, comme elle l'était maintenant.

« Parce que la demoiselle était dans un état un peu hystérique et que Tarquin – mon associé – a reçu ces comprimés pour son insomnie... »

— Vous ne lui en avez pas donné ? Falconer fut consterné, puis rougit à la façon dont il avait formulé sa question. « Une tablette, bien sûr », a-t-il ajouté, aggravant les choses d'une manière ou d'une autre.

« Deux, en fait. » Peregrine eut la grâce de rougir de sa bêtise. « Désolé, mon vieux, je n'ai pas réfléchi. Je voulais juste l'arrêter de crier et la calmer un peu. Je sais qu'elle n'y est pas habituée, alors vous ne comprendrez probablement rien d'elle jusqu'au matin.

Falconer avait envie de piquer une crise. « Bon Dieu, mec ! Ne vois-tu pas ce que tu as fait ? Vous avez anobli mon témoignage, comme un foutu cheval de course au Grand National. Vous avez entravé mon enquête, retardé mon interrogatoire et causé une perte de temps flagrante à la police – et cette dernière infraction constitue une infraction pénale, mon pote. » Il était incandescent face à la stupidité de cet homme.

« Désolé, vieux fils », fut la seule réponse de Peregrine et, même s'il n'aimait pas ça, Falconer savait qu'il allait devoir mettre tout cela dans le même panier.

"Bien, parlons avec Joe Public dans le saloon", déclara-t-il avec une faible tentative d'humour, et il quitta la petite pièce pour retourner à Carmichael.

L'arrivée de The Police (avec une initiale en majuscule) avait eu un effet remarquable sur la plénitude du bar, et lorsque Falconer rejoignit son partenaire, Carmichael disposait d'une liste considérable de coordonnées, mais n'était en compagnie que d'un seul. un autre, qui s'est avéré être Tarquin des Tablettes, comme Falconer le pensait maintenant. Il ne pouvait pas ajouter plus de détails sur le retour de Summer à The Inn mais, en tant que moitié des yeux et des oreilles du village, il était prêt à y aller.ébauchez avec eux la liste de Carmichael et donnez-leur quelques détails sur les personnes auxquelles ils faisaient référence : de petits croquis pour les aider à démarrer. Eh bien, c'était mieux que rien, et ils s'assirent tous les trois à une table, pour être rejoints presque instantanément par Peregrine, maintenant remis de sa « connerie » et désireux d'ajouter ses deux penn'orth.

Les deux moitiés de la direction de The Inn ont adoré avoir l'occasion de servir un peu de terre, lorsqu'on la leur offrait dans une assiette, pour ainsi dire. Selon eux, les ragots faisaient tourner le monde. L'argent n'était qu'un « plus » plutôt agréable, et ils fournissaient avec empressement des détails sur leurs clients, chacun interrompant l'autre dans son plaisir de l'activité. Concernant le Festival, ils se sont montrés très ouverts, et lorsque les deux détectives ont quitté les lieux, c'était avec un plein chargement de « trucs » pour interpeller leurs interlocuteurs, si cela s'avérait nécessaire.

Cependant, ils devaient d'abord visiter la vieille grange pour voir le corps. Un PJ local s'était vu confier le rôle de « chien de garde », les agents sur les lieux du crime étaient arrivés peu de temps après (sans avoir eu à enfiler des vêtements moins chers au préalable !), et Falconer et Carmichael étaient impatients de les rejoindre et d'apprendre. ce qu'ils pouvaient du corps et de son lieu.

Chapitre 11

Vendredi 11 septembre – plus tard dans l'après-midi – et début de soirée

Alors qu'ils entraient dans l'allée de The Old Barn, la vue désormais désolée du symbole phallique bien-aimé de Marcus, son TVR, les salua. Les quatre pneus avaient été crevés et il était bien assis sur ses hanches. De plus, un objet pointu avait été utilisé pour donner une œuvre d'art non commandée au long capot élégant. Dans des égratignures instables figuraient les mots « le plus gros connard du monde » ; la victime n'était donc pas M. Popular. Constatant ces profanations, Falconer et son acolyte « moqueur écossais » se préparèrent à pénétrer sur les lieux du crime.

Après avoir enfilé les combinaisons médico-légales blanches requises, les couvre-chaussures (il n'y en avait pas d'assez grandes pour

Carmichael mesurait quinze pieds, et il avait dû se contenter d'une paire sur le bout de ses chaussures et d'une paire sur les talons, toutes deux maintenues ensemble par du ruban adhésif, pour l'empêcher de contaminer le lieu), et tous les autres gubbins impliqués ces jours-ci. En entrant sur une scène de crime, ils se sont cachés sous le ruban bleu et blanc affichant l'avertissement « à interdire », impatients de voir exactement ce qui s'était passé. Falconer et Carmichael sont entrés dans la maison et ont été immédiatement confrontés à ce qui ressemblait à une scène bizarre d'une histoire de crime moderne « sang, tripes et sang ».

Ils étaient entrés par les portes-fenêtres et se retrouvaient dans une pièce de bonne taille avec un bureau, une chaise de bureau, un canapé et une mer de cartons, certains non ouverts, d'autres en train d'être déballés. Quelques-uns des plus petits qui se trouvaient près du bureau étaient sur le côté, leur contenu se répandant sur le sol. La lampe de bureau était toujours allumée, et Marcus Willoughby était affalé sous sa lumière, la tête appuyée sur le bureau, la profonde dépression de son crâne semblant éclairée par points, au-dessus d'une nappe rouge de sang. Autour de son cou se trouvait un bas de soie pour femme, noué très étroitement par derrière, puis formé en nœud, comme s'il était emballé dans un cadeau, prêt à être présenté à son Créateur.

L'écran de l'ordinateur était à quelques centimètres de son cuir chevelu blanc et chauve, le clavier se déplaçait sur le côté droit de lui. S'il l'avait utilisé lorsqu'il a été tué, il aurait dû taper comme s'il jouait les notes les plus aiguës d'un piano, avec son corps incliné vers la droite selon un angle extrêmement inconfortable.

Son visage était violet, sa langue sortait, et quand, avec la permission des SOCO, Falconer releva la tête, il put voir que le côté qui reposait sur le bureau était d'une couleur encore plus foncée – d'après la lividité post-mortem, il n'avait aucun doute. . Quelqu'un avait manifestement voulu faire un travail minutieux sur ce type et l'avait mis en scène comme une pièce maîtresse. Il frémit en regardant une fois de plus la blessure à la tête et le bas.

En jetant les yeux vers l'une des boîtes renversées près du bureau, il remarqua un reflet de lumière sur une surface métallique et identifia immédiatement des outils de bricolage courants. Il ne savait pas si l'un d'eux avait été utilisé pour porter le coup mortel, ou si le bas avait été mis en premier, et un instrument contondant avait été utilisé lorsque le meurtre s'est avéré un peu plus difficile que prévu. Il se pourrait même que l'instrument contondant ait été apporté sur les lieux du crime par le meurtrier. Pour le moment, cependant, il existait des preuves appuyant l'une ou l'autre de ces théories. Tout ce qu'il savait, c'est que Marcus Willoughby était mort comme un clou de porte et qu'il avait une autre affaire de meurtre sur les bras.

L'ordinateur serait examiné par la police, si elle pensait qu'il avait joué un rôle dans sa disparition, et, étant donné que son programme enregistré avait atteint sa destination, et même été diffusé, il y avait de fortes chances qu'il parte. sa maison actuelle à The Old Barn pour un examen très approfondi. Falconer avait parlé brièvement au producteur de l'émission sur les preuves de l'émission transmises par Peregrine, avant de quitter le bureau, et avait placé son ordinateur portable dans le coffre de sa voiture avant de partir se changer.

Après un premier examen des lieux, Falconer a demandé un mot au médecin traitant, qui était sur le point de partir à leur arrivée. Cet individu était resté sur place pour discuter avec les SOCO et, alors que Falconer s'approchait de lui, il s'est retourné et a appelé : « Bonjour, inspecteur. Nous nous reverrons ! »

Avec surprise, Falconer reconnut le Dr Philip Christmas, avec qui il avait eu affaire à l'affaire Castle Farthing. « Salut mon gars, bien rencontré ! » répondit-il. « Je ne m'attendais pas à vous rencontrer si tôt et dans des circonstances aussi similaires.

« Cas de proximité, je vous l'assure. Je partage mon cabinet entre trois villages : Castle Farthing, lundi et vendredi ; Stoney Cross, mardi et jeudi, à Corner Cottage, juste à côté de Market Darley Road ; Steynham St Michael, mercredi et samedi matin », expliqua-t-il longuement et inutilement. « J'ai réussi à terminer mes rendez-vous à Castle Farthing et je suis arrivé ici le plus rapidement possible. Je dis : Inspecteur ? — Oui ? répondit Falconer.

« Il faut vraiment arrêter de se réunir comme ça !

Pour une fois, Falconer pouvait pensersans réponse, mais remarqua le scintillement dans les yeux du médecin et sourit. Ils avaient partagé une relation professionnelle honnête et ouverte dans le cas susmentionné, et l'inspecteur s'est senti rassuré sur le fait que les choses resteraient les mêmes pendant toute la durée de celui-ci. Faisant ses adieux, il revint à Carmichael avec un début de sentiment de familiarité – comme une vieille équipe lors d'une réunion – et espérait que cela durerait. Il s'arrêta un moment avant de partir, pour réfléchir.

Il savait maintenant que l'opinion initiale sur la cause du décès était soit un étranglement, soit un traumatisme causé par un instrument contondant, et que l'heure du décès, voire le jour du décès, car il ne s'agissait pas d'un incident récent, était censé être le dimanche 6. ou peut-être le lundi sept. Il était trop tôt pour être plus précis sans preuves détaillées de l'autopsie, mais il a ordonné que ces informations soient gardées à l'écart du public pour le moment, lui laissant le soin de juger qui et quand il laisserait cela détailler.

Comme la victime était restée là si longtemps, il serait intéressant de voir quand toute personne soupçonnée de ce crime présenterait son alibi – si elle partirait de l'hypothèse évidente, à savoir qu'il avait été tué dans la nuit du jeudi 10, le la veille de l'émission, ou s'ils auraient un alibi de fer en place pour le moment où l'heure réelle du décès serait révélée. Bien sûr, un meurtrier intelligent était capable de bluffer, voire de double bluff, et de double alibi, mais il espérait qu'il aurait l'expérience et l'instinct nécessaires pour percer à jour ce genre de chose.

Quiconque a présenté un alibi pour jeudi était soit innocent, soit trop intelligent. S'ils produisaient ensuite un alibi de fer pour le dimanche soir également, il avait affaire à un connard malin. Quiconque a présenté un alibi pour dimanche soir seulement était soit le meurtrier, soit il disait simplement la vérité. À ce stade, il réalisa qu'il ne faisait que se confondre et que ces spéculations ne l'aidaient pas du tout. Quelle toile enchevêtrée il lui fallait démêler. Il ne devait pas oublier de ne pas s'impliquer dans l'explication de ces pensées à Carmichael, sinon ils toucheraient tous les deux leur pension avant qu'il ait fini.

À la connaissance de Falconer, depuis sa visite à The Inn, Marcus était dans le pub le dimanche 6 au soir, jusqu'à ce qu'il soit expulsé, vers onze heures moins le quart, ce qui a légèrement réduit cette estimation. Étant donné qu'il n'aurait fallu que peu de temps pour rentrer chez lui à pied – non, attendez une minute, pour rentrer chez lui en titubant, car il était dans ses tasses. Cela aurait pris un peu plus de temps, et s'il n'était pas rentré directement chez lui ? Et si c'était lundi ? Il était inutile de spéculer à ce stade.

Arrête d'être prédictif, se dit-il. Rassemblez d'abord des preuves, enregistrez-les, corrélez-les, étudiez-les – puis spéculez comme un diable, si vous ne voyez aucun modèle émerger. Rassemblant Carmichael sur son chemin, ils quittèrent la maison, jetèrent leurs costumes (dans le cas de Carmichael, seulement la couche supérieure) et Falconer se dirigea vers le coffre de sa voiture pour récupérer son ordinateur portable.

Tous deux installés de manière assez exiguë dans la voiture de Falconer (car avoir Carmichael dans son véhicule, c'était un peu comme soulever une botte de foin), il a diffusé le podcast du programme de l'après-midi, après l'avoir téléchargé à l'aide du capot du bureau, celui-ci étant pas d'espace disponible à l'intérieur du véhicule pour faire autre chose de plus actif que respirer.

La voix du mort remplissait l'air au-delà du Great Divide (dans ce cas, la distance entre Carsfold et Stoney Cross), Falconer notant diligemment les noms, tandis que Marcus exécutait ses diffamations. Son état d'ébriété fut vite perceptible et les deux collègues se regardèrent pendant une fraction de seconde. À la fin de l'émission – la fin horrible – ils ont comparé les listes. Le seul nom qui n'apparaissait pas sur chacun d'eux, à l'exception évidente des maris et partenaires, était celui de Serena Lyddiard.

"Eh bien, il s'est certainement étouffé d'une manière non équivoque, n'est-ce pas, Carmichael ?"

« Il l'a effectivement fait ! Et par la Faucheuse elle-même. Alors, mieux vaut commencer, monsieur, suggéra Carmichael et, avec un signe de tête, Falconer mit le contact, se préparant à retourner au village et à interroger ceux qui avaient été calomniés et insultés plus tôt dans la journée, ou peut-être plus précisément, chaque fois que cela avait eu lieu. été enregistré. Et ces informations se trouveraient probablement sur l'ordinateur de Marcus.

Cela ne servait à rien, pour le moment, de retourner à The Inn on the Green, puisque Peregrine et Tarquin n'avaient pas été mentionnés dans l'émission, et que leur témoin principal, Summer Leighton, avait reçu un coup chimique de la part de ses hôtes, bien qu'innocemment. Ou peut-être pas ! « Ne faites confiance à personne » était l'une des devises de Falconer et peut expliquer en partie pourquoi il ne s'était jamais marié ni n'avait eu de relation vraiment sérieuse à l'âge de quarante ans.

Il était étonné de constater qu'ils ne parvenaient à trouver personne chez eux. Ceux qui avaient des partenaires pour ouvrir la porte à leur place expliquaient l'absence de l'autre par des histoires defaire du shopping ou des rendez-vous chez le coiffeur. Les couples mariés figurant sur la liste étaient introuvables, ne répondant ni à leur porte ni à leur téléphone. En fait, la seule chance qu'ils eurent lors de cette première incursion dans la société de Stoney Cross fut une rencontre fortuite avec le vicaire. Il les informa que les Westinghall et les Pargeter se rendaient généralement à Carsfold tard le vendredi après-midi, la première famille, pour offrir à leurs enfants une pizza, la seconde, pour une visite dans un bar à hamburgers.

Il ne pouvait pas expliquer l'absence de Minty et de Sadie, mais s'il avait été une mouche sur le mur de chacune de leurs maisons, il aurait vu Minty allongée sur le sol à côté d'un lit qui se trouvait entre elle et la fenêtre. Sadie serait apparue comme une ombre sombre et accroupie, tapie dans l'espace sous ses escaliers. Ni l'un ni l'autre n'avaient le sang-froid nécessaire pour parler à la police à ce moment-là, car chacun d'eux avait quelque chose à cacher, et tous deux frémirent au son de la sonnette et du téléphone, Minty tremblant un peu, rien que pour le plaisir.

Ils apprirent cependant beaucoup de choses du révérend Ravenscastle, qui leur raconta, avec sa colère face au souvenir encore dans sa voix, de la façon dont il avait trouvé Willoughby dans son église le dimanche soir précédent. Il leur a également demandé de ne pas déranger Mlle Horsfall-Ertz – « Tout le monde l'appelle Écureuil, parce qu'elle est toujours dans les vide-greniers » – car elle était très malade en ce moment, et lui et sa femme essayaient de la soigner. avec l'aide de certains de ses voisins. Il expliqua que ce n'était pas l'affaire d'un médecin et raconta l'histoire de la mort du Yorkshire terrier sous les roues de la voiture de Marcus, ainsi que le choc d'Ecureuil de le revoir, en réalité dans le village où elle habitait.

Le révérend monsieur a également ajouté quelques extraits très savoureux qui pourraient expliquer le nombre de propriétés désertées, où ils n'avaient pas pu entrer. Dans le cadre de son devoir pastoral, il avait rendu visite à tous ceux qui n'avaient pas eu un grand succès au Festival, pensant qu'ils pourraient avoir besoin de quelques mots de réconfort dans leur embarras.

Sadie Palister avait été, comme prévu, plutôt blasée à propos de tout cela, déclarant qu'elle était sûre que la qualité de son travail transparaîtrait à travers tout ce que ce vieux poseur avait à dire à ce sujet. Minty Wingfield-Heyes avait tenté la même attitude dure, puis avait été frappée par une crise d'incertitude et avait déclenché un torrent d'anxiété quant à ce qui pourrait arriver si Marcus parvenait à empoisonner le public contre son travail.

Le révérend Ravenscastle l'avait réconfortée en lui rappelant qu'il ne s'agissait que d'une station de radio locale, mais elle avait fait ses devoirs en téléphonant à Radio Carsfold pour se faire dire que le programme était généralement disponible sous forme de podcast et pouvait être consulté de n'importe où. dans le monde, pour le mois prochain. Quand le vicaire partit, elle serrait encore contre elle son angoisse, comme une enfant avec une couverture inconfortable dont elle ne pouvait se séparer, sans se rendre compte de ce que contiendrait le programme, et de quel mauvais goût ce serait de libérer ce podcast particulier sur un monde sans méfiance.

Dans chaque maison où le révérend Ravenscastle était venu, il avait été confronté à de la douleur, à des fanfaronnades de colère et à la crainte de ce que pourrait lui apporter vendredi après-midi. Les deux exceptions concernaient Starlings' Nest et The Haven. Dans le premier cas, Delia et Ashley étaient presque légères, se moquant de tout l'épisode, Delia commentant qu'elle pourrait devoir invoquer le rhume des foins tardif comme la cause de son souffle imprécis, et Ashley répliquant avec une suggestion d'hyperventilation, provoquée par par la terreur de se produire devant un « trésor national », comme il l'appelait facétieusement Marcus.

À The Haven, cependant, il avait rencontré l'autre extrémité du spectre. Là, il avait retrouvé Camilla Markland, seule et plongée dans le chagrin. Il ne trouvait aucun mot pour la réconforter, ni aucune explication sur son état. Son visage était rouge et gonflé, ses paupières gonflées à tel point que ses yeux étaient presque fermés, et lorsqu'il avait évoqué l'absence de Gregory, elle avait éclaté en sanglots encore plus déchirants. Après lui avoir préparé une tasse de thé, le plus proche d'une explication fut qu'ils avaient eu une petite dispute et que Greg était allé faire un tour en voiture pour se calmer. C'était faux, il le sentait, mais il ne pouvait obtenir d'autres renseignements sans la bouleverser davantage, et il dut la laisser telle qu'il l'avait trouvée, sans lui avoir apporté aucun réconfort et sans rien savoir de la cause de son misérable état.

À ce stade, Falconer et Carmichael étaient prêts à poursuivre leurs visites à domicile, jusqu'à présent infructueuses, et ont demandé leur chemin pour se rendre à Blackbird Cottage et à Serena Lyddiard, ajoutant l'espoir qu'elle, au moins, pourrait être là pour les recevoir.

À la mention du nom de Serena, le vicaire sourit et leur montra Stoney Stile Lane. "Mais elle n'a pas pu apparaître dans notre petite émission", a-t-il expliqué, au cas où ils croiraient à tort le contraire. « Elle était danseuse et tout le monde attendait avec impatience sa performance. MalheureusementCependant, elle s'est blessée à la cheville à l'entraînement et n'a pas pu y assister. Nous étions tous tellement déçus. Eh bien, je ferais mieux de vous laisser faire votre travail. » Et en disant cela, il les quitta en leur faisant signe de la main.

Falconer et Carmichael se dirigèrent vers la porte d'entrée de Serena, utilisant le lourd heurtoir en laiton « Main de Fatima » pour annoncer leur arrivée. Il y eut une attente d'une longueur déconcertante, et Falconer crut qu'ils s'étaient à nouveau fait relever, mais bientôt, un bruit traînant se fit entendre, approchant de l'autre côté de la porte.

La porte s'est ouverte – et Falconer a eu le coup de foudre ! Il n'y avait pas d'autres mots pour décrire ce qu'il ressentait. C'était quelque chose qui dépassait totalement sa compréhension ; il n'avait jamais rien vécu de pareil. Ses yeux s'écarquillèrent, ses pupilles se dilatèrent pour mieux la voir, et il sentit sa bouche légèrement ouverte. Il resta sans voix pour la deuxième fois de la journée et resta là comme une statue, s'abreuvant de sa silhouette élancée, de ses cheveux couleur miel, de ses yeux ambrés et du sourire poli et interrogateur sur son visage.

Carmichael, prenant soudain conscience qu'il y avait quelque chose qui n'allait pas, fit lui-même les présentations, jetant de rapides regards de côté à l'inspecteur pour voir s'il pouvait discerner ce qui l'avait frappé d'une manière si inexplicable. Mais il n'a rien appris, Serena n'étant pas son genre ; et trop vieux, si ce n'était une pensée trop impertinente.

Falconer retrouva soudain sa voix mais, au début, elle apparut d'une manière plutôt rauque, lorsqu'il expliqua qu'ils aimeraient lui parler et lui demanda s'ils pouvaient entrer, car avoir des hommes étranges debout sur le pas de sa porte pourrait être une bonne chose. gênant, si ses voisins en étaient témoins – et il n'aimerait pas penser qu'ils aient été la cause de rumeurs ou de spéculations... De quoi parlait-il ? pensa-t-il en la suivant dans la maison et dans le salon. Il se comportait comme un adolescent malade d'amour et devait vérifier que sa langue ne sortait pas et qu'il ne bavait pas.

« Je suis l'inspecteur-détective Falconer », commença-t-il en introduction, horrifié de constater que sa voix était maintenant devenue un gazouillis pré-pubère aigu. Se raclant la gorge avec embarras, il poursuivit : « Et voici le sergent-détective par intérim Carmichael. » Cela sortit dans un baryton étranglé, et il s'éclaircit à nouveau la gorge, dans un effort pour se ressaisir. « Vous, je présume, êtes Mme Serena Lyddiard. » Il avait pris la précaution d'utiliser un murmure rauque et s'expliquait en affirmant, de manière peu convaincante, qu'il souffrait d'un mal de gorge.

Carmichael le regardait à nouveau, confus. C'était la première fois qu'il entendait parler d'un problème de gorge – Falconer allait bien lorsqu'ils parlaient au vicaire. Alors que Serena hochait la tête en reconnaissance de son identité, Carmichael regarda fixement son supérieur et dit d'une voix perplexe : "Mais, monsieur..."

« Pas maintenant, Carmichael ! » le réprimanda Falconer à voix basse.

'Mais ...'

« J'ai dit, pas maintenant ! » Falconer a fait de son mieux pour crier, sans engager ses cordes vocales, mais cela l'a simplement fait tousser, confirmant au moins son affirmation selon laquelle sa gorge clignait.

Faisant signe vers le canapé, ils s'assirent, tandis que Serena s'abaissait dans un fauteuil et posait soigneusement sa cheville droite bandée sur un repose-pieds, puis regardait vers eux d'un air invitant, attendant une explication de leur visite.

Falconer se remettait un peu et osa, de ce qu'il espérait être sa voix normale : « Nous sommes ici à propos de la mort de Marcus Willoughby ; juste faire des recherches pour savoir quand il a été vu pour la dernière fois, qui a pu lui parler, ce genre de choses, tu vois ce que je veux dire... ? » Le voilà encore, décousu, il faut vraiment qu'il se ressaisisse.

Ignorant son déconvenue avec une bienveillante discrétion, elle clama son ignorance. "Je crains de n'avoir jamais eu le plaisir de rencontrer un homme du nom de Marcus Willoughby."

«Pas du tout?» C'était Carmichael, essayant de dissimuler le comportement étrange de Falconer.

« J'ai eu mon petit accident, » ici elle montra sa jambe surélevée, « juste au moment où il arrivait au village et, mis à part mon petit voyage à The Inn plus tôt pour soutenir mes amis, je suis plus ou moins confinée à la maison depuis.. Je suis désolé de ne pouvoir vous être plus utile.

Le corps de Falconer s'affaissa de soulagement en entendant cela, car cette nouvelle le remplit d'une joie inhabituelle, et il eut le désir soudain, heureusement réprimé, de chanter. Mme Lyddiard traiterait probablement cela comme une légère excentricité, mais Carmichael saurait qu'il était hors de son rock, et cela ne ferait pas grand-chose pour l'autorité ténue qu'il avait sur sa tour géante de collègue.

Alors qu'ils retournaient à la voiture, Carmichael lui demanda ce qui n'allait pas chez lui et pourquoi il n'avait pas mentionné son indisposition auparavant, alors qu'il semblait parfaitement aller plus tôt.

« Juste une grenouille dans ma gorge, Carmichael », expliqua Falconer de manière peu convaincante, « Juste une grenouille. Aurez-vous besoin de venir vous chercher demain matin ? » a-t-il demandé, sa voixles accords sont maintenant revenus à la normale.

« Non, monsieur. Je te serais reconnaissant de me ramener à la maison ce soir, mais je vais juste récupérer quelques vêtements – ma mère devrait avoir fini de faire la lessive maintenant, et je ferai le premier choix – puis je m'en vais. chez Kerry. Elle me prépare mon repas préféré, et les garçons et nous allons regarder un « Harry Potter

» en DVD ce soir. Je viendrai de chez elle demain matin, donc je te retrouve ici.

« Vous travaillez un peu vite, n'est-ce pas, Carmichael ? Vous ne l'avez rencontrée qu'il y a quelques mois.

"Vous ne pouvez pas combattre le destin, monsieur, pas lorsque vous rencontrez votre âme sœur", a répondu Carmichael, montrant un côté romantique inattendu.

"Non, je suppose que tu ne peux pas", répondit Falconer, son esprit retournant à la maison de Serena, s'imaginant être suave et intéressant, au lieu d'agir comme le foutu imbécile qu'il se sentait à l'époque. Après coup, il ajouta : « Est-ce que tu aimes ces trucs d'Harry Potter, alors ?

« Cela n'a aucune importance pour moi. Si je peux voir Kerry et les garçons s'amuser, c'est tout ce dont j'ai besoin.

Pour une fois, Harry Falconer enviait son DS d'acteur. Ce fut une expérience humiliante.

Carmichael avait rencontré Kerry Long lorsque lui et Falconer étaient engagés dans leur précédente enquête pour meurtre et, pendant et après les événements de Castle Farthing, les deux étaient devenus de plus en plus proches. Elle était reconnaissante de la forte influence masculine dans la maison et était rapidement devenue véritablement attachée à lui, tout comme ses deux jeunes fils, qu'elle appelait désormais oncle Davey. Sa vulnérabilité avait fait ressortir le meilleur de Carmichael. Il avait d'abord voulu la protéger, et cela s'était transformé en amour. C'était un sergent-détective très heureux. Toutes les choses chez lui qui irritaient Falconer, Kerry les aimait, traitant ses particularités comme attachantes et l'aimant d'autant plus pour elles.

Alors que Falconer suggérait de se retrouver sur le parking de The Inn on the Green le lendemain, il se demanda quel pourrait être le repas préféré de Carmichael. « Steak and chips » était sa seule et unique supposition. Comment il aurait réagi s'il avait su qu'il s'agissait de cerceaux de spaghetti sur du pain grillé avec du fromage râpé saupoudré dessus (deux assiettes !), nous ne le saurons jamais.

    Ce que nous pouvons savoir, cependant, c'est que, malgré tous ses goûts raffinés, Falconer n'aimait rien de plus, lorsqu'il se sentait un peu mal, que des fèves au lard sur du pain grillé, avec une touche de sauce brune. C'était quelque chose qu'il avait l'habitude de manger quand il était adolescent, seul, dans un café ambulant situé dans une aire de stationnement, cachant farouchement ce secret coupable à sa famille et à ses amis, par peur de leurs moqueries et de leur dérision.

    Lorsqu'il eut déposé Carmichael comme requis, il se dirigea vers la maison, une vision d'orange et de marron remplissant son esprit, et une détermination à manger son délice proposé bien loin de Mycroft, son siamois à pointe de phoque, convaincu que même un chat verrait. lui sous un jour différent, s'il connaissait cette indulgence coupable.

Chapitre 12

Samedi 12 septembre – matin

Le sommeil de Falconer avait été perturbé dans le passé par des cauchemars de son temps dans l'armée, généralement liés au comportement grossier et au langage grossier des escouades. Ce soir, son sommeil perturbé avait une cause toute nouvelle. Chaque fois qu'il s'envolait dans l'oubli, il voyait le visage de Serena et, tandis que son moi de rêve le regardait, il prenait conscience qu'elle courait une sorte de danger. Danger de quoi, il ne s'en souvenait jamais, mais à plusieurs reprises cette nuit-là, il s'était réveillé en haletant, tout son corps se convulsant de peur, son pyjama trempé de sueur.

Sauf une fois, alors qu'il avait environ cinq ans et que sa mère était gravement malade, il n'avait jamais ressenti une émotion aussi forte pour un autre être humain, et il trouvait cela déroutant et dévalorisant. Il ne pouvait pas croire qu'il pouvait ressentir si profondément et autant pour quelqu'un après une seule rencontre, et il a même ouvert grand la bouche et regardé dans le miroir de la salle de bain à un moment donné pour vérifier sa gorge et déterminer s'il était vraiment en train de contracter quelque chose..

Le lendemain matin, il le trouva fatigué et ému (de la manière la plus sobre possible) et, après sa douche, il ouvrit la porte de son armoire et réalisa qu'il n'avait pas la moindre idée de quoi porter. Habituellement, une tenue s'était déjà assemblée pendant qu'il dormait, mais sa nuit avait été si perturbée que rien ne l'attendait, vestimentairement, au premier plan de son esprit.

Il savait que, quoi qu'il arrive, il trouverait une excuse pour passer à Blackbird Cottage ce jour-là, et décida précipitamment de porter ses vêtements préférés, dans l'espoir qu'il impressionnerait Serena avec son bon goût et renforcerait sa propre personnalité. -confiance. Peu de temps après, il partit pour Stoney Cross, le petit-déjeuner ne faisant pas partie de son programme de la matinée ; son estomac était trop plein de papillons pour qu'il envisage d'ajouter de la nourriture au mélange.

Heureusement pour lui, il y avait peu de circulation, car sa conduite inattentive aurait pu être la cause de nombreux accidents. En l'occurrence, il a failli rater un chat noir alors qu'il descendait la High Street de Stoney Cross en direction de son lieu de rendez-vous prévu. Il grimaça alors qu'il faisait un écart pour l'éviter, et le maudit de l'avoir secoué ainsi. Il était assez nerveux sans qu'un chat noir ne montre à quel point il avait de la « chance ».

Le Boxster et la Skoda sont arrivés pratiquement simultanément, et les deux détectives sont sortis de leurs véhicules respectifs dans un mouvement presque chorégraphié, tous deux s'arrêtant net à la vue de l'autre et se regardant avec incrédulité.

Carmichael se tenait là, impeccable dans un costume gris foncé, une chemise blanche et une cravate citron, sa chaume de cheveux gélifiée dans une casquette respectable, victime d'une tonte très récente.

Falconer restait là.

Il était vêtu d'un pantalon en lin noir (qui s'était déjà froissé lors de son trajet), d'une chemise en soie turquoise (état encore inconnu) qui était masquée frontalement par un gilet en soie Shantung jaune canari et ornée au cou d'un rouge sang. cravate. L'ensemble était complété par une veste en cuir marron qui lui avait coûté une petite fortune en Italie, un jour où il se sentait particulièrement frivole et indulgent.

La bouche de Carmichael était bouche bée d'étonnement devant cette apparition arc-en-ciel qui avait été, hier, son patron élégamment vêtu, le roi incontesté de la palette sourde (avec une touche de couleur occasionnelle, juste comme accent visuel).

Le DS par intérim fut le premier à retrouver sa parole. « Beaux sujets, monsieur. Quelle est l'occasion ?

« Rien, Carmichael. Il n'y a aucune occasion. J'avais juste envie d'un petit changement. Est-ce que ça vous va ?

« Bien sûr, monsieur. Aucune offense intentionnelle, j'en suis sûr. Tu es ravissante et colorée.

« Et toi, Carmichael ? C'est quoi ce look Savile Row ? demanda Falconer, sans vraiment remarquer à quel point son sergent se nettoyait bien.

S'il l'avait fait, il aurait peut-être vu le très beau jeune homme dont Kerry Long était tombée amoureuse. Carmichael avait même permis à Kerry de le persuader de la laisser coiffer ses cheveux habituellement indisciplinés, et aujourd'hui, il ne ressemblait guère à l'épouvantail délabré qui avait été associé pour la première fois à Falconer quelques mois auparavant. Mais cela ne durerait pas – l'apparence de Carmichael avait son propre esprit et reviendrait bientôt à la norme.

« Marques et étincelles, monsieur – lavable en machine. Je t'ai dit que j'aurais le premier choix si je récupérais mon bâton hier soir.

« Vous devriez avoir le premier choix plus souvent. En fait, vous avez l'air à la hauteur aujourd'hui. Bravo !' Mais Falconer parlait comme par télécommande. Ses paroles étaient automatiques, son esprit étant toujours préoccupé par la manière dont il pourrait organiser une rencontre avec Serena.

Cependant, ils ne devaient pas avoir de joie à l'auberge, car Summer s'était levée tôt et était sortie, sans dire combien de temps elle serait absente. Après son long sommeil assisté chimiquement, elle était impatiente de partir et avait quelque chose de très précis en tête alors qu'elle franchissait la porte avec son sac à main balançant sur son épaule et une expression déterminée.sur son visage.

« Est-ce qu'elle a dit où elle allait ? » demanda Falconer à Peregrine, conscient que, pour la deuxième fois de la journée, il était regardé d'une manière plutôt étrange.

« Désolé, inspecteur, je ne peux pas le dire. Elle a appelé quelque chose. Je pense que c'était quelque chose à voir avec son frère, mais Tarquin criait un numéro de Lady Gaga, et je ne l'ai pas bien compris. Oui, on aurait dit qu'elle partait voir son frère – quelque chose comme ça.

« Voudriez-vous prendre un café avant de partir, inspecteur ? » Tarquin entra dans le bar depuis l'arrière-salle, ses mouvements vérifiant l'espace d'une fraction de seconde alors qu'il aperçut le déguisement de Falconer. « Seulement, nous avons collecté des potins et des nouvelles – nous sommes des petites abeilles tellement occupées, n'est-ce pas ? – et nous avons pensé que ce que nous avons découvert pourrait vous intéresser, n'est-ce pas, Perry ?

'Absolument! Maintenant, asseyez-vous, Tarquin et moi allons chercher un plateau de café, et nous pourrons tous avoir une petite conversation agréable. Tous deux étaient un peu moins bourrus que leur personnage de « mon hôte » lorsqu'ils étaient en privé, et cela a rendu Falconer et Carmichael. se tortillent légèrement sur leur siège en signe d'inconfort. Aucun d'eux n'était particulièrement large d'esprit, en raison dans les deux cas de leurs éducations, aussi diverses soient-elles.

Une fois le café servi, Peregrine ouvrit les débats. "Nous avons entendu dire qu'il y avait un profond et sombre secret dans le sein de notre conseiller spirituel", a-t-il commencé. « Lui – le révérend Ravenscastle, bien sûr – a fait le tour du monde pour réconforter tout le monde sur tout ce qui lui plaisait en ce moment, mais il n'a jamais parlé de sa tragédie personnelle et de celle de sa femme.

"Et cela concerne directement Willoughby", interrompit Tarquin, désireux de participer à la narration. « Le fils de la sœur de sa femme a été tué en traversant la route par un conducteur ivre et... »

— Et ce conducteur ivre était Marcus Willoughby, interrompit encore Tarquin.

« Ooh, qui raconte cette histoire, moi ou toi ? » Demanda Peregrine d'un ton garce.

« Nous deux ! » déclara Tarquin, puis il ajouta : « Alors, qu'en pensez-vous, inspecteur ? Est-ce un mobile de meurtre, ou est-ce un mobile de meurtre ? »

« Ne sois pas obscur, Tarka, » le réprimanda Peregrine, et il reprit lui-même la question. « Ce n'est pas une mauvaise raison, n'est-ce pas, inspecteur ? C'est suffisant pour pousser n'importe qui à tuer, sachant qu'un petit enfant est mort simplement parce que quelqu'un ne savait pas quand arrêter de lui verser ce truc dans la gorge, n'est-ce pas ? »

Classant mentalement cet extrait juteux pour un examen plus approfondi, Falconer a demandé s'il y avait autre chose qu'ils souhaitaient lui dire. Il voulait sortir de ce trou, loin de l'odeur de l'alcool rassis et de l'odeur des cigares fumés d'antan qui s'échappaient de la pièce au fond du bar. Il avait besoin d'air frais, mais Tarquin fut encore plus retardé par ce besoin, qui prit un journal sur une table voisine et le lui tendit. « Page vingt-deux – les lettres, tout juste sorties des presses ce matin. »

Falconer a mélangé les pages jusqu'à ce qu'il arrive aux Lettres à l'éditeur et trouve un trio de contributions, de Mesdames Carstairs et Solomons, et de M. Lionel Fitch :

"Monsieur, - présomptueux, car le rédacteur en chef - le rédacteur en chef - est en fait une Mme Betty Sinclair, le véritable rédacteur étant en congé annuel - je tiens à exprimer mon extrême mécontentement face au comportement de M. Marcus Willoughby, envers ces des membres travailleurs (et non rémunérés) de Stoney Cross qui ont participé au récent Festival des Arts. Je m'oppose à une telle grossièreté et à une telle ignorance... », lut Falconer à haute voix. « Et deux autres offres presque identiques. Je dis, Willoughby ne s'est pas fait des amis facilement, n'est-ce pas ? D'abord le vicaire, maintenant ces trois-là, et Dieu sait combien d'autres, après son programme. Assez impressionnant, à sa manière.

« Ce n'est pas étonnant que quelqu'un l'ait tué, inspecteur. Il voulait le faire ! » Peregrine semblait avoir un intérêt à travailler, mais, pour mélanger les métaphores, il gardait sa poudre sèche.

Comprenant ce qu'il voulait dire, mais gardant aussi le cap sur son humeur, Tarquin a retiré son journal et a déclaré qu'ils ne devaient pas les garder plus longtemps, car ils avaient sans aucun doute beaucoup « d'enquêtes importantes » à faire.

Comprenant l'allusion et impatients de quitter leur compagnie actuelle, Falconer et Carmichael s'enfuirent dehors, heureux de l'opportunité de s'échapper et de passer à autre chose. Décidant de laisser le vicaire pour la fin, ils se dirigèrent vers leur deuxième, et ils espéraient avoir plus de succès, l'appel du jour.

Les premiers mots qui les ont accueillis à The Old School ont fait retourner l'estomac de Falconer et son cœur a battu plus vite.

« J'ai bien peur d'avoir fait quelque chose de très stupide... » leur dit Sadie Palister, une expression désespérée sur le visage. » Avaient-ils trouvé leur assassin si tôt, si facilement ? Les deux hommes la suivirent dans sa cuisine, et tous trois s'installèrent autour de la grande table en bois, en silence.

«Je suis tellement contente que tu sois venu. Je ne pensais pas avoir une conscience aussi tenace, commença-t-elle. En fait, je ne pensais pas avoir de conscience du tout. Mais depuis que la rumeur s'est répandue selon laquelle ce vieux salaud était mort, je n'ai pu penser à rien d'autre.

"Prenez votre temps, dites-nous lentement (une nécessité, puisque Carmichael prendrait des notes et il n'écrivait pas très vite) ce que vous avez fait, et laissez-nous juger si c'est stupide ou non. " Falconer avait ressenti un frisson d'excitation à l'idée d'une solution facile et rapide à l'affaire, et retenait presque son souffle tandis que Carmichael écartait légèrement sa chaise du champ de vision de

Sadie et retirait discrètement son cahier et son stylo de la sienne. intérieur poche de veste.

« C'est juste que j'ai déjà eu une altercation avec Willoughby, alors qu'il était critique d'art pour le journal local. C'était il y a quelques années maintenant, mais il était assez négatif – enfin, assez vicieux, à vrai dire – à propos de mon travail.

Falconer n'a pas essayé de la presser, sachant qu'elle devait raconter son histoire dans son intégralité, si elle voulait la raconter. » Continua-t-elle en leur faisant signe de la suivre dans son studio. "Après qu'il m'ait donné une critique aussi sale, j'ai en quelque sorte eu ma vengeance secrète et j'ai fait ça." À ce stade, elle a retiré une couverture de sa statue "Critique d'art" et est restée là, attendant leurs réactions.

Carmichael glissa le cahier et le stylo dans une main et utilisa l'autre pour se couvrir la bouche. Falconer a simplement regardé pendant une seconde ou deux, s'est raclé la gorge et a demandé : « Est-ce censé représenter notre victime ? » « Oui », a admis Sadie.

« Pourriez-vous nous l'expliquer, s'il vous plaît ? » Falconer pouvait voir ce que cela représentait physiquement, mais avait besoin d'aide pour interpréter ce qu'il regardait.

Sadie émit un son d'inspiration et commença à les éclairer. « La base du travail, remarquez-vous, est droite et ferme. Cette zone représente ce que le sujet se considère : fort, dur, avec des connotations sexuelles évidentes pour représenter sa féminisation, parce qu'il était vraiment un vieux lubrique. La partie supérieure représente ses faiblesses, ce qui est évident d'après sa forme. » Sadie était inhabituellement timide dans son explication, ce que Falconer ne pouvait attribuer qu'à son sentiment de culpabilité.

« Vous avez peut-être remarqué, continua-t-elle en baissant le regard au niveau approprié, qu'il n'y a pas, euh, de testicules... » "Mais vous avez vraiment bien coiffé", interrompit Carmichael, pas du tout gêné maintenant, et examinant la sculpture de très près.

« Merci, mais je m'éloigne du sujet. Le manque de conneries, si vous voulez bien m'excuser, messieurs, c'est parce que le sujet n'a – n'a – pour ainsi dire – pas de couilles. Il trouvait facile de critiquer et de calomnier les efforts des autres, que ce soit dans la presse écrite ou à la radio, comme vous l'avez entendu récemment, mais il était trop lâche pour dire quoi que ce soit en face-à-face.

« A-t-il vu cela, Mme Palister ? » Demanda Falconer, se mordant maintenant la lèvre avec amusement de ce que Willoughby aurait pensé, se retrouvant face à quelque chose qui faisait un commentaire si dévastateur sur son personnage.

« Il l'a fait ! Dimanche dernier, alors qu'il était sur la Route des Artistes. Il est venu ici le matin, et je l'ai vu prendre subrepticement des notes sur son petit appareil d'enregistrement, sans doute quelques petits bribes de méchanceté – son modus operandi habituel. Puis il est venu ici, je suppose. J'étais dans la cuisine à ce moment-là, donc je n'ai pas vu son visage, c'est encore plus dommage, mais je l'ai certainement entendu crier. Il avait l'air d'un chiot frappé, et je suis revenu pour voir – eh bien, je savais qu'il l'avait vu. Je voulais juste voir son visage. Il m'avait causé suffisamment de chagrin dans le passé pour que je veuille voir ce que ça faisait pour lui d'être jugé si durement.

« Ses précédentes critiques publiques vous ont-elles posé des problèmes dans votre travail ?

« C'est certainement le cas ! Les échanges se sont ralentis et les clients potentiels qui étaient sur le point d'accepter une commission ont soudainement fait marche arrière, affirmant qu'ils avaient changé d'avis ou qu'ils devraient y réfléchir un peu plus longtemps. Il a fallu près d'une année pour que les affaires reprennent, et tout allait bien quand il est arrivé. Je n'aurais pas pu être plus horrifié si le Diable en personne était venu revoir notre petit Festival.

« Et que s'est-il passé lorsque vous avez vu son visage ? » demanda Falconer, impatient maintenant d'arriver au cœur de l'histoire – la confession, quoi qu'il en soit.

«Il l'a ailé! Au moment où je suis arrivé ici, il se tenait devant une exposition complètement différente, et quand je lui ai demandé s'il allait bien, il a dit qu'il s'était cogné l'orteil, ce salaud de menteur. Il avait bien vu et compris. Son visage était tout marbré, comme s'il ne pouvait pas décider s'il devait devenir blanc de choc ou violet de colère. Il est parti peu de temps après, mais je savais que j'allais le faire quand il a enregistré son programme. J'étais sur le point de vivre une grande projet, ne vous y trompez pas. EtJe l'ai compris, n'est-ce pas ?

— Et ? Falconer fronça les sourcils. « Cette statue est-elle le « quelque chose de stupide » que vous avez fait, ou y a-t-il autre chose que nous devrions savoir ?

"Oh oui, il y a autre chose", confirma Sadie, le visage un peu embarrassé. «J'ai bien peur que ce soit le cas. J'étais un peu dans le pétrin depuis que je savais qu'il viendrait ici, et après que nous soyons tous allés au pub dimanche soir, j'ai eu un peu de désordre, je suis rentré chez moi et j'ai été encore plus en désordre, et puis , j'ai honte de l'admettre... Je suis monté chez lui, terrifié à l'idée qu'il sorte et me trouve, mais juste assez courageux, à cause de l'alcool, pour le faire quand même. La brume m'a aussi donné une sorte de faux courage. Vous saviez qu'il y avait du brouillard, n'est-ce pas ? S'il était sorti, il n'aurait pas pu me reconnaître avec la mauvaise visibilité, alors, avec l'alcool et la brume, j'avais de bonnes chances de ne pas me faire prendre. En apercevant le visage de Falconer, a-t-elle poursuivi. , 'Oui, j'arrive juste au point. J'ai peur de dire que j'ai crevé tous les pneus de sa voiture, puis je suis rentré chez moi comme un animal, me sentant un tout petit peu coupable.

Falconer soupira de déception. « Vous êtes absolument certain que c'était dimanche soir ?

« Tout à fait, car c'était le jour des représentations à la salle des fêtes et je savais que la semaine suivante allait être un enfer jusqu'à vendredi, date à laquelle son émission était diffusée. L'anticipation de son venin me rendait folle, alors j'ai pensé que je le récupérerais en premier, avant qu'il ne m'attrape, si vous voyez ce que je veux dire.

'Je comprends. Et je suppose que vous n'avez essayé de voir à travers aucune des fenêtres de sa maison ?

« Pas question, inspecteur. Il y avait une lumière à côté et je ne voulais pas qu'il vienne en hurlant avec des menaces de la part de la police et une accusation de dommages criminels.

« À quelle heure est-ce réellement arrivé ?

Sadie prit un moment ou deux pour y réfléchir. Elle avait eu une vessie. Elle s'était même endormie pendant un moment en revenant de l'auberge, mais elle s'est finalement installée vers une heure trente du matin.

— Alors vous n'aviez pas réalisé qu'il était peut-être déjà mort à votre arrivée, son assassin étant peut-être toujours sur place ?

« Et toi ? » Sadie se tenait la bouche ouverte, les deux mains se précipitant pour la couvrir de surprise. « Alors, quand a-t-il été tué ?

« Je crains de ne pas être libre de divulguer cette information pour le moment », répondit Falconer, pompeusement et quelque peu hors de propos, car il avait déjà craché le morceau, « mais vous pouvez me croire sur parole. Même si je vous serais reconnaissant de garder cela pour vous, car vous étiez peut-être dans une situation très précaire. Si tu avais été reconnu, le tueur était toujours dans la maison... Bon, je devrais faire très attention pour le moment. Ne sortez pas seul la nuit tombée et gardez vos fenêtres et portes verrouillées. Cela pourrait être bien pire pour vous que de simplement crever quelques pneus.

Falconer pensait que les chances que son hypothèse soit vraie étaient de plusieurs milliers sur une, mais il avait voulu lui mettre le doigt sur la tête. Elle était un peu trop affirmée à son goût et, à vrai dire, il la trouvait juste un peu intimidante.

Sadie eut la grâce de rougir à cette mention de sa faute, et donna très joliment sa parole d'honneur. « Quand, exactement, avez-vous vu M. Willoughby vivant pour la dernière fois ? » Demanda Falconer, l'air indifférent alors qu'il attendait sa réponse.

"Pas depuis qu'on lui a demandé de quitter le pub, dimanche soir."

« Pourquoi lui a-t-on demandé de partir ? »

« Oh, je suis sûr que quelqu'un d'autre prendrait beaucoup plus de plaisir à vous en parler. Quoi qu'il en soit, c'était tellement déplaisant que je n'ai vraiment pas envie d'en parler pour le moment. Si personne d'autre ne dit rien, n'hésitez pas à revenir, mais je suis sûr que vous obtiendrez autant de versions que vous pourrez le souhaiter de la part de cette petite communauté en proie à des potins. Je suis ici pour le logement fantastique dont je dispose pour mon travail, mais ma seule véritable amie est Minty – Araminta Wingfield Heyes, bien sûr. Elle et moi, on s'entend comme une maison en feu, et ça vaut toutes les mesquines jalousies et les médisances rien que de rire avec elle de temps en temps.

Falconer et Carmichael prirent congé et profitèrent du temps entre les visites pour se livrer à quelques spéculations. « Eh bien, Carmichael, qu'en penses-tu ? »

« Cela m'a semblé très bien, monsieur, c'était certainement comme si elle disait la vérité. »

« Mais c'est une femme intelligente. Et si elle le tuait – dimanche tard jusqu'aux petites heures du lundi matin, selon l'opinion actuelle – et crevait ensuite les pneus pour lui donner une excuse pour être là ? Nous devrons voir si la médecine légale a trouvé quelque chose sur elle. Cela pourrait n'être qu'un faux-fuyant.

Falconer essayait furieusement de réfléchir. Il aurait besoin de mettre son esprit à l'écoute pour son jeu habituel de "Grass Thy Neighbour", mais sa concentration était constamment interrompue par des visions du visage de Serena et par la pensée qu'il devait trouver une bonne – ou même une mauvaise – excuse. la voir aujourd'hui sinon il deviendrait fou.

"Qu'est-ce que c'était, CArmichael ?" Il n'écoutait qu'à moitié. « Ne sois pas si stupide, mec, bien sûr, il n'y a aucun rapport avec le poisson dans ce cas. Vous savez sûrement ce qu'est un hareng rouge ? Pas vrai ? Eh bien, cherchez-le alors – je vous suggère de regarder les titres des livres de Miss Dorothy L Sayers.

Vous en trouverez tout un tas là-bas.

Ils ont été accueillis au Vieux Moulin par une femme en larmes et dans un état de détresse extrême. Après s'être assuré qu'elle était bien Araminta Wingfield-Heyes et s'être présentée, ses premiers mots leur furent : « J'ai bien peur d'avoir fait quelque chose de très stupide !

« Nous ferions mieux d'entrer, Miss Wingfield-Heyes, et vous pourrez alors tout nous raconter.

Alors qu'ils s'installaient dans les fauteuils, Minty se moucha avec un son clair, retrouva un peu son calme et commença à regarder Falconer avec perplexité. Vérifiant rapidement que ses mouches étaient en ordre, il lui lança un regard interrogateur et lui demanda s'il y avait quelque chose qui n'allait pas.

« Non, non », a-t-elle nié, puis a ajouté : « c'est juste que tu me rappelles quelque chose – je pense que ce sont tes vêtements. Ah oui, bien sûr. J'avais un clown en peluche quand j'étais petite. Cela m'a fait très peur, si je me souviens bien, mais sa tenue était des mêmes couleurs que la vôtre. » Voyant son visage, elle ajouta rapidement : « Ne vous offensez pas, inspecteur, mais c'est drôle, les choses dont vous vous souvenez quand vous êtes un peu trop émotif. »

Falconer fronça les sourcils avec étonnement. Il avait choisi chaque vêtement très soigneusement – c'étaient ses vêtements préférés. De quoi parlait la femme ?

« Vous avez dit que vous aviez fait quelque chose de très stupide. Pourriez-vous nous en parler ? » demanda-t-il gentiment, décidant de ne pas garder rancune, alors que le visage de Serena flottait, une fois de plus, devant ses yeux. Il devenait obsédé.

« Il s'agit de cet horrible vieil homme... » commença-t-elle, puis elle s'interrompit, ne sachant que dire ensuite.

'Continue. Si vous voulez le dire à quelqu'un, autant que ce soit nous », l'encouragea l'inspecteur.

"Eh bien, si je commence par le début, vous comprendrez peut-être pourquoi j'ai fait ce que j'ai fait."

"C'est un très bon point de départ, maintenant c'est parti, Miss Wingfield-Heyes", a lancé Falconer, heureux de voir qu'il avait eu raison de supposer qu'il était célibataire et qu'elle n'avait pas déraillé lorsqu'on l'avait traité de " Mademoiselle » plutôt que « Mme ».

'D'ACCORD ! Tout a commencé il y a plus d'un an. Je présentais certaines de mes œuvres dans une exposition – je suis un artiste abstrait, vous savez – et je vendais des peintures et je pensais que je m'en sortais assez bien. Puis cette vieille bête, Marcus Willoughby, m'a fait une critique puante dans le journal local. J'étais tellement humilié que je ne savais pas quoi faire.

« Je ne voyais aucun moyen de riposter. Cela a affecté les ventes pendant des mois – et je n'ai pas réalisé les résultats de l'exposition aussi bien que je le pensais, car sa critique a été publiée le lendemain de l'ouverture. J'aurais pu le tuer de mes propres mains... Oh, non ! Je ne voulais pas dire ça littéralement, c'est juste une expression. Bien sûr, je n'aurais pas pu le tuer. Je ne suis pas du tout ce genre de personne et là, je divague, je me ridiculise comme d'habitude... » Elle menaçait, une fois de plus, de fondre en larmes.

« Pas du tout, pas du tout ! » Falconer avait décidé de se montrer apaisant, mais c'est Carmichael qui fit le plus pour lui redonner la parole.

Se levant d'un fauteuil, il s'approcha et s'assit à côté d'elle sur le canapé, passant doucement un bras autour de ses épaules et tapotant la main qui reposait entre elles sur le cuir. Même si cela n'aurait pas été une décision particulièrement judicieuse si le témoin était susceptible de porter plainte pour voies de fait, Falconer ne le pensait pas dans cette affaire et se demandait pourquoi il n'avait pas pensé à le faire lui-même.

Carmichael resta sur le canapé, mais se traîna jusqu'au bout, pour que sa présence ne la gêne pas lorsqu'elle parlait, et elle continua son histoire d'une voix calme, presque chuchotée.

« Je l'ai détesté, à partir de ce moment-là. Je ne pouvais pas y croire quand Fiona – c'est Fiona Pargeter. Elle vit au Haven à Dragon Lane – lorsqu'elle lui a demandé de venir revoir nos efforts pour sa nouvelle émission de radio. Il n'en avait fait que quelques-unes auparavant, mais elles étaient assez venimeuses – sur des gens qui s'installaient à la campagne et transformaient de vieux bâtiments », dit-elle en comptant d'une main, sur les doigts de l'autre, en comptant la première.

« Voyons, il s'en est pris aux navetteurs qui désertaient le village et ses commodités pendant la semaine. » Elle marqua un autre doigt et poursuivit : « Il détestait absolument les week-ends qui apportaient toutes leurs provisions avec eux et ne apportaient rien. Il a dit qu'ils utilisaient simplement les villages comme terrains de jeux pour leurs résidences secondaires. » Un autre doigt fut déplacé vers le bas. Le quatrième de ses doigts descendit tandis qu'elle ajoutait : « Et il détestait absolument ce qu'il appelait les « arrivants », comme si c'était un péché de quitter son lieu de naissance.

"Il avait un vrai cou de cuivre, étant donné qu'il n'est pas du coinici, et il a acheté The Old Barn, une conversion évidente, si jamais j'en ai vu une. Et l'idée qu'il vienne ici et me charge à nouveau de mon travail était tout simplement horrible. Imaginez à quel point je me suis senti pire quand il a emménagé. Je ne pouvais pas y croire ! Je savais que je devrais devoir déménager, le plus tôt possible. Tu parles de me frotter le nez dedans. Et puis j'ai réalisé que je ne pouvais pas être de loin le seul à ressentir cela à son égard. Il a dû se faire plein d'ennemis, vu la manière dont il a malmené tout le monde.

Ici, elle s'arrêta pour rassembler ses pensées, et Falconer la renvoya sur la voie principale, pour obtenir les informations qu'il attendait. « Et quelle était exactement cette « chose très stupide » que vous avez faite ?

« Oh mon Dieu, je n'arrive toujours pas à croire que je l'ai réellement fait. Désolé, désolé... Il était tard dimanche soir – enfin, pour être plus précis, vers une heure et demie le lundi matin – et nous étions tous au pub, essayant de noyer notre embarras. J'étais inquiet à l'idée de perdre à nouveau des clients, et quand je suis rentré chez moi, j'ai peur d'avoir vidé une bouteille entière de vin. Oh, pas d'un seul coup, n'est-ce pas, mais assez lentement pour me maintenir debout, et suffisamment pour me rendre audacieux et téméraire.

« Au moment où j'avais fini, j'avais décidé que quelqu'un devrait donner une leçon à ce vieil homme révoltant, et que cette personne devrait être moi. J'avais enfilé mon pyjama dès mon arrivée, et il se trouvait qu'il était noir, alors sans autre réflexion, j'ai enfilé une paire de chaussures noires, mis un foulard noir – oh, ça semble ridicule quand je suis arrivé. dis-le à voix haute ! Puis je me suis glissé jusqu'à The Old Barn et, avec un des couteaux que j'utilise pour tailler mes toiles, j'ai gratté les mots « le plus gros con du monde » sur le capot de sa voiture, espérant, ivre, qu'il ne le prendrait pas par erreur. comme un compliment. J'ai dû être inspirée par la sculpture de Sadie. » Ici, elle rougit et poursuivit : « C'était assez difficile de voir ce que je faisais ; c'était plutôt brumeux. Mais j'ai bien réussi, en quelque sorte en état d'ébriété.

« Avez-vous remarqué si les pneus de la voiture étaient crevés – s'ils avaient été crevés – à ce moment-là ? » demanda Falconer, suscitant un air de confusion face à cette question apparemment hors de propos.

« Ai-je remarqué quoi ? Non, bien sûr que non. Je n'étais pas en état de remarquer quoi que ce soit. J'avais vraiment peur – désolé – terriblement effrayé qu'il sorte et m'attrape, parce qu'il y avait encore de la lumière sur le côté de la maison, et j'avais des visions de lui qui m'emmenait au poste de police, ivre et coupable de dommages criminels. La voiture aurait pu reposer sur des briques, malgré toute l'attention que j'y ai prêtée. J'étais complètement bouleversé, mais je n'arrivais pas à m'arrêter. »

La plume de Carmichael s'est arrêtée peu de temps après qu'elle ait fini de parler, et Falconer s'est levé pour prendre congé, la remerciant d'avoir été si honnête avec eux. Il y en avait deux, maintenant, qui nourrissaient une rancune contre Willoughby, mais leurs histoires avaient un ton de vérité à leur sujet. À moins, bien sûr, qu'ils soient dans le même bateau et que le meurtre et les deux actes de vandalisme aient eu lieu en même temps.

Falconer avait l'idée qu'ils reviendraient au Vieux Moulin d'ici peu, lorsque son occupant serait un peu moins stressé. Il était tout simplement possible que, si elle n'était pas l'assassin (ou plutôt « la meurtrière » ?), alors elle aurait pu gratter son petit message alors que le véritable tueur était en fait sur les lieux, peut-être encore à l'intérieur de la maison, incapable de le faire. s'échapper à cause de sa présence. Minty aurait pu être dans la même situation qu'il venait de décrire à Sadie.

Leur prochaine escale était The Vicarage, pour obtenir les détails précis de la précédente perte de leur famille. Si Willoughby avait été responsable de la mort de leur jeune nièce, alors c'était bien là un mobile. En fait, ils semblaient noyés sous les motivations. Marcus devait être la personne la plus impopulaire du village, voire du comté. Il termina ainsi sa réflexion, se rappelant à quel point le travail de Marcus lui avait donné un public beaucoup plus large que celui auquel la plupart des gens avaient accès, pour l'insulter et l'exaspérer.

Adella Ravenscastle leur ouvrit la porte et les conduisit dans le bureau de son mari, où il travaillait toujours sur son sermon du lendemain matin. « Il est temps de faire une pause, Benoît. Nous avons des visiteurs. Inspecteur Falconer et sergent-détective par intérim Carmichael, annonça-t-elle, indiquant leur présence juste derrière elle. "Je vais les accompagner dans le salon et leur préparer du thé, et vous pourrez les accompagner pour voir comment nous pouvons les aider." Ses paroles étaient assez confiantes, mais il y avait le moindre tremblement dans sa voix, comme si elle avait deviné ce qui allait arriver et n'avait pas du tout hâte d'y être.

Falconer n'a pas tourné autour du pot et, aussitôt qu'ils se sont assis, a commencé son interrogatoire par : « Je comprends qu'un de vos jeunes parents a été tué dans un accident de la route et que le conducteur de la voiture – le conducteur ivre de la voiture – était Marcus Willoughby. Est-ce exact ?' Il s'était mis à rude épreuvel'espoir que, avec peu de temps pour rassembler ses pensées, le révérend Ravenscastle serait loin d'être calme dans ses réponses. Mais il ne devait pas s'en sortir aussi facilement.

"Comme c'était la fille de la sœur de ma femme, je pense vraiment que nous devrions attendre qu'elle nous rejoigne, n'est-ce pas ?" Et ils se sont donc assis, dans un silence inconfortable, Falconer bouillonnant d'avoir perdu le contrôle de la situation. avant qu'il ait eu la chance de l'exploiter. Carmichael, indifférent à l'attente, a griffonné les visages de Mickey Mouse dans son carnet et a réfléchi à tous les merveilleux projets qu'il avait pour son avenir. L'esprit de Falconer s'éloigna également de sa colère actuelle, et il repensa à Serena et réalisa qu'il était juste un peu distrait et qu'il avait vraiment besoin de se concentrer sur le travail à accomplir.

Adella Ravenscastle brisa leur rêveries lorsqu'elle entra avec le plateau de thé cinq minutes plus tard, la bouilloire ayant mis un temps inhabituellement long à bouillir. Le posant sur une table basse, elle a exhorté son mari à être « mère » et lui a demandé comment ils pourraient aider les policiers, une lueur de défi dans ses yeux.

«J'aimerais que vous nous parliez de l'accident qui a entraîné la mort de votre nièce, s'il vous plaît, Mme Ravenscastle. Je sais que cela doit être un sujet inconfortable et bouleversant pour vous, mais les détails peuvent s'avérer pertinents pour nos enquêtes en cours, ce qui en fait donc un mal nécessaire.

« Je ne vois pas quelle pertinence cela peut avoir. C'était il y a longtemps et le conducteur est allé en prison pour ce qu'il avait fait.

"Ce conducteur – ce conducteur ivre – étant Marcus Willoughby", a déclaré Falconer sans ambages.

« C'est exact mais, aux yeux de la loi, il a été puni ; sur les yeux de Dieu, je ne fais aucun commentaire, cela étant entre son âme et son Créateur, répondit-elle stoïquement.

"C'est peut-être le cas, mais j'aurai encore besoin de connaître les détails et ce que vous avez pensé de sa punition – aux yeux de la loi", para Falconer.

"Son châtiment, ici sur terre, était dérisoire à l'extrême, mais j'ai la foi qu'il ne s'en tirera pas aussi facilement lorsqu'il se présentera en jugement devant Celui qui est assis sur le trône. Trente-quinze ans pour la femme du vicaire – celle de Falconer." servir. Il en fut cependant privé, car Benedict Ravenscastle, dans le rôle d'arbitre, intervint et suggéra que, comme en parler serait trop pénible pour sa femme, elle pourrait peut-être être excusée, pour le laisser dire au désolé. conte. Mon garçon, ce vicaire pourrait-il changer d'avis ! Premièrement, ils ne devraient pas en discuter sans elle, maintenant ils ne pouvaient plus en discuter devant elle. A quoi jouait-il ?

Falconer, après avoir été trompé, n'a pas jugé approprié de trop insister sur sa cause à ce stade de l'enquête et a abandonné son attitude dure, mais a cédé de mauvaise grâce. Adella Ravenscastle se leva et quitta la pièce, retirant le couvercle d'une cage à oiseaux près de la porte en sortant.

«C'était le 5 novembre 2001», commença le vicaire, avant d'être interrompu par une voix grossière venant de l'autre bout de la pièce. « Uckoff ! » a-t-il déclamé. « Putain ! Putain ! Uckoff !' Tous les regards se tournèrent vers cette contribution inattendue aux débats, les yeux de Carmichael pétillant alors qu'ils se posaient sur un perroquet.

«Ce n'est que le capitaine Bligh», expliqua le vicaire. «Je l'ai laissé par un vieux monsieur de mon ancienne paroisse, et je n'ai pas eu le cœur de le laisser rabaisser. Ils vivent jusqu'à un âge formidable, vous savez.

« Uckoff ! » retentit à nouveau depuis la cage, suivi de ce qui ressemblait à un rire humain très huileux.

« Ne faites pas attention à lui. Cela ne fera que l'encourager », conseilla Benoît, comprenant de plus en plus le dernier geste de sa femme avant de les quitter. Elle l'avait fait exprès, la vilaine fille, même s'il ne pouvait pas lui en vouloir. L'oiseau pourrait rester découvert pour le reste de cette interview en ce qui le concerne. Il savait que la police avait un travail à faire, mais il ne lui semblait pas normal qu'elle vienne ici, après tout ce temps, pour tout recommencer. Maria aurait fêté ses dix-huit ans demain, si elle avait vécu, et ils avaient déjà prévu de passer la journée avec la sœur d'Adella, Meredith, et d'apporter des fleurs à la tombe pour marquer l'occasion.

«Pour continuer», reprit-il, «nous étions tous – Adella, moi-même, Meredith, son mari et Maria – nous allions tous au feu d'artifice dans la ville où vit la famille de ma belle-sœur. Nous étions presque arrivés au green, il ne restait plus qu'une route à traverser, quand quelqu'un – évidemment pas de l'équipe de démonstration – a lancé une fusée. C'était une mauvaise chose, mais c'était suffisant pour exciter Maria. Elle pensait que l'exposition avait commencé sans elle et qu'elle l'avait manqué, alors elle s'est précipitée tout droit sur la route en direction de la zone d'exposition. Bien sûr...'

« Putain ! Uckoff !' Cet oiseau ne pouvait pas le laisser tranquille. Il était déterminé à saper l'autorité de Falconer et à détruire l'atmosphère sombre.

«Je suppose qu'il est jaloux parce que votre plumage est plus coloré que le sien», dit le vicaire.d, avec un visage absolument impassible. « Tais-toi, Bligh ! Tu n'entends pas que je parle ? cria-t-il en tournant légèrement la tête de côté, car il ne pouvait, même dans ces circonstances, ne pas voir le côté drôle de la situation.

« Uckoff ! » répondit le capitaine Bligh, puis il ajouta à nouveau son rire presque humain.

Ils sont de connivence, pensa Falconer. Je ne sais pas comment ils font, mais cet oiseau sait exactement ce qu'il est censé faire et il aime le faire. Il avait envie d'un peu de superglue pour son bec. Cela ferait taire cette foutue chose, pas de problème.

« Désolé pour ça. Maintenant, » il fit une pause, « oh oui – mais, malheureusement, elle n'est jamais arrivée de l'autre côté de la route. » Le souvenir de cet événement a dégrisé le vicaire, et il a poursuivi, d'une manière plus sobre : « Il n'y avait absolument rien. que chacun d'entre nous aurait pu faire. Elle s'est enfuie si vite. Il y a eu un crissement de freins, un bruit sourd, et notre nièce chérie était morte. Que puis-je dire de plus ?

« Cul ! » Le perroquet avait trouvé un nouveau son avec lequel jouer, mais Falconer avait décidé de l'ignorer complètement et de ne pas se laisser distraire par ses interruptions.

« Est-ce que vous ou votre femme avez déjà ressenti des sentiments de vengeance ? » a-t-il demandé, sans grand espoir de réponse positive.

« Nous avons prié pour son âme, inspecteur, et pour le don du pardon, afin que nous puissions être en paix, mais nous en sommes toujours terriblement bouleversés tous les deux et, depuis que cet homme est arrivé au village, Adella fait encore des cauchemars. Nous sommes tous les deux de bons chrétiens, mais c'est une chose de haïr quelqu'un, mais c'en est une autre de prendre une vie.'

« Pouvez-vous me dire où vous étiez dimanche soir dernier ? C'était peut-être un peu révélateur (encore une fois!), mais il doutait que le vicaire le remarque, tellement il était distrait par ses souvenirs, et Falconer n'y a pas pensé. le révérend monsieur parlerait de son entretien avec eux à une autre âme.

«Je suis sorti pendant un moment.»

« Et pourquoi ? » Falconer venait de remarquer que Carmichael ne prenait plus de notes et avait abandonné ses fonctions pour regarder avec envie et respect le perroquet grossier.

« Putain ! Cul !' L'inspecteur savait instinctivement que l'oiseau faisait le jeu devant un public attentif et a rappelé son partenaire (par intérim) à ses fonctions avec un froncement de sourcils féroce.

«Il y a eu quelques troubles à l'église», lui répondit Benoît sans se laisser décourager. « Rien d'important, juste quelque chose que j'ai dû régler. »

« Quelque chose que nous devrions savoir ? Je pense que tu ferais mieux de nous le dire de toute façon et de nous laisser décider », conseilla Falconer, soulignant le « nous » et lançant un nouveau regard noir à Carmichael.

L'air quelque peu mal à l'aise face à la tournure des événements, le vicaire raconta sa rencontre avec Marcus dans l'église, excusant le comportement de l'homme parce qu'il était « dans ses tasses ».

« Willoughby ? Encore une fois ? l'interrompit l'inspecteur. "Et qu'avez-vous ressenti, compte tenu de la façon dont une autre de ses petites crises de boulimie avait déjà affecté votre famille ?"

« Ce n'est pas à moi de porter un jugement. Maintenant, si c'est tout, j'ai un sermon à terminer. » Il leur donnait un coup de coude ; le vieux gros-ho.

« Comme cela ne concerne pas les événements entourant la mort de votre nièce, je me demande si nous pourrions poser une question à votre femme avant de partir ? »

« Si ce que vous dites est véridique, je ne vois aucune raison de ne pas le faire. » Alors que le révérend Ravenscastle ouvrait la porte, la forme noire et brune d'un teckel s'est précipitée dans la pièce, a montré les dents, a tenté de se faufiler sur le pantalon préféré de Falconer., et, sans succès, attrapa le matériau dans sa gueule et se mit à grogner aussi férocement qu'un si petit chien peut le faire.

« Bonjour, petit toutou ! » Cria Carmichael avec joie, se baissant pour caresser la tête de l'animal, seulement pour se faire casser la main et recevoir un regard diabolique en retour.

Petit toutou, mon cul, pensa Falconer, impatient de donner un coup de pied au petit bougre là où il aurait du mal à lécher, étant donné la forme allongée de sa race, mais devant se contenter d'un léger mouvement de patte et d'un sourire malade.

« Ignorez-le, inspecteur. Ce n'est que notre petit Satan. Il ne ferait pas de mal à une mouche, n'est-ce pas, mon petit hoochie-coochie ?

Vieux bougre effronté, décida Falconer, imaginant une scène où il avait attrapé le vicaire dans un coin sombre et l'avait arraché, tandis qu'Adella était rappelée dans le hall, son expression sinistre se dissolvant dans un amusement à peine réprimé à la vue de sa situation difficile.

Je me demande si vous pourriez me dire où vous étiez dimanche soir et aux petites heures du lundi matin ? » a-t-il demandé, le visage un masque d'innocence, s'attendant à obtenir une confirmation de l'histoire de son mari.

« Je suis sortie faire une petite promenade pour me vider la tête », fut sa réponse inattendue, et lorsqu'on lui demanda de clarifier cette affirmation, elle se contenta d'ajouter : « J'avais quelque chose à faire et je voulais le faire sur-le-champ, pendant que était toujours au premier plan dans mon esprit.

Elle a refusé de donner la moindre explication sur ses remarques énigmatiques et, à moins de l'arrêter, ce qui était une idée ridicule, ils ont dû en rester là. Commeils traversèrent le couloir et sortirent par la porte d'entrée, au son moqueur de « Uckoff ! Cul ! Cul ! » flottait après eux ; un dernier rire huileux qui marqua le point final de leur séjour inconfortable au Vicarage.

Fermant fermement la porte, Benedict se tourna vers sa femme et dit : « C'est une sacrée bonne idée de votre part d'enlever le couvercle de la cage du capitaine Bligh, mais vous êtes une très vilaine fille, n'est-ce pas ?

« Je connais Benedict, mais vous ne voudriez pas de moi autrement, n'est-ce pas ?

« Non, je ne le ferais pas, et vous avez bien pointé leurs armes. Bonne fille !

En descendant le chemin et en sortant sur le trottoir, Falconer a réprimandé Carmichael pour son manquement non professionnel à son devoir et a carrément maudit « ce foutu oiseau », comme il l'appelait.

« Désolé, monsieur, mais je n'ai jamais vu de vrai perroquet vivant auparavant – seulement à la télévision. Je voulais voir de plus près. Je pense que Kerry et moi pourrions faire pire que d'en avoir un comme animal de compagnie.

« Le ciel vous aide si vous le faites. Vous n'entendrez jamais un mot, avec un petit con à plumes comme celui-là. Pourquoi ne fais-tu pas quelque chose de normal et ne prends-tu pas un chat ou un chien ? Et qu'est-ce que c'est à propos de « moi et Kerry » ?'

«Je ne sais pas pour un chat, monsieur. Ils me donnent en quelque sorte la chair de poule – me font penser aux sorcières et tout le reste. » Il ignorait totalement le regard hostile que son supérieur lui lançait à propos de cette terrible insulte envers l'espèce féline domestique, et continua, inconscient : « Le chien ne le ferait pas. Ce serait dommage, si l'on en croit ce gentil petit toutou du dernier endroit. Et quant à « moi et Kerry », Carmichael se tapota le côté du nez avec son index droit et refusa de dire un autre mot, alors qu'ils se dirigeaient vers la voiture de Falconer, qu'ils avaient récupérée en route du Vieux Moulin vers le Presbytère.

Revenant sur leur itinéraire, ils arrivèrent à The Old Chapel au moment où Christobel et Jeremy Templeton avaient terminé leur déjeuner, et furent immédiatement conduits dans un grand salon, décoré et habillé de façon très féminine, sans aucun doute sous l'influence de la maîtresse de maison. .

A peine s'étaient-ils assis, après avoir refusé l'offre de café de Jérémie, que Christobel poussa un petit gémissement et, lorsqu'ils la regardèrent, on trouva les yeux remplis de larmes qui étaient sur le point de couler sur ses joues.

Falconer la regarda avec inquiétude, lui demandant s'ils avaient appelé au mauvais moment. C'est cependant Jérémie qui répondit, soulignant que sa femme avait subi un épisode très humiliant lors de la représentation du Festival et qu'elle commençait à peine à s'en remettre, que cette « foutue émission de radio » l'avait replongée dans une profonde dépression. À ce moment-là, Christobel se leva de son siège et se précipita hors de la pièce en sanglotant, et ils purent entendre ses pas précipités dans les escaliers alors qu'elle fuyait vers un endroit plus privé, pour être seule avec sa misère.

« Ce foutu homme ! » s'est exclamé Jeremy. « J'aurais pu lui tordre le cou ! » Il suivit cet éclat d'un air découragé et : « Je dis, je suis terriblement désolé. Je ne voulais pas dire cela littéralement. C'est juste la façon dont il a traité la pauvre petite Chrissie qui me fait bouillir le sang.

« Il n'a pas aimé ça, je suppose ? » Ce thème allait continuer encore et encore, pensa Falconer. Après avoir écouté le podcast de l'émission, il s'est demandé dans combien d'autres foyers on lui dirait exactement la même chose.

Même si Carmichael et lui avaient comparé des listes dans la voiture, il n'avait jamais pensé à compter le nombre de personnes qui avaient été coupées en rubans par la langue de Willoughby, mais il supposait qu'il connaîtrait la réponse avant le jour. était sorti.

« Il détestait ça ! Bien sûr, je savais que ce n'était pas vraiment bon, mais elle manque tellement d'assurance que je pensais que sa poésie lui donnerait un peu de confiance en elle ; une certaine estime de soi. À quel point pourrais-je être stupide ? J'aurais pu me couper la langue quand elle a dit qu'elle allait lire une sélection de ses poèmes pour ce foutu Festival et, à moins de la pousser dans les escaliers et de la mettre à l'hôpital, je ne voyais aucun moyen de l'en empêcher. .

« J'aurais difficilement pu lui dire la vérité. Elle aurait vu cela comme une trahison de la part de la personne en qui elle avait le plus confiance au monde. J'ai l'impression d'être un talon absolu. J'aurais dû faire quelque chose – n'importe quoi – pour l'empêcher de se ridiculiser en public. Je vois une autre cure d'antidépresseurs se profiler à l'horizon, si le Dr Christmas est assez obligeant pour les prescrire.

"Je pensais qu'elle s'en était sortie lorsqu'elle a dit qu'elle allait écrire un livre et tuer ce bougre dedans, mais elle a encore perdu toute confiance en ses capacités, lorsqu'elle a réalisé la complexité de planifier un travail aussi long, après je produis juste un petit vers léger, et nous sommes de retour à la case départ maintenant.

« Je vois votre situation difficile », compatit Falconer, essayant de ne pas trop interrompre le flux des mots.

« Si cela n'avait été qu'une affaire de village – pas de foutu étranger en matière de radiodiffusion avec des attentes incroyablement élevées... »

« Je ne pense pas que les attentes soient élevéesa fait dire à M. Willoughby ce qu'il a fait, l'interrompit Falconer, dans le but d'offrir soutien et réconfort. « D'après ce que j'ai appris de son caractère, je pense qu'il s'agissait simplement d'un simple dépit, dénigrant les efforts des autres dans des domaines où il ne pouvait pas espérer rivaliser. Il semblait que l'insulte et le mépris étaient ses deux seuls talents. » C'était un discours plus long que ce que Falconer avait prévu, mais Christobel avait l'air si frêle, et ses sanglots pouvaient encore être entendus, arrière-plan sourd de leur conversation.

« Je suis désolé », s'excusa à nouveau Jeremy, « mais elle est complètement en ruine, le programme d'hier l'a presque fait tomber. Son nerf vient de se briser. En fait, elle a jeté la radio à travers la pièce et a piétiné dessus, tellement elle était bouleversée, et j'ai dû la mettre au lit avec un somnifère avant même qu'elle n'entende ce qu'il avait à dire à son sujet. Elle avait tellement peur de l'entendre la critiquer qu'elle a sombré dans l'hystérie.

Il ne semblait y avoir rien ici pour eux, de l'avis de Falconer, et ils se dirent au revoir, les sanglots émanant toujours de l'étage alors qu'ils quittaient la propriété.

Il était maintenant bien plus de midi et ils retournèrent à l'Inn on the Green pour manger un morceau et vérifier si Summer Leighton était déjà là. De la nourriture, ont-ils trouvé ; le découvreur du corps, ils ne l'ont pas fait.

Chapitre 13

Samedi 12 septembre – après-midi#

Après leur tarte et leurs chips (pas de poulet à la Kiev, avait décidé Falconer, car il était déterminé à rendre visite à Serena plus tard et ne voulait pas la faire tomber avec son haleine d'ail), ils se garèrent devant le Blacksmith's Cottage à Church Lane, pour se dire un mot. avec les Marklands. Camilla avait donné un récital de harpe au Festival, qui avait reçu un accueil peu enthousiaste, et il voulait évaluer sa réaction à la critique de Marcus à son sujet. Serait-elle blessée, comme Christobel l'avait été, offensée, comme d'autres, ou s'en foutrait-elle ? Il y avait sûrement quelqu'un dans cette communauté qui n'avait pas la peau aussi fine que la plupart des autres à qui il avait parlé ?

Mais cela ne devait pas être le cas. Lorsqu'ils s'installèrent dans un autre salon, les yeux de Camilla étaient rouges et gonflés, et le visage de Gregory affichait une expression tonitruante, promettant des temps orageux, soit juste à venir, soit dans un passé récent.

Camilla, comme Christobel avant elle, ne parvenait pas à se lever pour parler et laissa toute la conversation à Gregory, le regardant avec une expression anxieuse tandis qu'il le faisait. « Camilla a juste eu un petit problème avec son instrument – rien de mal à ça. C'est une musicienne très accomplie, et elle a donné de nombreux récitals dans le passé, n'est-ce pas, ma très chère ? et s'enroula sur ses genoux, comme pour exprimer son désir à peine réprimé d'échapper à la situation.

N'attendant aucune réponse de sa femme, Gregory poursuivit : « Camilla est très obligeante lorsque ses talents sont recherchés, n'est-ce pas, mon amour ?

Le sous-texte était illisible, mais Falconer a dû essayer. « L'un de vous avait-il rencontré M. Willoughby avant la semaine dernière ?

« Non. » Un négatif à peine audible sortit de derrière le rideau de cheveux cassants et décolorés de Camilla.

« Non ! » La réponse de Gregory était presque un cri, et il plaça une main sur sa bouche dans un effort pour s'empêcher d'en dire plus.

« En êtes-vous absolument sûrs tous les deux ? » Falconer était conscient qu'on lui mentait, et ce, d'une manière très évidente et peu experte, mais il n'allait pas insister aujourd'hui. Il préférait attendre – les laisser mijoter dans leur propre jus pendant un moment, sachant qu'il savait qu'ils cachaient quelque chose.

« Oui. » Leurs réponses furent simultanées et sur un ton aussi normal qu'ils pouvaient l'évoquer. Falconer fit un signe de tête à Carmichael, qui remit son carnet dans la poche intérieure de sa veste et se leva.

« Nous n'allons pas prendre davantage de votre temps précieux aujourd'hui, mais je devrai peut-être revenir pour vous poser d'autres questions. » Et c'était tout. Ils sortirent de la maison et retournèrent à la voiture sans un autre mot ni un regard en arrière.

De retour dans la voiture, Falconer parla. « Qu'en penses-tu, Carmichael ? » Ce serait bien d'avoir une autre opinion sur ce qu'il pensait de la situation.

« Je pense toujours que j'aimerais un perroquet, monsieur. Un chat ou un chien, c'est bien, mais pas si exotique... » Il s'interrompit en se retournant et en voyant l'expression de Falconer. « Désolé, monsieur ! Qu'est-ce que je pense de quoi ?

« Oh, tant pis ! Où allons-nous ensuite ?

Hugo et Felicity Westinghall les introduisirent dans le Vieux Presbytère, le premier avec un sourire, la seconde avec une grimace de douleur, instantanément réprimée. Leurs deux enfants furent envoyés jouer dans le jardin pendant que Falconer procédait à son interrogatoire, de peur des petites oreilles...etc.

Falconer savait très bien que dans le monde secret des enfants, il y avait plus d'informations que leurs parents ne le croiraient, et dont la moitié ne les connaissait pas eux-mêmes, mais si ce couple n'avait pas encore appris cela, il n'allait pas les éduquer. . Les petits diables traînaient innocemment, à portée d'écoute, mais semblaient totalement indifférents, pendant qu'ils classaient toute information utile à partager avec leurs amis et à se réjouir.

Il n'y avait cependant pas grand-chose à apprendre ici, si ce n'est l'inévitable détresse provoquée par Willoughby à l'égard de la lecture de Felicity. La seule surprise, qui n'en était pas vraiment une, puisqu'ils avaient écouté le programme enregistré, fut l'éloge inattendu de Hugo. Mais cela a été écarté de la conversation, Hugo gardant constamment un œil sur sa femme, au cas où elle manifesterait une réaction indésirable ou de la jalousie.

Elle s'est toutefois ressaisie vers la fin de la visite. Le fait que Marcus soit mort a probablement contribué à relancer son illusion car, juste avant de penser à partir, elle a ajouté : « Je suis sûre que cet homme était un imbécile intellectuel, qui n'appréciait pas les arts et les belles choses de la vie. , je le crains,' et il leur fit un sourire larmoyant à tous les trois.

Après avoir parlé, elle semblait maintenant avoir du mal à s'arrêter et leur raconta la visite du vicaire à Ecureuil pendant la semaine et l'état préoccupant dans lequel il l'avait trouvée, elle et son petit chien. Ceci, elle a poursuivi avec une description graphique du trempage inattendu de Marcus. Aux tables de rafraîchissements le dimanche (avec Hugo intervenant avec suffisance pour les informer de l'incident avec le couteau), la raison de la fureur d'Écureuil et le profond chagrin de la pauvre femme.

Au début, cela avait semblé une visite inutile, mais elle avait finalement produit cette cascade d'informations, dont personne d'autre n'avait parlé jusqu'à présent, et qui était de l'eau dans leur moulin.

Lydia Culverwell, à Journey's End, a confirmé ce que Felicity leur avait dit, mais à part une diatribe vicieuse sur l'état du piano dans la salle des fêtes, et les difficultés qu'elle avait rencontrées en essayant de s'entraîner sur « cet appareil mal réglé venu de l'enfer »., elle n'avait plus rien à offrir, et ils l'ont laissée en paix, sans nouvelles idées à ruminer.

« Je me demande si cette vieille dame était assez folle pour tenter à nouveau Willoughby », se demanda Falconer à voix haute, se référant aux informations qu'ils avaient glanées auprès de Felicity Westinghall.

« Je comprends que les gens peuvent aimer autant les animaux de compagnie que les enfants », a contribué Carmichael en pensant aux deux garçons de Kerry.

« Ils le peuvent certainement. » Falconer imaginait son Mycroft chéri, étendu mort sur la route, et des larmes lui montèrent aux yeux de manière inattendue. Bon sang! pensa-t-il. Cet excès de sentimentalité ridicule est entièrement dû à Serena et à ce qu'elle me fait ressentir. J'ai vraiment besoin de reprendre le dessus. Mais à la pensée de l'objet de son désir, il fut transporté de nouveau dans le monde rose et duveteux qui entourait sa mémoire pour lui, et dans lequel se trouvaient des poussettes et des chérubins aux joues roses et aux yeux ambrés, avec les mêmes cheveux couleur de miel que leurs mère.

« ... à la suite, monsieur ?

« Pardon, Carmichael ? » Mon Dieu, il s'était mal pris, décida-t-il, alors qu'il ramenait ses pensées vers l'ici et maintenant et le travail à accomplir.

« Je viens de vous demander où vous vouliez aller ensuite, monsieur », dit Carmichael, lançant à son supérieur ce qui ressemblait à un regard inquiet, mais qui aurait plutôt ressemblé à une grimace pour n'importe qui d'autre. « Voulez-vous aller directement voir cette femme Miss Horseyfill-Airs ? »

«C'est Horsfall-Ertz, Carmichael, et non, je ne le fais pas. Nous ferons escale au Haven et au Starlings' Nest pendant que nous serons par ici.

«Et chez Mme Lyddiard?» Carmichael voulait clarifier la route dans ce qu'il considérait comme son esprit.

« Certainement pas ! » déclara Falconer d'une manière un peu trop véhémente. «Nous la laisserons pour la fin», et il ignorait qu'il était en train de redresser sa cravate et de passer sa main dans ses cheveux tout en parlant.

Fiona Pargeter, en tant qu'invocatrice originale de Marcus Willoughby, a eu la conscience de montrer un peu de culpabilité pour son rôle dans l'organisation de la tragédie, et elle les a accueillis à la porte avec un visage découragé, leur faisant signe de la suivre jusqu'au conservatoire, où Rollo lisait un journal.

«Je n'avais aucune idée des conséquences», commença-t-elle en guise d'explication, après que les présentations nécessaires eurent été faites. "Je pensais que ce serait bien d'avoir un peu de publicité, et que si nous obtenions une bonne critique, ce serait une bonne base sur laquelle bâtir – pour, peut-être, en faire une affaire annuelle. Ici, elle frémit, et." se tourna vers Rollo pour obtenir du soutien. Il reconnut son appel muet et lui fit signe de continuer.

«Je ne savais pas que cet homme avait déjà autant d'ennemis à Stoney Cross, ni qu'il s'en ferait autant de nouveaux à son arrivée. Je me sens en partie responsable, mais de toute façon, il emménageait dans The Old Barn.

« Précisément ! » s'est exclamé son mari. « S'il n'avait rien eu à voir avec le Festival, il n'aurait pas fallu longtemps pour que quelqu'un s'en prenne à lui. Je n'arrête pas de dire à Fi que cela a moins à voir avec ses actions, mais tout à voir avec le genre d'homme qu'il était. Il n'avait pratiquement pas de fan club, n'est-ce pas ? »

« Tout à fait exact, M. Pargeter », approuva Falconer. « Mais alors, je doute qu'il ait prévu d'être assassiné. Plutôt que de répartir les responsabilités, il serait plus bénéfique de se concentrer sur celui qui l'a tué. Cela peut paraître un peu pompeux, mais je désapprouve fortement le meurtre. Personne n'a le droit de prendre la vie d'autrui, et c'est mon travail de traquer ceux qui franchissent la ligne pour commettre le crime le plus grave qui existe dans notre société.

Le voilà reparti, courant à la bouche comme un professeur d'école du dimanche. Il ne se sentait définitivement pas lui-même. Peut-être qu'il était vraiment en train de découvrir quelque chose. Mais tout ce à quoi il pouvait penser, c'était qu'après cela, il ne lui resterait plus que deux visites à faire, et il reverrait Serena. Le premier amour est très douloureux – et il souffrait d'angoisses d'âge moyen.

Aucun des Markland n'était sorti beaucoup cette semaine-là, à l'exception de ses obligations professionnelles. La socialisation n'était définitivement pas à leur ordre du jour, et ils n'avaient pas grand-chose à ajouter à ce que Carmichael avait déjà dans son carnet (cela étant enregistré dans un étrange sténographie de sa propre invention, et composé de gribouillis, de hiéroglyphes étranges et de formes étranges – non trop loin de ce que M. Pitman avait imaginé, alors !)

Il y a cependant eu des révélations à glaner au Starlings' Nest. Delia Jephcott était si soulagée qu'Ashley ait si bien pris sa nouvelle, qu'elle était de bonne humeur et se moquait en fait de sa propre performance incompétente du dimanche précédent. « J'étais là, hurlant et piaillant, me sentant absolument humilié, mais tellement gonflé d'importance que je ne pouvais tout simplement pas m'arrêter et que j'ai dû continuer jusqu'au bout. Comme j'étais trompé. Il est temps de prendre quelques cours de chant, je pense, ou un tout nouveau passe-temps. » Elle rayonnait presque en faisant cette déclaration, souriant et inclinant coquettement la tête sur le côté, incrédule face à sa propre illusion.

"Putain de bonne idée!" Ashley approuva, souriant, mais devenant plus sérieux en ajoutant: "Delia, chérie, je pense que tu devrais partager ton petit secret avec l'inspecteur, maintenant que tu m'en as parlé."

«Si vous le dites», acquiesça-t-elle et réarrangea ses traits pour lui donner une expression plus sérieuse. « J'étais mariée à Marcus Willoughby – voilà, je l'ai dit !

"Quoi !!" Falconer était totalement abasourdi par cette révélation inattendue, et Carmichael la regardait, les yeux comme des soucoupes et la bouche légèrement ouverte (il était cependant un peu adénoïde, donc c'était un phénomène assez fréquent).

'Quand ? Comment ? Pourquoi ? » Cette dernière question avait été un lapsus de la part de Falconer, car elle était une femme plutôt attirante et des années plus jeune que Willoughby. Et Willoughby était de toute évidence un personnage révoltant en plus.

Répondant aux questions dans l'ordre dans lequel elles avaient été posées, Delia proposa volontiers l'information, comme si elle était heureuse de l'enfin se débarrasser de sa poitrine. « Il y a une vingtaine d'années ou plus, je ne me souviens plus de la date exacte, mais quand j'étais un simple « gel ». Dans un bureau d'état civil. Et parce que je pensais que je l'aimais. Nous ne nous connaissions que depuis un mois, et trois mois plus tard, j'étais partie et j'avais repris mon nom de jeune fille. J'avais commis une énorme erreur et je l'ai regrettée depuis. Et il m'a reconnu immédiatement, vous savez ; il n'avait même pas besoin d'entendre mon nom. Je savais qu'il me ferait pression si je voulais que ça reste silencieux, et je n'avais aucune intention de subir le chantage de ce vieux pervers gluant.

Ses aveux ont été accueillis par un silence absolu et Ashley les a rompus en leur demandant s'ils voulaient une tasse de café. « Oui, s'il vous plaît, M. Rushton », fut tout ce que Falconer put faire. Carmichael se contenta d'offrir un hochement de tête, griffonnant comme le diable dans son carnet, de peur d'oublier les détails avant de pouvoir les mettre sur papier.

Mais ce n'était pas tout ce qu'ils allaient apprendre lors de cette visite à domicile. Alors qu'ils sirotaient leur Blue Mountain, Delia leur a demandé si quelqu'un leur avait dit pourquoi Marcus avait été expulsé de l'auberge dimanche soir. Apprenant que personne ne l'avait devancé, elle leur donna les détails avec grand plaisir.

« Il était tout à fait « salut mon gars, bien rencontré, il doit garder la lèvre supérieure raide, ne laissez pas les bougres vous écraser » quand il est arrivé là-bas, mais il en avait déjà eu quelques-uns à ce moment-là. Lorsqu'il en arriva au point où il en avait manifestement assez, Peregrine refusa de le servir, ce qu'il avait parfaitement le droit de faire en tant que propriétaire responsable. Et puis il s'en est pris à un seul, a utilisé un langage homophobe crasseux et a généralement créé une scène tellement haineuse qu'il en a fallu cinq pour lui faire franchir la porte et reprendre son chemin.

«Je ne sais pas si Perry et Tarquin ont été offensés, mais je l'aurais très bien été. De quoi s'agissait-il, comment vivaient-ils leur vie ? Ils sont tous deux des adultes consentants et étaient libres de choisir le style de vie qu'ils souhaitaient. Ils n'ont dérangé personne ici, et personne ne les a dérangés.

Ouf ! pensa Falconer. Il pleuvait des motifs, et il allait devoir faire une petite liste en rentrant au bureau. Nom, motif, moyens et opportunité. Quatre colonnes devraient le faire.

"Il pouvait être sacrément désagréable quand il était" dans ses tasses ", a ajouté Delia. «C'est l'une des nombreuses raisons pour lesquelles je l'ai quitté.»

«J'ai bien peur d'avoir fait quelque chose de très stupide!» Les salua l'écureuil Horsfall-Ertz, ses traits âgés se regroupant en une grimace de remords.

« Alors tu ferais mieux de nous en parler, n'est-ce pas ? » demanda Falconer en poussant un puissant soupir. Cet aveu avait marqué un triplé aujourd'hui, mais il devenait fastidieux dans son incapacité à produire une confession honnête envers Dieu sur le meurtre. La première fois, il avait été vraiment excité. La deuxième fois, un peu moins. Désormais, c'était devenu monnaie courante – le thème récurrent qui marquerait Stoney Cross dans sa mémoire pendant longtemps. « Et à propos de votre petite dispute avec Marcus Willoughby, avec un couteau, puis avec une tasse de thé. Je crains que nous soyons déjà au courant de ces incidents. J'ai juste besoin d'une confirmation de votre part, si vous voulez bien.

« S'il n'avait pas conduit si vite et assassiné ma pauvre petite Bubble, cela ne serait pas arrivé. » Devant le froncement de sourcils perplexe de Falconer, elle ajouta en guise d'explication : « Bubble était un petit Yorkie. Lui et Squeak étaient de la même portée, et ils étaient inséparables.

Au son de son nom, le petit chien s'est précipité dans la pièce et, regardant Falconer dans sa tenue « Amazing Dreamcoat », s'est dirigé droit vers lui et a commencé à s'inquiéter d'une jambe de pantalon. "Il se montre simplement amical", a expliqué Squirrel, de la même manière que les propriétaires de chiens et de chats excusent toujours le comportement destructeur de leurs animaux de compagnie bien-aimés. « Il veut juste jouer. »

"Eh bien, je suis de service, Miss Horsfall-Ertz, alors si cela ne vous dérange pas, peut-être, de le mettre dans le jardin, je vous serais très reconnaissant. Dieu seul savait dans quel état serait son pantalon quand il le ferait." je suis rentré à la maison. C'était le deuxième chien qui les aimait pour un petit jeu aujourd'hui.

Perplexe mais docile, Écureuil fit ce qu'on lui disait, retourna dans la pièce et reprit son histoire. « C'est arrivé en mars dernier. À Carsfold, commença-t-elle, les larmes coulant sur ses yeux en jean délavés. « Nous faisions du shopping et nous allions justement à l'arrêt de bus pour rentrer à la maison prendre notre thé – j'avais acheté aux garçons un petit paquet de steak haché en guise de friandise... »

Elle s'arrêta, incapable de retenir ses larmes plus longtemps, et elles coulèrent sur ses joues sans retenue, son nez commençant à couler de sympathie. Falconer lui tendit un mouchoir propre. Il avait une aversion particulière pour les nez mal tenus, et il pouvait jeter le mouchoir souillé à la poubelle en rentrant chez lui.

«Quand tu seras prêt», dit-il doucement, espérant qu'elle se ressaisirait. Il avait eu beaucoup d'émotions à gérer aujourd'hui, notamment ses propres sentiments déconcertants, et il avait hâte de s'enfuir vers leur destination finale.

Reniflant, elle reprit son récit là où elle l'avait laissé. «Nous étions juste en train de traverser la route en direction de l'arrêt de bus, quand il y a eu cet énorme rugissement de moteur. J'ai levé les yeux, j'ai vu la voiture foncer vers nous et j'ai reculé, essayant de tirer sur les câbles pour sauver les garçons, ils étaient un peu devant moi, comme à cause des câbles. Squeak était sur la gauche et j'ai réussi à l'écarter, mais Bubble, étant juste un tout petit peu plus proche de la voiture, n'a pas eu autant de chance. Juste sous les roues, il est allé, une si petite chose – écrasée à plat ! Je n'aurais jamais pensé voir le jour où je devrais être témoin de quelque chose d'aussi horrible.

À ce stade, elle s'est dissoute en sanglots et Carmichael est parti à la recherche de la cuisine pour préparer une théière. Ils y resteraient un certain temps s'ils voulaient mettre l'histoire à jour, car cela impliquerait de calmer la vieille dame, et cela n'arriverait pas en cinq minutes. Sa prédiction s'est avérée exacte, et il a fallu un quart d'heure avant qu'Ecureuil puisse reprendre son récit avec cohérence.

«J'ai connu son visage dès que je l'ai revu. Vous devez le signaler à la police si vous frappez un chien, et je me suis assuré que quelqu'un de la foule l'appelle. Je ne voulais pas qu'il s'en sorte comme ça, vous voyez ? Et quand il s'est approché de moi sur la table des rafraîchissements, je n'ai pas pu m'en empêcher. Les deux fois, c'était une réaction réflexe. Et je pense que j'ai peut-être aussi été un peu impoli. Ce nuage de fureur vient de m'envahir.

« Et alors, à part menacer quelqu'un avec un couteau » – elle était trop bouleversée pour remarquer le sarcasme dans sa voix – « et jeter le contenu d'une tasse de thé sur la même personne, avez-vous fait cela, c'est ce que vous qualifieriez de très stupide ? '

Ses yeux se remplirent à nouveau de larmes et Falconer posa une de ses mains sur ses vieilles jointures noueuses en signe d'encouragement. Ils seraient là jusqu'à minuit si elle recommençait à hurler !

«Je souhaitais sa mort, c'est ce que j'ai fait. J'aurais souhaité que cela arrive, j'ai même prié Dieu de le tuer, et maintenant il est mort, et tout est de ma faute », a-t-elle pleuré. La main réconfortante de Falconer avait échoué. Qu'est-ce qui manquait à Carmichael ?

Il leur fallut encore dix minutes avant de pouvoir la laisser seule, et même alors, ils se rendirent au Vicarage alors qu'ils se rendaient à Stoney Stile Lane, pour alerter le curé qu'un de ses paroissiens pourrait à nouveau avoir besoin de ses services.

Alors que Falconer et Carmichael descendaient de la voiture et s'approchaient de la maison, l'inspecteur fut conscient d'un certain nombre de sensations inconfortables. Son estomac faisait la roue, sa cravate ressemblait plus à un nœud coulant, il avait commencé à transpirer et à picoter partout et il savait que son visage était aussi rouge qu'un coucher de soleil.

Contrairement à la plupart des gens, il n'avait pas ressenti ces sensations vers l'âge de quatorze ans et ne les reconnaissait pas pour ce qu'elles étaient : les symptômes de l'amour d'un chiot. A quatorze ans, il s'était davantage intéressé au CCF (Combined Cadet Force), déjà décidé à faire carrière dans les Forces. Il n'avait pas eu de temps pour socialiser ni pour les filles. Toutes ses lectures portaient sur des aspects de la vie militaire, et il a gardé les choses ainsi jusqu'à ce qu'il ait atteint son objectif de rejoindre l'armée.

Il n'y avait pas eu beaucoup de contacts avec la forme féminine au cours de ses années militaires, et les contacts qu'il y avait eu avaient été habillés en uniforme réglementaire, tous les signes de féminité et de flirt étant mis en évidence. Il était tout aussi déterminé dans son travail de policieret, par conséquent, l'impression que Serena lui avait faite était totalement étrangère à son expérience antérieure de la vie.

« Ça va, monsieur ? » demanda Carmichael alors qu'ils atteignaient la porte d'entrée.

"Tout à fait bien", répondit-il, sa cravate se sentant encore plus serrée, sa voix émergeant comme celle d'un ténor étranglé. « Il n'y a aucune raison de s'inquiéter : tout n'est qu'une arnaque. Je vais bien ! Bien ! Absolument bien ! Réalisant qu'il divaguait à nouveau et qu'il devenait un peu trop véhément, ce qui a amené Carmichael à le regarder d'une manière perplexe, il se ressaisit juste au moment où la porte s'ouvrait.

Et il y avait le visage qui avait provoqué en lui ce flot d'émotions – qui avait fait battre son cœur plus vite, son visage était devenu cramoisi, son esprit était devenu vide et ses reins avaient fait plus que simplement se ceinturer.

Serena leur a demandé d'entrer et de s'asseoir, pendant qu'elle s'installait dans la même chaise que la fois précédente où ils y avaient appelé, changeant légèrement la position de son repose-pieds, avant d'élever sa cheville gauche vers son dessus bien rembourré et rembourré. Carmichael lui a suggéré de leur préparer un verre et, avec la permission de la maîtresse de maison, de se rendre à la cuisine.

Falconer s'éclaircit la gorge, incapable de trouver une seule chose à dire, à part « Je t'adore », ce qui ne semblait guère approprié au début de leur connaissance. Serena, remarquant sa déconfiture, lui lança une bouée de sauvetage en lui demandant comment se déroulait l'enquête.

« Hrmph ! » Il s'éclaircit à nouveau la gorge, puis : « C'est difficile de juger à ce stade. Nous devons rassembler toutes les informations avant de pouvoir avoir une idée de ce qui s'est réellement passé. » Une fois commencé, il ne pouvait plus s'arrêter. «

Il y aura sans doute plusieurs scénarios possibles à considérer. Notre travail consiste à le limiter à celui qui s'est probablement produit, puis à voir s'il existe des preuves pour le prouver. Ce n'est qu'à ce moment-là que nous pourrons le soumettre au ministère public de la Couronne, pour voir si nous disposons de preuves suffisantes pour étayer un procès, et... »

Il s'arrêta finalement, non seulement à bout de souffle, mais aussi sans aucune idée de ce qu'il pourrait éventuellement dire ensuite. Il voulait l'inviter à boire un verre – bon sang, il voulait l'épouser et engendrer ses enfants, mais il pouvait difficilement le laisser échapper lors d'une deuxième visite. Elle penserait qu'il était fou, et c'est exactement ce qu'il ressentait : fou, incontrôlable et ivre de désir.

"Mélange de couleurs intéressant", dit-elle, changeant de sujet face à son embarras évident. « Est-ce que vous vous habillez toujours de manière aussi flamboyante ?

Pour la première fois de la journée, il se regarda – vraiment, sentit son visage rougir à nouveau et, cherchant frénétiquement quelque chose à dire pour sa défense, il laissa échapper : « Terriblement désolé, c'est un peu brillant, n'est-ce pas ? ? J'ai dû m'habiller dans le noir ce matin, mon esprit complètement perdu avec les fées. " Cette explication lui fit penser à deux images : une de Carmichael dans son costume habituel et une des propriétaires de The Inn on the Green, et il grimaça devant ces visions jumelles infernales.

Heureusement, Carmichael (le suave !) revint à ce moment-là avec un plateau, provoquant une interruption très appréciée dans la procédure embarrassante et, après que les tasses eurent été traites et sucrées, le thé servi et les biscuits poliment offerts, l'interrogatoire commença.

Bien sûr, cela n'a pas duré longtemps, Serena plaidant une ignorance totale à cause de sa cheville et de son retrait ultérieur des événements entourant le Festival, comme elle l'avait fait lors de leur précédente visite. De Marcus, elle prétendait n'avoir aucune connaissance. « Je crains de n'avoir jamais rencontré Marcus Willoughby de ma vie, comme je vous l'ai dit lors de notre dernière rencontre. Bien sûr, j'ai reçu des appels téléphoniques d'amis du village, qui me tenaient au courant des nouvelles et des opinions, mais je suis resté coincé ici, des gens gentils faisant mes petites courses pour moi, attendant juste le moment où Je peux revenir à la normale.

"Nous comprenons tout à fait, Mme Lyddiard, mais si vous pensez à quelque chose qui a été dit ou que vous avez entendu, n'hésitez pas à m'appeler." Falconer a sorti une de ses cartes et a griffonné quelque chose au revers. "Voici ma carte, et j'ai inscrit mon numéro de téléphone personnel au dos, pour pouvoir être disponible à toute heure du jour et de la nuit."

Cela fit sursauter la tête de Carmichael. Il était assis, les yeux fixés sur sa tasse, émettant d'étranges bruits adénoïdaux au fond de sa gorge, mais cela avait vraiment attiré son attention. Il n'avait jamais vu le patron faire quelque chose de pareil auparavant. La façon dont il s'était habillé pour les interviews d'aujourd'hui, son comportement étrange à l'extérieur, et maintenant ça. Un grand sourire de compréhension s'afficha sur le visage du sergent par intérim, et il fit un clin d'œil à l'inspecteur, ses traits se tordant hideusement en signe de compréhension, ce faisant.

Falconer s'éclaircit nerveusement la gorge une fois de plus et se leva pour partir. La dernière chose dont il avait besoin était que Carmichael mette sa foutue taille quinze dans des choses. Avant qu'il ne s'en rende compte, cet imbécile réciterait « Falconer et Ly ».un diard sous un arbre, un baiser.' Et il mourrait d'embarras.

Ils prirent congé le plus poliment possible, mais une fois passés devant la porte du jardin, Falconer se tourna vers Carmichael, qui souriait comme un idiot, désignant son supérieur et ricanant dans sa barbe. « Un mot de votre part, par intérim DS Carmichael, et je vais vous démolir jusqu'à présent, vous serez un fœtus en uniforme. Vous comprenez ?'

« Oui, monsieur », répondit Carmichael, mais toujours comme s'il avait quelque chose à dire.

« N'y pense même pas, parce que ce ne sera pas joli – ah-ah, non, ce n'est pas le cas – parce que ça te fera beaucoup plus de mal qu'à moi, et tu as ta carrière. penser à. Que dirait Kerry si elle découvrait que vous aviez fait quelque chose de très, très stupide ? » demanda-t-il, tournant les mots qu'ils avaient entendus si souvent ce jour-là vers son partenaire – c'était maintenant à son tour de les prononcer.

Mais alors que Carmichael remontait dans sa voiture pour se diriger vers Castle Farthing, il ne souriait plus. Il y avait un froncement de confusion sur son visage. Quelque chose n'allait pas aujourd'hui – il ne pouvait tout simplement pas penser quoi, mais cela lui grignotait un fond de l'esprit. Il n'y parvenait tout simplement pas pour le moment, mais quelque chose n'allait pas. Quelque chose n'allait pas.

De retour à la maison, Falconer faisait les cent pas, incapable de s'installer et complètement secoué par son tourbillon d'émotions lors de leur dernière entrevue. Il avait du mal à se concentrer sur l'affaire, tellement il était submergé par le souvenir de Serena, la légère odeur de son parfum fleuri et la beauté de son visage. Ce n'était pas bon, il ne pouvait pas continuer dans cet état de distraction. Il avait un travail sérieux à accomplir, mais il devait aussi savoir s'il y avait de l'espoir pour lui.

Tremblant de peur d'être rejeté, il décrocha le téléphone pour lui parler. Il était tellement secoué qu'il lui fallut trois tentatives pour composer son numéro, et comme elle ne décrocha pas pendant quatre sonneries, il crut que sa tête allait éclater de frustration. Ayant décidé de cette action audacieuse, allait-il être contrarié lorsqu'il aurait enfin trouvé le courage de lui parler ouvertement ?

Le son de sa voix transforma ses genoux en gelée, et il s'assit brusquement, rassemblant ses esprits pour se débarrasser de tout cela de sa poitrine. « Mme Lyddiard ? C'est DI Falconer ici. Ce n'est pas un appel officiel. J'avais juste besoin de te parler. » Il s'en est finalement plutôt bien sorti, compte tenu des circonstances, et même si sa réponse finale lui a fait monter le moral, tant ses espoirs étaient grands, aux autres oreilles, elle était assez ambiguë.

« Je suis très flatté, bien sûr. Je ne pense cependant pas qu'il serait très professionnel que vous soyez vu en public, en train de prendre un verre tranquillement avec un suspect potentiel, pendant que l'enquête est en cours. »

« Mais est-ce qu'il y aurait un problème pour vous après ? »

« Oh, après, c'est une tout autre affaire. Attendons, d'accord, et voyons comment les choses évoluent ? »

Falconer était au septième ciel lorsqu'il a raccroché, et il pouvait sentir son sens du jugement revenir à la lumière de ce qu'il considérait comme une réponse affirmative. Elle n'avait pas dit « non ». Il prit cela comme un « oui » et, alors que sa tête baissait de soulagement, il aperçut sa tenue si soigneusement choisie et se dirigea vers la chambre pour examiner sa longueur dans la psyché.

« Oh, mon Dieu ! » s'exclama-t-il, les écailles maintenant tombées de ses yeux. « Je ressemble à Carmichael après avoir fouillé ma garde-robe. Et je suis sorti comme ça aujourd'hui et j'ai interviewé des gens. Je dois être la risée de Stoney Cross. » Les commentaires étranges qui avaient été faits lors de leurs visites, qui n'avaient aucun sens à l'époque, ont soudainement eu lieu, lui revenant dans une vague d'embarras.

"Merde, putain, merde et clochard !", s'est-il exclamé d'une voix forte, et il s'est dirigé vers la douche pour laver sa honte, déterminé à apparaître dans une tenue plus sobre à l'avenir et heureux de savoir qu'il n'aurait qu'à attendre jusqu'à lundi. revoir Serena. Toutes les personnes interrogées avaient été invitées à se rendre à la gare de

Market Darley après le week-end pour signer des déclarations officielles, et Carmichael était probablement, à ce moment précis, en train de parcourir ses notes pour voir ce qu'elles avaient retiré de leurs visites à domicile.

De retour aux affaires, il réalisa qu'il avait terminé ce qu'il considérait comme le « premier tour » de l'enquête. Le « deuxième tour » suivrait aussi sûrement que la nuit suivait le jour, et il avait le sentiment qu'il y aurait un peu plus de « Grass Thy Neighbour » à venir d'ici un jour ou deux.

Après sa douche, et se sentant un peu plus lui-même, mis à part le sourire du « chat qui a la crème » affiché sur son visage, il passa deux autres appels téléphoniques, enveloppé dans un peignoir sobre en éponge de couleur bordeaux, des pantoufles noires sobres. sur ses pieds.

« Carmichael ? Que fais-tu demain ? Journée tranquille avec votre demoiselle ?

« Non, monsieur. Elle passe la journée avec ses parrains – Marian et Alan Warren-Browne du bureau de poste de Château Farthing. Vous vous en souvenez ?

« La dame aux maux de tête ? »

'C'est vrai, sir.'

« Vous avez d'autres projets ? »

'Non.'

« Envie de faire des heures supplémentaires non rémunérées ? »

« Comment pourrais-je résister, monsieur ? » Carmichael développait-il un sens de l'humour ?

« De retour au bureau à la première heure, alors. Je veux que toutes vos notes soient dactylographiées, et je veux examiner attentivement le grand nombre de personnes qui semblent très heureuses que notre M.

Willoughby est définitivement à l'écart.

'Oui Monsieur. Alors, à demain matin.

Son prochain appel fut au rédacteur en chef de la Carsfold Gazette, l'ancien employeur de Marcus Willoughby avant qu'il ne commence sa malheureuse carrière radiophonique. David Porter était toujours disponible sur son portable, au cas où un article serait en préparation, Betty Sinclair, elle de l'édition aux lettres mécontentes à l'éditeur, ne l'avait remplacé que pendant ses congés de fin d'été.

'Bonjour David. Harry Falconer ici. Écoutez, j'ai besoin d'un petit service, mais il faudra un peu de chalutage ?

« Qu'est-ce que c'est, alors ? Vous avez un scoop pour moi ?

« J'ai lu la page « Lettres à l'éditeur » concernant un de vos anciens employés, et j'ai juste besoin de voir toutes les photographies que vous avez de votre ex-critique d'art, Marcus Willoughby – n'importe quoi tiré de ses articles en fait. En fait, des photographies et des articles seraient plutôt bons.

« Vous me tirez la jambe ; mais ensuite, il causait toujours plus de problèmes qu'il n'en valait la peine. Il aimait être considéré comme omniscient et faisait tout son possible pour susciter la controverse.

«Pas de traction sur les jambes, je vous l'assure. J'ai besoin de mieux comprendre cet homme, et pas seulement l'attitude des personnes qui ont croisé son chemin.

« J'avais entendu dire qu'il l'avait évité. As-tu quelque chose pour moi ?

"Tu sais qu'il ne faut pas demander ça", le réprimanda Falconer, "et tu sais aussi que si tu m'aides maintenant, ce sera une contrepartie."

'Assez juste. C'est toi le patron. J'ai un homme vert qui vient de commencer à travailler ici, à préparer le thé et à diffuser des messages. Je vais le mettre au courant ; il est vraiment enthousiaste en ce moment. Tout ce qu'il trouvera, je lui demanderai de vous le transmettre – j'ai votre adresse e-mail.

C'était donc ça. Demain, il utiliserait ce qu'ils avaient reçu aujourd'hui, pour voir si un petit tableau ferait ressortir quelque chose qui n'était pas évident lors des visites elles-mêmes.

Chapitre 14

Dimanche 13 septembre – matin

Dimanche matin, Falconer et Carmichael étaient de retour au bureau, Carmichael préparait ses notes pour le dossier, Falconer suçait pensivement sa plume (mais pas la fin, comme il l'avait réprimandé à Carmichael), et était sur le point d'écrire le trois choses qu'il devait considérer – les moyens, le motif et l'opportunité – pour ceux à qui ils avaient parlé la veille. Il a commencé à écrire.

Ils étaient d'abord allés à l'Inn on the Green, ce qui lui donnait à penser à Peregrine McKnight et Tarquin Radcliffe. Il ne faisait aucun doute que le vieux pub aurait probablement pu produire un marteau-gourdin (l'instrument contondant probable), et avec ces deux-là, même le bas de la dame n'était pas hors de question, pensa-t-il d'un ton espiègle. C'était le moyen utilisé.

Le motif était un peu plus délicat. Il savait qu'ils avaient été victimes d'un certain nombre d'abus homophobes de la part de Willoughby, mais cela leur aurait-il fourni une raison suffisante pour se débarrasser de lui ? Il n'était pas exclu s'ils avaient déjà subi des harangues similaires de la part de clients ivres ; même de la part de villageois complètement sobres qui n'étaient pas du tout tolérants envers les modes de vie alternatifs. Même si personne n'avait mentionné ce genre de chose, cela n'était pas une preuve irréfutable que cela ne s'était pas produit. Peut-être que Marcus avait juste été la goutte d'eau qui a fait déborder le vase pour l'un d'eux – ou même pour les deux. L'un pour utiliser le marteau, l'autre pour appliquer le bas, juste pour être absolument sûr.

L'opportunité était une évidence. Willoughby avait, selon toute probabilité, été assassiné après la fermeture du pub pour la nuit. Cela ne faisait aucune différence que ce soit les deux ou juste l'un d'eux. L'un couvrirait sûrement l'autre. Alors mieux vaut les laisser dans le cadre. Les meurtres avaient été commis pour moins – beaucoup moins.

Vint ensuite Sadie Palister. Elle était raisonnablement grande pour une femme, devait être physiquement forte pour accomplir son travail avec la pierre, et il y avait sans aucun doute un certain nombre d'outils mortels qui traînaient dans son atelier. Elle avait également admis avoir une forte antipathie envers le défunt, en raison d'une précédente critique qu'il avait écrite sur son travail, et elle ne s'attendait pas à être traitée avec plus de gentillesse cette fois, surtout après avoir quitté son "Critique d'art" sur afficher pour qu'il puisse le trouver. Elle avait également admis avoir crevé les pneus de sa voiture dans une ivresse furieuse, la nuit même où il avait été tué, et dans le délai approprié. Oui, elle avait certainement un motif, surtout quand on ajoutait au mélange le tempérament artistique, l'impulsivité et l'alcool.

Quant à l'opportunité, il venait de remarquer l'incident de crevaison des pneus, ce qui a bien conclu celui-ci. Maintenant, passons à autre chose...

Araminta Wingfield-Heyes avait été la suivante à recevoir une visite. Elle avait semblé très bouleversée par ce qu'elle avait fait à la voiture de Willoughby, mais c'était peut-être simplement un acte. Il connaissait peu les outils d'artiste, mais il était prêt à parier qu'il y avait quelque chose de lourd – soit quelque chose à voir avec des cadres, soit un pilon et un mortier en pierre à portée de main, peut-être pour broyer la peinture (il était ici dans une ignorance totale et s'agrippait à pailles). Même si cela n'avait rien à voir avec l'art, il y avait probablement quelque chose qui aurait pu être utilisé. Elle avait une voiture, alors qu'y avait-il de mal à ce qu'elle ait un cric ou un démonte-pneu ?

Elle avait également reçu, dans le passé, des critiques cinglantes sur son travail qui avaient affecté ses ventes – donc, idem pour Miss Wingfield-Heyes sur le motif et l'opportunité. Comment ces deux-là ne s'étaient-ils pas croisés, il ne le savait pas. Il ne pouvait que deviner que leurs timings étaient légèrement décalés et que le brouillard aidait à cacher ce que l'œil n'était pas censé voir.

Il considéra ensuite le révérend et Mme Ravenscastle. Il y avait là un sacré bon motif, mais commençons par le commencement.

Il aimait travailler, comme tout le reste, avec méthode et ordre. Les moyens d'abord, et ses pensées étaient attirées par le nombre de lourds crucifix que l'on pouvait trouver, non seulement dans l'église (car elle avait aussi une petite chapelle pour les dames), mais dans le presbytère lui-même. Cela les couvrirait tous les deux.

Le motif était évident. Marcus avait causé la mort de la nièce de Mme Ravenscastle – une fillette de dix ans, se souvient-il, heureuse et excitée parce qu'elle allait regarder le feu d'artifice, toute sa vie devant elle, pleine de promesses. Qu'a dû faire sa mort à la sœur de Mme Ravenscastle, ainsi qu'aux Ravenscastle eux-mêmes ? Il s'agissait en effet d'un motif très sérieux, et il devrait probablement les interroger – séparément, bien sûr. Qui savait quelles sombres pensées de vengeance couvaient dans le cœur des personnes les plus pieuses et craignant Dieu ?

Et il y a eu cette explosion blasphématoire de Willoughby dans l'église, après qu'il ait quitté le pub dimanche soir, à prendre en considération. Cela a dû rendre le révérend gentleman complètement fou, que Willoughby se soit comporté de cette manière dans son église, après ce que l'homme avait déjà fait à sa famille.

Qu'ils étaient tous les deux hors de la maison la nuit en question.n avait été librement admis. Et c'est à l'époque où le meurtre a probablement été commis. En raison de la manière dont les informations étaient fournies, ils ne pouvaient pas s'alibi comme Peregrine et Tarquin, mais il n'avait aucune idée de leur force lors d'un interrogatoire. Il faut un noyau d'acier pour vivre la vie qu'ils ont vécue, en étant si patients, prévenants et indulgents. Falconer savait qu'il n'aurait pas pu le pirater en tant que vicaire. Il aurait étranglé quelqu'un dès sa première semaine dans une paroisse.

Ses pensées et sa plume se tournèrent désormais vers Christobel et Jeremy Templeton. Christobel était nerveux comme un chaton et semblait fragile et introverti. Mais les apparences pouvaient être trompeuses, et tout le petit monde que son mari l'avait encouragée à construire pour renforcer sa confiance en elle venait de s'écrouler autour de ses oreilles. Elle n'avait pas besoin d'attendre vendredi pour savoir ce que Marcus dirait de son couplet.

Son mari était également farouchement protecteur envers elle. Sa colère face à ce qui s'était passé était évidente. Cette colère s'est-elle transformée en violence, pour la protéger ? Bien sûr! Pourquoi n'y avait-il pas pensé avant ? Qui aurait pu savoir que Willoughby avait déjà enregistré son programme – ou autant qu'il avait été autorisé à le faire – et qu'il avait déjà été soumis à la station de radio ? Au fait, qui avait fait ça ? Il devait s'agir du meurtrier, et cette personne devait savoir exactement ce qu'elle faisait. Encore une question pour sa joyeuse bande de suspects.

Il était là, au milieu d'une enquête, et tellement distrait par ses sentiments pour Serena, qu'il n'avait pas réfléchi correctement. Celui qui a tué Willoughby a dû arrêter l'enregistrement, faire tout ce qui était nécessaire (il ne savait pas quoi et il lui faudrait le découvrir – encore un autre appel téléphonique !) pour le transmettre à la diffusion, et il semblerait qu'il ait été pris en face. valeur, et n'a pas été écouté avant sa diffusion. Comme cela avait été macabre ! Il parlait au contrôleur de la station de radio après avoir terminé ses notes.

Il lui restait encore un critère à remplir avant d'en finir avec les Templeton, et il se pencha une fois de plus sur sa tâche. L'opportunité était facile. L'un ou l'autre aurait pu s'échapper de la maison et, si l'autre avait remarqué quelque chose, il penserait probablement qu'il s'agissait d'un homicide justifié et couvrirait l'autre partenaire.

Il se passait certainement quelque chose entre les Marklands aussi, avait-il décidé. La femme semblait très nerveuse et en larmes, son mari constamment sur le point de s'emporter. Cela n'a peut-être rien à voir du tout avec l'affaire, mais son instinct lui disait que c'était le cas, et qu'il devrait creuser un peu plus profondément pour aller au fond des choses. Cependant, en ce qui concerne les moyens, les motifs et les opportunités, il resta pour le moment perplexe et sa plume ouvrit une nouvelle section, cette fois pour les Westinghall.

Hugo semblait un homme doux, de bonne humeur, heureux de son sort, même si l'écriture de romans romantiques ne semblait pas, à Falconer, quelque chose dont lui-même pouvait tirer beaucoup de satisfaction. D'une certaine manière, cela ne semblait pas viril, et il était très viril, en raison de son expérience militaire. Cependant, Hugo gagnait manifestement sa vie s'il parvenait à subvenir aux besoins de sa femme et de ses deux enfants. Mais sa femme semblait s'être un peu ridiculisée. La déflation de son ego, la faisant se sentir bien moins valorisée que son mari, aurait-elle pu la pousser au meurtre ? Aucune preuve pour l'instant, m'lud, mais elle valait vraiment la peine d'être gardée à l'esprit avec les autres qu'il avait sélectionnées comme ayant le potentiel pour le rôle de « premier meurtrier ».

Idem, pensait-il pour Lydia Culverwell. Elle vivait seule, donc personne ne pouvait dire si elle avait quitté la maison cette nuit-là avec un meurtre en tête. Il avait vraiment été très négligent dans sa technique d'entretien et s'était reproché un tel manquement à son devoir. Eh bien, cela ne se reproduirait plus, pas avec un rendez-vous avec Serena à l'horizon ; et plus vite il résoudrait l'affaire, plus vite cela arriverait.

Au Starlings' Nest, il avait été stupéfait d'apprendre que Delia Jephcott avait déjà été mariée à Willoughby, même si c'était il y a des années. Elle aurait pu se sentir désespérée de supprimer la vérité, peut-être avoir eu le sentiment que M. Rushton, de plusieurs années son cadet, pourrait se lever et la quitter, après une suppression aussi odieuse de son passé. Cela ne semblait pas particulièrement la déranger maintenant, mais elle avait manifestement « avoué » à Rushton, et il avait dû le prendre avec calme. Mais quand exactement le lui a-t-elle dit ? Ce serait une chose très intéressante à savoir.

Les gays – non, oubliez ça – les gars de The Inn avaient dit que leur invitée, Summer Leighton, avait fait référence à Willoughby comme son père. Et si la fille était le fruit du mariage entre lui et Delia Jephcott ? Peut-être que Delia n'avait raconté à son partenaire que la moitié de l'histoire. Si la jeune fille avait été donnée en adoption, il était évident qu'elle avait retrouvé la trace de son père. Et si elle était maintenant à la recherche de son mot de passeson? Certaines femmes étaient un peu bizarres à propos des enfants qu'elles avaient abandonnés pour adoption. Peut-être que Mme Jephcott était l'une de ces femmes et qu'elle ferait tout son possible pour cacher sa parentalité. Voilà en effet matière à réflexion.

Il ne restait donc plus qu'à réfléchir à Miss Horsfall-Ertz. Elle s'est peut-être retrouvée dans un état préoccupant, mais elle avait toujours le cœur brisé par la mort de son chien sous les roues de la voiture de Willoughby. Était-elle capable, à presque quatre-vingts ans, de prendre un outil lourd et de frapper la tête d'un homme avec ? Ce n'était certainement pas hors des limites du possible, car elle n'était pas une femme et, malgré l'arthrite, il se rendit compte qu'une émotion forte peut engendrer une force physique surprenante chez ceux qui la ressentent.

C'était à peu près tout à l'époque, pour l'instant. Ils avaient rendu visite à Serena en dernier lieu, mais elle n'avait pas du tout participé au Festival, à cause de sa blessure, et elle disait qu'elle n'avait jamais rencontré Marcus auparavant – Dieu merci, elle était à l'abri de tout soupçon et il pouvait vivre dans l'espoir que un verre pourrait conduire à une relation plus significative.

Alors qu'il posait son stylo, deux choses se produisirent simultanément. Son ordinateur indiquait qu'il recevait un e-mail et le téléphone sur son bureau n'a sonné qu'une seule sonnerie, indiquant que Bob Bryant de la réception voulait lui parler.

Il semblait que c'était toujours Bob Bryant sur le bureau, pensa-t-il, quelle que soit l'heure du jour ou de la nuit. Il y avait quelques plaisanteries parmi les jeunes uniformes, en disant qu'il était là depuis la construction de la gare – en fait, qu'elle avait été construite autour de lui – vers 1900, et qu'il était l'un des Éternels, passant simplement le temps discrètement. jusqu'à la fin de l'univers. Mais Falconer pensait qu'il était plus probable qu'il n'ait tout simplement pas beaucoup de vie à la maison et préférait être à la gare.

En décrochant le combiné, il apprit que Peregrine McKnight était sur une ligne extérieure, souhaitant lui parler de toute urgence et, alors qu'il attendait que l'appel soit passé, il se demandait distraitement ce qu'il pourrait bien lui dire, appelant Carmichael à viens vérifier son ordinateur. Cela ne faisait pas encore vingt-quatre heures qu'il n'avait pas parlé à David Porter mais, si sa chance était là, il aurait peut-être déjà trouvé quelque chose.

La voix de Peregrine résonnait à son oreille, aiguë d'inquiétude. « Cette Summer Leighton n'est jamais revenue hier soir – tu sais, cette fille à qui tu voulais parler ? Nous lui avions donné une clé à son arrivée, alors nous nous sommes couchés une fois le reste du verrouillage terminé, mais quand je suis allé dans sa chambre ce matin avec une tasse de thé, le lit était vide. Je n'ai pas dormi et je ne sais pas quoi faire.

« La règle numéro un, conseilla Falconer, c'est de ne pas paniquer ! C'est une adulte et je pense que tu as dit qu'elle allait voir son frère.

« Je ne suis pas complètement sûr de ce qu'elle a dit, maintenant. Elle l'a en quelque sorte appelé par-dessus son épaule. C'était peut-être son frère, mais maintenant que j'y pense, je n'en sais vraiment plus.

« Avez-vous une adresse personnelle ou un numéro de téléphone pour elle – de préférence un portable ?

'Je ne sais pas. Je ne pense pas. Non. Après tout ce qui s'est passé après son arrivée vendredi, cela m'est tout simplement sorti de l'esprit. Et elle était partie avant que j'aie eu l'occasion de lui parler, hier.

« Comme vous êtes vraiment négligent ! » Falconer n'était certainement pas impressionné par cette négligence de la part d'un propriétaire, notamment en ce qui concerne les réglementations en matière d'incendie. « Voyons voir, elle est en fait partie, et complètement hors de contact maintenant, depuis quoi ? – un peu plus de vingt-quatre heures ? Écoute, fais-moi savoir, en attendant, si elle se présente. Sinon, j'appellerai et jetterai un œil dans sa chambre pour voir si elle nous a laissé des indices. Mais je ne veux pas que vous y entriez. Est-ce que je suis clair ?

« Comme du cristal, mon cher cœur », sur quoi Falconer, avec une affection douteuse, a raccroché.

Alors qu'il raccrochait le combiné, Carmichael se tenait à côté de lui, tel un chien d'arrêt indiquant la mort. Son index gauche était tendu vers l'écran de l'ordinateur de Falconer, une expression d'intelligence suffisante sur son visage.

L'inspecteur avait raison et l'e-mail provenait de David Porter. L'élément particulièrement juteux qui était sur son écran à ce moment-là était une photo de Marcus Willoughby, son bras autour de l'épaule de Camilla Markland, son visage légèrement vide (et clairement ivre) lui souriant avec adoration. Quelle trouvaille !

« Elle nous a menti, monsieur ! Elle a dit qu'elle ne l'avait jamais rencontré auparavant ! » Carmichael était à juste titre indigné.

« Dans quelle mesure êtes-vous perspicace, sergent, et réalisez-vous ce que cela signifie ?

« Que cela pourrait être la cause de toute cette mauvaise ambiance dans leur maison, hier. »

« Vous devenez bon, c'est certainement possible. Mais était-ce leur première rencontre, ou était-ce une sorte de retrouvailles ?

« Je ne comprends pas, monsieur. » Carmichael devait certainement parcourir son répertoire d'expressions ce matin, et le visage du moment était « perplexe », ou « hideusement grogneur » selon votre capacité à répondre.le connaissais.

« Je viens de recevoir un appel de M. McKnight à The Inn on the Green, et je suis peut-être en train de mettre deux et deux ensemble et d'en obtenir cinq, mais... Laissez-moi vous expliquer. Cette fille, Summer Leighton, débarque à Stoney Cross et finit par trouver notre charmeur, Willoughby, mort. C'était vendredi après-midi.

« Samedi matin, elle quitte le pub en criant apparemment qu'elle allait voir son frère. M. McKnight vient de m'informer qu'elle n'est jamais revenue à l'auberge la nuit dernière. Hier, nous avons découvert que Mme Jephcott était mariée à Marcus – il y a « vingt ans ou plus ». J'avais déjà supposé que, si cette Summer Leighton avait retrouvé la trace de son père, c'était peut-être sa mère plutôt que son frère qu'elle allait voir. Et j'étais sur le point de confier à Mme Jephcott une possibilité dans ce rôle. » Tout était un peu confus, alors qu'il s'écoutait, mais il savait ce qu'il voulait dire, et Carmichael aussi, espérait-il.

« Maintenant, montrez-moi cette photo, et je me demande si peut-être Madame Markland l'a connu dans le passé. Tout d'abord, le père de Miss Leighton est assassiné, puis elle disparaît. Je pense que nous pouvons également mettre La Markland dans le cadre, à titre provisoire, comme étant peut-être sa mère. Alors, qu'avons-nous ici ? » « Un problème ? » Carmichael ne comprenait certainement pas.

« Une histoire sur deux. Réfléchis, mec ! Willoughby a-t-il été assassiné par pure haine, pour ce qu'il a fait professionnellement ? Ou a-t-il été assassiné parce qu'il pouvait révéler un passé qui quelqu'un voulait supprimer ?'

« Je ne sais pas, monsieur. J'abandonne.

« Ce n'est pas une énigme, Carmichael. Je veux votre avis sur le parfum que nous devrions suivre.

« Je ne sais toujours pas, monsieur. »

« Très bien, à l'aise ! Imprimez-moi quelques exemplaires de cette photo. Nous allons devoir retourner à Stoney Cross pour jeter un œil à la chambre de Miss Leighton à The Inn. Autant prendre une copie de cette photo avec nous et rendre visite aux Marklands et à cette femme Jephcott. Ils ne nous attendront pas, surtout un dimanche. Il y a deux mères possibles dans ce village et il ne faut pas les négliger. Et nous devrions parler encore avec ces deux autres femmes – Palister et Wingfield-Heyes, pendant que nous y sommes. L'un ou l'autre, ou même les deux, auraient pu faire n'importe quoi, alors qu'ils étaient tous excités et sous le fouet.

Et, bon sang, il faudrait qu'il parle à la station de radio avant d'aller plus loin. Il avait besoin de savoir quelle expertise était nécessaire pour terminer et envoyer l'enregistrement du programme de Marcus. Cela pourrait-il être réalisé par quelqu'un qui ne l'a jamais fait auparavant, ou cela nécessiterait-il des connaissances expertes ? Il n'en avait aucune idée et a décroché le téléphone pour remédier à cette omission dans son éducation.

Et bon sang ! Falconer s'est rendu compte que lui et son sergent par intérim sortaient ensemble en public et a examiné la tenue vestimentaire de Carmichael en conséquence. Il savait que c'était censé être son jour de congé de sergent par intérim, et il avait accepté de venir au bureau et de faire des heures supplémentaires sans rémunération, mais maintenant ils devaient sortir, Falconer regardait les vêtements du jeune homme sous un jour complètement différent. . Quiconque ne les avait pas déjà rencontrés pourrait penser qu'il supervisait Carmichael lors d'une rare journée d'excursion. C'était en fait son soignant. Quel effet cela aurait sur sa crédibilité dans la rue, il redoutait d'y penser.

La réponse qu'il avait reçue de la radio ne l'avait pas fait avancer plus loin qu'auparavant. Quelqu'un qui savait ce qu'il faisait avec ce logiciel particulier n'aurait eu aucun problème. D'un autre côté, quelqu'un qui ne l'avait jamais utilisé auparavant aurait pu suivre les instructions étape par étape et parvenir au même objectif. Il aurait cependant fallu qu'il ait le sang-froid pour travailler sur cet ordinateur pendant que Marcus gisait mourant ou mort sur la chaise de bureau à côté de lui.

Face à cette frustration supplémentaire, Falconer arriva à The Inn on the Green de mauvaise humeur, pas aidé par Carmichael bavardant joyeusement depuis le siège passager sur la beauté de la vie maintenant qu'il avait quelqu'un avec qui la partager.

Peregrine et Tarquin étaient prêts à l'accueillir, et Tarquin leur montra la voiture de Summer, toujours garée derrière le pub dans le parking arrière, puis Peregrine les conduisit à l'étage jusqu'à la chambre qu'elle avait réservée, mais n'y dormit qu'une nuit. Il y avait beaucoup de choses à voir sur son occupation après si peu de temps, et il ne leur fallut pas longtemps pour examiner les quelques affaires contenues dans son fourre-tout et les articles de toilette laissés dans la salle de douche (car toutes les chambres étaient « salle de bains »).

Cependant, Falconer n'allait pas être battu aussi facilement, et il souleva l'oreiller du lit pour vérifier en dessous, puis en retira la couette pour vérifier en dessous. Ensuite, il a soulevé le matelas et – bingo ! Il y trouva un journal recouvert de cuir noir, un Filofax rose et une enveloppe.

Le journal noir était celui de Marcus, et la petite coquine a dû le mettre dans sa poche lorsqu'elle a retrouvé son corps. Elle était assez cool pour faire ça, avant de retourner au village en courant en criant au meurtre. L'affaire rose était le journal personnel de Summer. D'un simple coup d'œil, les deuxCeux-ci ont enregistré la rencontre du père et de la fille et ont donné le nom de sa mère – Jennifer Linden, connue sous le nom de Jenny.

Ce qui n'a pas été d'une grande aide – qui diable était Jenny Linden ? Cela aurait été beaucoup plus facile, pensa Falconer, si la mère avait eu pour prénom Delia ou Camilla. Le contenu de l'enveloppe ne l'éclairait pas non plus. Il s'agissait d'une photocopie d'un acte de naissance d'une personne appelée Polly Linden, et non Summer Leighton, et la mère s'appelait Jennifer Linden et le père Norman Clegg. Qui, au nom des flammes bleues, étaient ces deux personnes ? Et comment se sont-ils intégrés dans l'affaire ? – si c'est effectivement le cas. Peut-être que toute cette histoire de recherche de parents perdus depuis longtemps n'était qu'un nid de jument.

D'un autre côté, Summer était définitivement (peut-être) disparue, peut-être enlevée (ou même morte), et doit être traitée comme telle, vingt-quatre heures après qu'elle ait été vue pour la dernière fois. Falconer commençait à être confus, avec deux autres noms inscrits sur la carte de course.

L'autre morceau de papier m'a légèrement aidée. Il s'agissait d'une copie d'un certificat d'adoption de Polly Linden, un bébé de six semaines, que les parents adoptifs avaient renommé Summer, leur nom de famille étant Leighton. Au moins c'est lié !

Se sentant complètement agacé par les événements, Falconer a sorti son téléphone portable et s'est préparé à parler au surintendant-détective Chivers – un dimanche ! Il ne serait pas très content, mais l'inspecteur avait besoin de sa permission pour que le personnel puisse procéder à une fouille des environs et faire des visites de porte à porte. Cela ne pouvait pas être géré uniquement par Carmichael et lui-même, et il n'obtiendrait aucun remerciement s'il n'appelait pas celui-ci maintenant non plus.

Chapitre 15

Dimanche 13 septembre – après-midi

Falconer avait raison. Le surintendant « Jelly » Chivers n'avait pas été ravi d'être rappelé à son dernier barbecue de la saison, et il a fait connaître ses sentiments sans équivoque. C'était un homme qui avait gravi les échelons. Pas de voie rapide pour lui. Et il n'a pas mâché ses mots.

« Pourquoi est-ce que tout cela a dû exploser un dimanche ? On pourrait penser qu'un surintendant qui travaille dur pourrait avoir la garantie d'un foutu jour de paix par semaine. Cette stupide petite garce s'est probablement fait un peu de mal et est en ce moment même recroquevillée dans son lit, inconsciente de tous les problèmes de saignement qu'elle cause aux autres. Les jeunes d'aujourd'hui – (soupir !) – s'en foutent de ceux qu'ils dérangent, pourvu qu'ils parviennent à leur fin. Ne dites jamais à personne où ils se trouvent, car ils sont trop occupés à s'amuser. Trop de droits et pas assez de responsabilités, voilà ce qu'ils ont aujourd'hui... »

À ce stade, Falconer sentit qu'il devait l'interrompre. « Elle pouvait à peine le dire à son père, monsieur, car il venait d'être assassiné. Et une partie du problème est que nous ne savons pas qui est sa mère, donc nous ne savons pas si Mme Leighton l'a informée ou non.

« Maudit que vous soyez insouciant ! » Le surintendant Chivers a rétorqué injustement, puis a donné sa permission à des agents en uniforme de Market Darley et de Carsfold d'être enrôlés pour commencer la recherche. Mais vous n'allez pas être très populaire et déranger certains d'entre eux pendant leur jour de repos. Pourtant, c'est votre problème, pas le mien. Et adressez-vous aussi aux journaux locaux et aux stations de radio, voyez s'ils peuvent lancer un appel à la jeune fille pour qu'elle nous contacte, ou à toute personne qui l'a vue au cours des dernières vingt-quatre heures, etc., etc., etc. Vous connaissez le formulaire, inspecteur. Maintenant, continuez, pour que je puisse revenir vers mes invités et agir comme l'hôte génial que je suis censé être.

Avant que Falconer ne puisse ajouter un autre mot, la ligne fut coupée. On lui avait raccroché au nez, ce qui n'améliorait pas du tout son humeur. Au moins, il avait désormais le numéro de David Porter dans son portable, juste au cas où, et il pouvait probablement compter sur lui pour lui faire la faveur de contacter toutes les stations de radio de la région. S'il cherchait un scoop, il devrait travailler pour l'obtenir. Il saurait bien mieux que Falconer quelles stations de radio couvraient cette zone, et cela lui ferait gagner un peu de temps. Il pourra toujours confirmer avec eux plus tard, si besoin est.

Falconer avait une moitié formée – ou était-elle à moitié cuite ? – plan dans sa tête, et c'est dans un état d'esprit beaucoup moins morose qu'il écouta le dernier reportage de Carmichael de Happy-Ever-After-Land, pendant qu'ils regardaient par les vitres de la voiture de Summer, en attendant l'arrivée des renforts. .

Cela prit moins de temps que prévu et, en quarante-cinq minutes (et deux tasses de café chacune), une douzaine d'uniformes attendaient ses instructions. Peregrine avait également fait passer le message, et il y avait également une douzaine d'hommes du village à sa disposition.

« Bien, commença-t-il en pensant à la topographie de Stoney Cross, je vous veux en quatre groupes de six ; trois policiers, les trois autres, des civils. Je veux que le premier groupe se dirige vers le nord-ouest, traverse le terrain de sport et pénètre dans le bosquet au-delà. Groupe deux, même configuration, je veux me diriger vers le nord-est, traverser Stoney Stile Lane. » À chaque instruction, il indiquait la direction indiquée, pour éviter toute confusion.

« Le troisième groupe, je veux aller vers le sud-est, à travers les terres agricoles ; et le dernier groupe, sud-ouest, partant des menhirs. Si vous trouvez quelque chose, je veux en être informé immédiatement. Sinon, je veux que vous reveniez tous ici à cinq heures pour faire votre rapport. Uniformes, je voudrais alors vous informer des visites de maison en maison. Il y a des instructions spéciales pour cela » – il sourit énigmatiquement – « donc je ne veux pas que l'un d'entre vous s'éloigne et fasse ce qu'il veut. Avez-vous ça ?

Il y eut un chœur irrégulier de « oui » et de « oui, monsieur », et il se leva et les regarda se répartir en groupes et décider quel groupe devait aller dans quelle direction, pour finalement s'éloigner, un air d'excitation autour d'eux. à cette petite aventure inattendue. Falconer ne pensait pas qu'ils se sentiraient aussi excités s'ils trouvaient quelque chose, mais ce n'était pas son problème pour le moment.

« Envie de déjeuner, Carmichael ? » a-t-il demandé. " Je pense que cela serait admissible en termes de dépenses. " Un dernier " oui, monsieur " parvint à ses oreilles, et les deux détectives quittèrent le parking et retournèrent dans le pub, qui était, à ce moment précis, à environ pour finir de prendre les commandes de rosbif et de Yorkshire pud.

Carmichael était un mangeur incroyable, pensa Falconer, alors qu'ils s'enroulaient autour d'un délicieux rôti. Il semblait ranger sa bouffe avec une rapidité et une efficacité remarquables. Mais le plus miraculeux de tout était la façon dont il semblait être capable de manger et de parler en même temps, sans s'étouffer, ni même s'étouffer.fr, semble-t-il, en reprenant son souffle.

«Je ne peux pas croire que cela m'est arrivé», a-t-il terminé, à travers une bouchée de pomme de terre rôtie, et il s'est tourné vers Falconer pour connaître son opinion.

« Que t'est-il arrivé ? Désolé, j'étais concentré sur mon assiette. » C'était manifestement faux, car il avait réfléchi à la façon dont il organiserait la visite de maison en maison à Blackbird Cottage pour le sien, mais Carmichael ne devait pas le savoir.

« Kerry veut que j'emménage avec elle. »

« C'est une excellente nouvelle, Carmichael ! Je suppose que vous avez accepté.

'Sorte de.'

« Comment ça, « en quelque sorte » ? Soit vous avez accepté, soit vous ne l'avez pas fait, et si vous ne l'avez pas fait, vous devez être fou.

« Je ne supporte pas de vivre dans le péché, monsieur », expliqua Carmichael, une expression légèrement peinée sur le visage. « Ma mère m'a appris à distinguer le bien du mal – une partie de la raison J'ai rejoint la Force – alors j'ai dit que j'adorerais vivre avec elle, mais seulement en tant que mari.

« Vous voulez dire, vous lui avez proposé ? » Falconer était étonné que son collègue, souvent muet, ait la morale à l'ancienne ou le courage de faire une demande en mariage.

« Je l'ai certainement fait, monsieur. Et elle a dit « oui ». Nous n'avons pas encore fixé de date, mais je ne pense pas que ce soit trop loin dans le futur. Aucun de nous ne veut faire d'histoires, et Kerry a déjà été mariée, comme vous le savez déjà, monsieur.

Pendant un instant, Falconer resta sans voix, puis il tendit la main pour serrer celle de Carmichael et dit de tout cœur : « Félicitations ! J'espère que vous serez tous les deux très heureux ensemble – enfin, vous quatre, je suppose que je veux dire », a-t-il ajouté, se souvenant des deux jeunes fils de Kerry Long.

En finissant leur repas, Falconer décida qu'ils passeraient d'abord au Vicarage. Il y avait quelques choses qu'il voulait essayer là-bas – voir s'il pouvait faire évoluer leurs histoires ; peut-être surprendre l'un d'eux en changeant son histoire. Il était heureux qu'ils aient pris sa voiture, car il n'avait pas apprécié un autre tour dans la poubelle Skoda de Carmichael, et Carmichael avait insisté sur le fait que cela ne le dérangeait pas de ne pas prendre sa voiture également. Comme il se rendrait à Castle Farthing pour la soirée, il a dit que ce n'était pas un problème, à condition qu'il puisse être déposé au parking de la gare pour récupérer le sien. Cela lui donnerait la chance d'enfiler quelque chose d'un peu moins comme des vêtements de travail pour sa soirée avec sa future nouvelle famille.

Des vêtements de travail ?! Pensa Falconer, et il pouvait à peine en croire ses oreilles, mais il garda sa langue, ne sachant pas vraiment si Carmichael « extrayait le Michael » ou s'il était mortellement sérieux.

Une fois arrivés à destination, l'inspecteur insista également pour qu'ils soient conduits dans une pièce autre que celle qui contenait la présence venimeuse du capitaine Bligh, et que le teckel, Satan, soit banni dans la cuisine. Il ne voulait pas que se reproduise le désastre de leur dernière visite là-bas.

Il avait mis un point d'honneur à s'habiller plus sobrement aujourd'hui, pour que son apparence ne soit pas une source d'amusement. Carmichael, cependant, c'était une autre affaire. Sa tenue vestimentaire était correcte pour le bureau, d'autant plus que, comme cela a été mentionné précédemment, c'était l'un de ses rares jours de congé, mais maintenant qu'ils étaient de retour au travail, pour ainsi dire, Falconer le regardait une fois de plus de haut en bas d'un œil critique.

Carmichael avait, comme si souvent dans le passé, suivi sa propre voie vestimentaire. Il avait certainement son propre style, et Falconer soupçonnait que cela avait moins à voir avec son excuse du « premier arrivé, le mieux habillé » qu'à ses propres goûts personnels. Il devrait avoir le courage de lui poser la question un jour, mais il la mit de côté pour le moment, ne sachant pas quelle pourrait être la réponse.

La chemise de Carmichael était d'un orange vif, avec des cicatrices violettes qui mourraient ici et là ; son pantalon, bien que bien ajusté, était en velours côtelé vert herbe. Sa cravate, contrairement au genre de vie hippie suggéré par le reste de sa tenue vestimentaire, était un petit numéro du milieu des années 70, large à la base et représentant une jeune fille orientale sur un fond marron.

Fredonnant doucement l'air de « Aquarius » de Hair dans sa barbe, Falconer a remercié sa bonne étoile de ne pas être sous surveillance. Si jamais cette situation se présentait, il devrait vraiment parler à son sergent par intérim, d'homme à homme. Si seulement il portait le costume, ou un costume similaire à celui qu'il portait hier, il n'y aurait aucun problème. Dans l'état actuel des choses, Carmichael était comme un feu d'artifice mobile, tirant des sifflements et des sifflets de loup partout où ils allaient, et était particulièrement amusant pour les très jeunes enfants, qui pointaient du doigt et criaient de joie à l'apparition inattendue d'un clown dans leur vie autrement prévisible. .

Ils étaient maintenant assis sur un canapé tristement enfoncé dans le bureau du vicaire, M. Chalk et M. Cheese, attendant leur proie, le jour le plus chargé de la semaine de travail du révérend gentleman.

Lorsque le révérend Ravenscastle arriva, son humeur était mitigée. Il était profondément vexé d'avoir été dérangé le jour du sabbat, mais aussi plein d'inquiétude pour la jeune fille disparue, et son premier commentaireCe qui leur a été dit, après l'échange des salutations, c'est qu'il avait prié pour son retour sain et sauf.

Falconer, qui, pour le moment, ne savait pas vraiment s'il enquêtait sur un meurtre motivé par la haine, un enlèvement, un double meurtre ou une sorte de combinaison de ces événements, n'était pas d'humeur pour les subtilités ecclésiastiques et s'est lancé dans des questions. l'homme à propos de ce qu'il avait fait à l'étranger la nuit du meurtre de Marcus, sans alibi. Il s'était rendu compte que quelqu'un le menait par le nez, mais il n'avait aucune idée de qui pouvait être cette personne, ni de quelle manière il était conduit, à ce moment-là, et cela affectait son humeur.

« J'ai suivi une formation militaire, révérend Ravenscastle, et j'ai fait la guerre. J'ai vu des hommes apparemment aux manières douces transformés en machines à tuer hurlantes et hurlantes. J'ai vu l'éclat du sauvage dans leurs yeux et dans leur comportement. Je sais que la civilisation n'est qu'un mince vernis, et je crois la même chose pour la religion. Je pense aussi qu'il est plus que possible qu'après tous les souvenirs de la mort de votre nièce que la présence de Willoughby dans ce village vous a rappelés, la mauvaise volonté qu'il avait manifestée en général, et les profanations et blasphèmes qui ont eu lieu dans votre église , tu as tout simplement craqué. Vous avez jeté les placages et êtes revenu au sauvage qui habite dans l'âme de tous les hommes.

"Je crois que c'est vous qui êtes allé chez Marcus Willoughby dimanche soir et qui vous êtes vengé de lui pour tous les péchés qu'il avait commis sur votre petit monde. À la fin de cela, la voix de Falconer s'est élevée jusqu'à un cri, et" Adella Ravenscastle a regardé par la porte pour voir si tout allait bien.

Sans regarder dans sa direction, gardant son regard fermement fixé sur son mari, il cracha : « Sortez d'ici ! Et ne reviens pas avant que je te le dise ! » Faisant disparaître sa tête, avec un petit cri de surprise. Son mari ouvrit la bouche pour protester, mais Falconer le fit taire d'un mot, lui tendant la main dans un geste qui signifiait sans équivoque « stop ! »

« Meurtre ! » Il regarda profondément le vicaire, le défiant de parler. « Tu ne tueras pas », a-t-il cité. Nous enquêtons ici sur la perte d'une vie humaine, le crime le plus odieux qui puisse être commis. C'est votre territoire, donc je suis sûr que vous comprenez que je dois découvrir qui en est responsable. Maintenant, ce n'est pas à moi de juger, mais si cette personne était vous ou votre femme, j'ai le devoir de vous traduire en justice, et je ferai tout ce qui est en mon pouvoir pour découvrir la vérité – même en criant. Comprendre ?'

« Je comprends, inspecteur. J'ai moi-même été aumônier de l'armée à un moment donné, et j'ai conseillé des hommes brisés – des hommes qui ont été manipulés pour faire ou être ce que vous avez décrit, et j'ai vu leur culpabilité et leurs remords, et la façon dont cela hante certains d'entre eux. , à la fois endormi et éveillé.

'Ah. Je vois. Désolé, Vicaire ! Vous comprenez évidemment ma situation. Y a-t-il une chance que vous ayez été vu dimanche soir, alors que vous étiez absent ? Falconer avait été remis à sa place après son éclat et parlait maintenant avec plus de contrition.

«Très peu, je suis désolé de le dire. Stoney Cross se couche généralement tôt et le temps était très brumeux. Même si quelqu'un avait eu la chance de regarder par la fenêtre, je n'aurais été pour lui qu'une forme sombre et obscure. Je peux cependant vous assurer, de toute la force de ma foi chrétienne, que je ne suis pas allé à The Old Barn et que la seule main que j'ai posée à Marcus Willoughby a été la tape sur l'épaule que je lui ai donnée, comme je l'ai dit. je l'ai renvoyé de l'église chez lui.

Cette simple déclaration avait l'air de la vérité, mais Falconer ne pouvait pas se permettre de trop relâcher son questionnement. «J'aimerais parler à votre femme maintenant. Dans la cuisine et seul, si cela ne vous dérange pas. Peut-être voudriez-vous déplacer votre chien vers un autre endroit pendant quelques minutes ?

'Aucun problème. Je vais l'emmener dehors pour voir s'il a des « affaires » à mener. Faites-moi savoir quand vous avez terminé – et ne soyez pas trop dur avec Adella. Aujourd'hui, cela aurait été le dix-huitième anniversaire de notre nièce, et elle le prend mal. Nous prévoyons de visiter la tombe de Maria avec quelques fleurs, plus tard dans la journée, avec Meredith et son mari, et cela va être une occasion très émouvante pour nous tous.

L'inspecteur a été vérifié par ces informations. Au début, il avait eu l'intention de s'engager aussi fort avec Adella qu'avec son mari, mais il avait le sentiment qu'avec ce qu'on venait de lui dire, il valait mieux jouer sur les blessures émotionnelles dont le rendez-vous d'aujourd'hui était issu. choisi la croûte. Cela pourrait jouer en sa faveur – parfois les gens étaient moins capables de rester sur leurs gardes sous l'influence d'émotions fortes.

Il trouva « Mme Vicar », comme Carmichael avait pris l'habitude de l'appeler, assise sur une simple chaise en chêne près de la table de la cuisine, la tête penchée, les épaules tremblantes et un torchon pressé contre son visage alors qu'elle pleurait. Il s'agissait sans aucun doute d'un cas de « singe attrapeur, doucement, doucement ». S'il la pressait trop fort, compte tenu des circonstancesDans ces conditions, il y avait une probabilité qu'une plainte soit déposée, et alors où serait-il ? Remonter Shit Creek sans pagaie, c'est là qu'il serait, et ne vous y trompez pas.

«Je suis désolé pour tout à l'heure, Mme Ravenscastle. J'ai bien peur d'avoir été impoli avec vous, et il n'y a aucune excuse pour être impoli envers un membre du public.

Elle ne l'avait pas entendu entrer, tellement elle était plongée dans ses pensées, et elle sursauta en se retournant sur sa chaise pour lui faire face.

"J'accepte vos excuses, inspecteur, et je suis sûr que Benedict a expliqué pourquoi je suis si bouleversé, aujourd'hui, entre tous les jours."

«Il l'a fait, et nous comprenons parfaitement.» Carmichael était entré d'un pas traînant dans la pièce et se tenait maintenant au-dessus de Mme Ravenscastle d'un air inquiet. De façon inattendue, il s'accroupit à côté d'elle et passa un bras autour de ses épaules, lui parlant très doucement, de sorte que Falconer ne put comprendre ses paroles. Elle hocha simplement la tête et renifla, écoutant avec une attention silencieuse.

Au bout de quelques minutes, Carmichael déplia son corps en position verticale et alla se tenir à nouveau à côté de l'inspecteur. Mme Ravenscastle, Dieu soit loué, s'essuyait les yeux et se ressaisissait visiblement. « C'est un bon jeune homme que vous avez là, avec une tête raisonnable sur les épaules. Il ira loin, écoutez mes paroles, annonça-t-elle en se levant et en allumant la bouilloire.

« Ne vous inquiétez pas du thé pour nous, Mme R. » C'était encore Carmichael. « Faites un pot quand nous serons partis, puis asseyez-vous avec votre mari, et vous pourrez partager vos souvenirs et vous réconforter mutuellement. »

Falconer était abasourdi. Les fées étaient-elles venues changer son Carmichael habituel pour un autre du jour au lendemain ? Si c'était le cas, les deux Carmichaels avaient le même sens vestimentaire ! – le même air de fashion victim, et tout simplement de ne pas s'en soucier.

Mme R., comme le sergent par intérim venait de l'appeler, se rassit et leur dit calmement et franchement qu'elle ne pouvait produire aucun témoin de sa promenade du dimanche soir, mais qu'elle avait eu un but – même s'il n'était pas meurtrier. . C'était un secret pour le moment, mais s'ils voulaient bien revenir demain, elle fournirait la preuve de son histoire, ainsi que quelqu'un qui la corroborerait.

Alors qu'ils retournaient vers la voiture, tous deux d'humeur pensive, le portable de Falconer se mit à tinter, et il le sortit de la poche de sa veste avec l'espoir farfelu que ce pourrait être Serena. Ce n'était pas le cas. La voix franche de Sadie Palister résonnait à son oreille avec ce qu'il considérait comme un volume inutile. « Je me souviens de quelque chose de dimanche soir, mais je ne sais pas si cela vous sera utile. »

« Nous serons tout droit. »

Sadie les accueillit à la porte, les conduisit précipitamment dans son studio et leur demanda de s'asseoir. « De quoi vous souvenez-vous ? » demanda Falconer, s'exprimant précipitamment dans son désir d'apprendre quelque chose de nouveau.

«Je ne sais pas si cela va être d'une quelconque utilité, mais je me suis souvenu que j'avais vu une voiture, ou ce que je présumais être une voiture, et je l'avais entendu aussi, alors que je revenais de The Old. Barn. » Elle eut la grâce de rougir en se rappelant pourquoi elle était partie si tard dans la nuit.

« Où l'as-tu vu ? Et quelle heure était-il ?

« Je ne peux pas vous donner une heure exacte, inspecteur, parce que j'étais trop ivre même pour me concentrer sur ma montre, si j'en avais eu envie, alors je m'en tiens à mon approximation d'environ une heure trente du matin, ce qui est exactement ce que je vous ai dit la dernière fois que nous avons parlé. Mais où étais-je quand j'ai vu la voiture ? C'est ça! J'étais juste en train de me stabiliser pour descendre School Lane en titubant, lorsque j'entendis le bruit d'un moteur. Regarder dans cette direction n'était qu'un réflexe, mais j'ai eu l'impression d'un véhicule venant très lentement vers moi dans la High Street, venant de l'autre bout des magasins ; du côté de Dragon Lane.

« Et avez-vous reconnu soit la voiture, soit le conducteur, Mme Palister ? » L'espoir de Falconer était mince mais, sans espoir, à quoi sert la vie ? Les traits de Serena flottaient à nouveau devant son esprit, et il dut rapidement rassembler son attention, de peur de rater sa réponse.

Elle le regardait avec une expression légèrement ricanante, ses longs cheveux noirs tombant en avant sur son visage. « Inspecteur, non seulement j'étais ivre, mais il faisait aussi sombre et brumeux. La visibilité était pratiquement nulle et, de plus, la voiture n'avait aucun phare allumé. Ramper, c'était encore plus lent que moi, et j'étais pratiquement à quatre pattes à ce moment-là. Je ne me souvenais même pas de ce que j'avais fait cette nuit-là jusqu'au lendemain après-midi, et même alors, je me demandais si tout cela n'avait été qu'un rêve très vivant – bien sûr, j'ai finalement réalisé que ce n'était pas le cas, mais, pendant un moment, j'ai j'avais de l'espoir.

— Et vous êtes absolument sûr que vous n'avez aucune chance de dire à qui appartient cette voiture ?

« Si je disais que je pouvais, je mentirais. J'ai dit que ce dont je me souvenais ne valait probablement pas grand-chose, alors j'espère que vous n'avez pas trop espéré. » Il y avait encore ce mot – espoir. Le sien avait été brisé à cette occasion ; il « espérait » qu'il aurait plus de chance à d'autres égards plus tard.

'QueMerci, en tout cas, Mme Palister. Je vais certainement ajouter cela à mes notes, au cas où quelque chose d'autre pourrait corroborer ce que vous nous avez dit. Et sur ce, ils quittèrent The Old School, Carmichael rangeant son cahier dans la poche de sa chemise couleur Tango. , Falconer marmonne dans sa barbe sa malchance dans les conditions météorologiques dominantes la nuit du meurtre.

« Allons griller ces mères », a-t-il décidé, puis il a nuancé sa déclaration, en cas de malentendu. "Je veux dire les mères présumées des personnes enlevées", a-t-il modifié, et il a tourné sa voiture vers Starlings' Nest, Delia Jephcott en ligne de mire pour son prochain tir.

À la grande surprise de Falconer, Delia lui a ri au nez lorsqu'il a suggéré qu'elle et Marcus auraient pu être les parents de la fille disparue. Son rire se déversait en éclats sonores, prolongés et musicaux, des larmes coulant sur son visage au moment où elle eut repris le contrôle d'elle-même. Il n'y avait aucun signe d'indignation juste.

Ignorant cela avec autant de dignité qu'il pouvait en rassembler, il continua sans se laisser décourager. « Avez-vous déjà été connue sous le nom de Jennifer Linden ? Avez-vous changé de nom par Deed Poll à un moment donné de votre vie ?

Encore une fois, elle sembla sur le point de se dissoudre dans l'amusement, mais se stabilisa en s'accrochant au dossier du canapé. "Je n'ai absolument aucune idée de ce dont vous parlez, ni d'où vous tenez ces idées ridicules, mais je peux vous assurer que les seuls changements de nom que j'ai eu, c'est lorsque j'ai été marié à cet idiot de Marcus, et quand je suis revenu. je reviens à mon nom de jeune fille, trois mois plus tard. Et non, je ne connais personne qui s'appelle ou qui s'appelle Jennifer Linden », a-t-elle déclaré, anticipant sa prochaine question. « Et si vous devez insister sur ce point, aussi gênant que cela soit sans doute, j'obtiendrai volontairement une déclaration de mon médecin, déclarant que je n'ai jamais eu d'enfant. Est-ce que cela suffirait ?

Ce serait le cas, et Falconer se sentit un peu idiot alors qu'il retournait à la voiture. Conscient d'un murmure de Carmichael, il lui a demandé de répéter ce qu'il avait dit, car il ne l'avait pas entendu. « J'ai dit, c'était une chance qu'elle n'ait pas essayé de vous le montrer, c'est tout, monsieur », entonna Carmichael sans expression, mais un peu plus fort. Vraiment! Falconer ne savait pas où chercher. Il mourrait d'embarras à cette pensée, s'il devait reparler à cette femme. Il n'aurait aucune idée de l'endroit où concentrer ses yeux. Était-ce un autre exemple d'humour de la part de son sergent par intérim ?

Leur visite à Blacksmith's Cottage dura un peu plus de temps que la précédente. Camilla et Gregory Markland semblaient toujours mal à l'aise l'un en compagnie de l'autre, une tension palpable teintant l'atmosphère de la maison. Camilla avait l'air d'avoir pleuré à nouveau ce jour-là, et Gregory avait toujours un air de fureur maussade sur son visage qui affectait son langage corporel et le faisait paraître d'humeur agressive. Aucun d'eux ne s'assit après avoir fait entrer les deux policiers.

Falconer a décidé que la meilleure façon d'obtenir des résultats était d'y aller, cartes directement sur la table, pour voir s'il pouvait obtenir un résultat. « Mme Markland, j'ai besoin de vous demander quelque chose et j'ai besoin que vous me disiez la vérité. »

La couleur du visage de Camilla s'estompa, comme l'action d'une solution d'ammoniaque sur un morceau de velours rose, et sa bouche se plissa en signe de légitime défense. Le regard de Gregory se durcit, jusqu'à ce que ses yeux semblent être en acier, perçant le crâne de l'inspecteur. Prenant la photo photocopiée qu'il avait obtenue de la Gazette, il la lui tendit en silence. « J'ai compris, d'après ce que vous m'avez dit la dernière fois que j'étais ici, que Marcus Willoughby et vous ne vous étiez jamais rencontrés auparavant. À la lumière de ce que je viens de vous transmettre, voudriez-vous réviser cette déclaration ?

Camilla commença à trembler et, d'une main tremblante, passa la photocopie à son mari. «Je peux expliquer...»

«Je pense que tu ferais mieux. Il s'agit d'une enquête sur un meurtre, pas d'un jeu de Cluedo, au cas où cela vous aurait échappé. Quelqu'un est mort et j'ai l'intention de découvrir qui en est responsable, peu importe le nombre de cages que je devrai faire trembler pour retrouver cette personne.

«Oh mon Dieu, je suis vraiment désolé, Greg. Il va falloir que je lui dise, gémit-elle en fixant le tapis, n'osant croiser le regard de son mari.

« Faites ce que vous devez, mais je n'ai pas besoin d'être ici pour l'écouter ! » cracha-t-il avant de quitter la pièce. On pouvait entendre la porte d'entrée claquer derrière lui, alors qu'il quittait la maison dans une humeur qui était rapidement passée de la mauvaise à la fureur.

« Continuez, Mme Markland. Qu'as-tu à dire ?

« Je l'ai rencontré après un concert l'année dernière – eh bien, vous le savez ; vous avez l'article et la photo sur cet exemplaire.' Elle regardait toujours le tapis, mais, en l'absence de son mari, elle leva lentement les yeux jusqu'à ce qu'elle fixe un endroit juste au-dessus de la tête de Falconer, évitant toujours de croiser le regard de qui que ce soit. , mais retrouvant un peu son calme.

«J'ai vraiment bêtement bu beaucoup trop à la soirée d'après-concert, et j'ai laissé çaun homme horrible m'a convaincu de me mettre au lit. J'avais tellement honte – tellement sale – le lendemain matin, mais je n'osais pas en dire un mot à Greg. Il est tellement jaloux qu'il aurait déraillé.

« Il semblerait, d'après son humeur d'aujourd'hui, qu'il soit au courant maintenant. Est-ce exact ? » Falconer y arrivait, mais plus lentement que prévu, à cause du départ soudain de Greg – il avait perdu son avantage lorsque cela s'était produit, et il n'avait pas pu larguer sa bombe dans une pièce aussi éloignée. contenait les deux.

« Parfaitement exact. Ce sale vieux pervers laissait des allusions – Marcus, je veux dire – et je ne savais pas s'il avait l'intention de tout dire à Greg, ou de s'en servir pour me faire chanter dans son petit antre crasseux. Je ne savais pas quoi faire d'autre. Il avait visiblement l'intention de faire des bêtises, et la seule chose à laquelle je pouvais penser était de m'en débarrasser et d'avoir confiance que tout irait bien.

« Et je ne sais toujours pas si c'est le cas. Au début, Greg est parti en trombe et il est resté absent plus longtemps que prévu. J'étais absolument sûre qu'il m'avait quitté pour de bon, et c'était tout, en ce qui concerne notre mariage. Puis il est revenu. Mais à part les quelques heures qui ont suivi son retour, il est depuis de mauvaise humeur et je ne sais pas si je suis soulagé de son retour ou non.

« Merci, Mme Markland. C'était très courageux de votre part, mais je dois vous poser d'autres questions, dont les réponses sont très importantes, et je veux, encore une fois, que vous soyez absolument honnête dans vos réponses," et il répéta les questions qu'il avait posées à Delia. Jephcott.

Elle a juste eu l'air perplexe lorsqu'elle a été confrontée au nom de « Jennifer Linden » et a secoué la tête en réponse. À la question de savoir si elle était la mère de Summer, sa réaction fut d'une violence inattendue. Elle a juste regardé Falconer pendant quelques secondes, les yeux pleins de haine, puis avec un grognement de : "Est-ce que ce salaud de Greg t'a fait faire ça ?", elle a fondu en larmes, enfonçant son corps dans l'étreinte rembourrée d'un fauteuil, et couvrant son visage avec ses bras pour cacher sa misère et sa colère.

« Qu'ai-je dit, Mme Markland ? Je ne voulais pas vous bouleverser ainsi. » Falconer se sentait presque aussi dévastée qu'elle le regardait – face à la rapidité de sa désintégration ; mais il y avait une lueur comme quoi il pourrait être sur quelque chose ici, et il n'allait pas le lâcher.

Espérant que Carmichael ne passerait pas trop vite en mode « couverture de confort » à cette occasion, il a demandé à nouveau : « Qu'est-ce que j'ai dit pour vous contrarier à ce point ? » Cette fois, il a obtenu une réponse.

« Je ne peux pas avoir d'enfants, espèce d'imbécile ! Qui te l'a dit ? Je veux savoir qui te l'a dit ! hurla-t-elle, séparant chaque mot de la question et frappant ses mains sur les accoudoirs de la chaise au rythme des mots dans sa fureur.

Il était temps que Falconer recule, et il le fit immédiatement. «Personne ne me l'a dit, Mme Markland. Je n'en avais aucune idée, je vous le promets. » Si cela agissait de sa part, cela avait l'étincelle du génie dans sa sincérité ; mais il savait que ce n'était pas le cas, et il n'avait pas beaucoup d'espoir quant à la survie de leur mariage. Gregory Markland est peut-être revenu au domicile conjugal, mais tous les signes indiquaient qu'il n'y resterait pas longtemps. Falconer s'était égaré, sans le savoir, dans un nid de frelons et, maintenant que celui-ci était dérangé, il voulait simplement s'en éloigner.

« Alors, nous allons nous entendre, Mme Markland. Ne vous embêtez pas à nous montrer. Nous trouverons notre propre chemin. » Camilla regardait toujours depuis sa chaise avec une rage absolue alors qu'ils partaient.

L'écureuil Horsfall-Ertz était encore un vieux paquet de misère lorsqu'elle leur ouvrit sa porte. Elle traversa la maison tout droit, les conduisant au jardin arrière, où elle s'arrêta devant une petite tombe bien entretenue sur le côté, près de la porte arrière. «J'aime l'avoir près de moi», les informa-t-elle. "C'était une petite chose si chère, une joie à regarder quand lui et son frère se disputaient."

Il était évident qu'elle parlait de son défunt chien, et qu'elle pleurait encore sa fin prématurée. Falconer avait décidé que, pour des raisons de forme, il devait lui poser quelques questions afin de déterminer si son chagrin avait été assez fort pour se transformer en violence, lorsque l'assassin de Bubble s'était installé dans le même village qu'elle, et apparemment sans un souci dans le monde.

« Mademoiselle Horsfall-Ertz, je me demande si cela vous dérangerait de me dire où vous étiez dimanche soir dernier ? » demanda-t-il d'un ton chauve, ne voulant pas tourner autour du pot et subir d'autres explosions d'émotion. Il en avait assez pour une journée. Même s'il savait que ce n'était qu'une illusion, ses épaules étaient trempées de larmes, et il en avait assez vu de chagrin d'une sorte ou d'une autre, pour l'instant.

« Dimanche soir dernier – laissez-moi voir – c'était le jour où tout le monde a fait ses pièces de fête dans la salle, n'est-ce pas ? »

« C'est vrai, Miss Horsfall-Ertz, et le lendemain, vous avez jeté une tasse de thé chaud sur M. Willoughby, sans parler de lui avoir brandi un couteau vendredi. »

Elle a rougi en me disantories, mais n'a offert aucune défense, disant à la place : « J'étais tellement bouleversé de l'avoir vu que j'ai peur de m'être couché. Il semblait impossible et injuste qu'il soit ici, à Stoney Cross, et que je puisse le croiser à tout moment lors d'une de mes petites promenades avec Squeak. Je ne pouvais pas supporter cette pensée et j'ai presque abandonné l'envie de vivre. S'il n'y avait pas eu l'aimable visite du vicaire, je doute que moi ou Squeak serions ici maintenant.

« Il m'a parlé avec dureté, m'a fait remarquer que je voulais peut-être mourir de faim, mais en quoi était-ce juste pour mon petit animal de compagnie ? Rien n'était de sa faute, et pourtant il était resté coincé dans la maison, sans nourriture, sans eau et sans attention. Il a dit que, même si je ne m'en rendais pas compte, je faisais souffrir le pauvre petit chéri avec moi, et Squeak ne comprenait pas pourquoi cela se produisait. Eh bien, cela m'a sorti de mon apitoiement sur moi-même. Le Vicaire parle avec beaucoup de bon sens, ainsi que ses bonnes intentions. Bubble me manquera toujours, mais il m'a fait réaliser que Squeak est toujours en vie et qu'il a besoin que j'aille assez bien pour prendre soin de lui et l'aimer. Cela m'a certainement ramené à la raison, n'est-ce pas, ma petite chérie ? demanda-t-elle en regardant avec adoration le petit chien gambader à ses pieds.

« Alors tu n'as pas quitté la maison dimanche soir, ni pendant la nuit ? » Falconer était maintenant certain de perdre son temps, et même Carmichael devait être du même avis, car il rangeait son cahier.

« Je n'étais pas en état de faire quoi que ce soit dimanche soir, inspecteur. Je suppose qu'on pourrait dire que pendant un certain temps, j'étais une femme brisée. Son visage me rappelait tout cela si clairement que c'était tout ce à quoi je pouvais penser. Eh bien, le moins dit, le plus tôt réparé », conclut-elle en levant les yeux vers lui.

« Merci beaucoup pour votre temps. Nous allons partir maintenant et vous laisser en paix. » Il n'y avait rien ici pour eux.

En consultant sa montre, Falconer se rendit compte qu'il était cinq heures moins le quart et que les membres de l'équipe de recherche seraient sans aucun doute en train de retourner à The Inn on the Green, s'ils n'y étaient pas déjà rassemblés. « Je pense que nous attendrons que Miss Wingfield-Heyes vienne nous voir, Carmichael. Nous pourrons la retrouver demain, quand elle viendra au commissariat pour faire une déclaration officielle. Elle a peut-être entendu ou vu une voiture ; bien que vivant dans la direction opposée à celle de Mme Palister, j'ai des doutes. Mais nous ferions mieux de demander, pour la forme.

« Bonne idée, monsieur. Ce serait dommage de rater un indice vital simplement à cause d'un peu de paresse lors de l'interview », marmonna Carmichael, et Falconer, l'entendant en quelque sorte, décida de ne pas lui demander de répéter son opinion. Si ce qu'il avait entendu était correct, alors Carmichael avait raison, mais s'il le répétait plus fort, cela pourrait avoir des conséquences indéfinissables sur leur relation, et il ne voulait pas que cela se produise. Il avait le sentiment qu'ils progressaient vers un partenariat réussi, aussi étrange que puisse parfois être son sergent par intérim. Il ne s'était jamais attendu à penser une telle chose, mais il avait le sentiment qu'ils formaient une bonne équipe, chacun avec ses propres forces à ajouter à l'ensemble.

De retour sur le parking du pub, il a vu un rassemblement de corps, tous en uniforme. Ils auraient dû être de retour depuis un certain temps, supposait-il, si tous les civils avaient été renvoyés. Mais ce n'était pas le cas, car lorsqu'ils entrèrent tous dans l'auberge pour un débriefing, il y avait déjà trois villageois dans le bar, en train de boire des verres de pinte. Les uniformes avaient ordonné aux deux détectives d'entrer, car ils avaient quelque chose à montrer pour leur recherche, et PC Green, en tant qu'officier le plus ancien, avait adopté le rôle de porte-parole.

Après qu'une généreuse offre de café – offerte par la maison – ait été faite et acceptée, et que le panneau « Fermé » ait été affiché aux entrées pour éviter que quiconque du village n'ait soif et ne tente d'entrer, tout le monde s'est installé pour que le constable pourraient mettre à jour les civils sur leurs trouvailles. Avant que Falconer ne s'éclaircisse la gorge pour indiquer que le silence était requis, il y avait eu un léger bourdonnement de conversation excitée, les gens spéculant sur ce que signifieraient exactement les découvertes d'aujourd'hui.

« Allez, qu'est-ce que tu as pour moi ? Quelque chose d'utile ? Je peux voir que vous avez obtenu un résultat, à vos visages. » Falconer sourit en posant cette question, se tournant vers le gendarme pour sa contribution.

« Nous avons trouvé quelques éléments, monsieur, mais je ne sais pas en quoi ils seraient pertinents dans le cadre de la disparition. Il semblerait que nous soyons tombés sur quelques éléments plus adaptés à notre implication dans votre enquête sur un meurtre.

Cela a incité Falconer et Carmichael à dresser l'oreille. « Eh bien, continue, mec ! Ne nous laissez pas en suspens !

« C'est le groupe qui s'est dirigé vers le nord-ouest qui les a trouvés, monsieur. Ils se trouvaient dans un bosquet de ronces en limite du terrain de sport, non loin de l'arrière de M.

La propriété de Willoughby.

'Ils ? Ils ? Allez, mec, qu'est-ce que c'est ?'

«Nous avons un marteau et un fragment de tissu fin tricoté, carbonisé sur les bords, comme si quelqu'unNous avions tenté de le brûler. Heureusement pour nous, rétrospectivement, que les conditions de brouillard ont rendu la nuit si humide et qu'il y avait des ronces pour l'attraper. Cela vous est-il utile, monsieur ? » Cette question finale a été posée avec un sourire suffisant sur le visage de PC Green.

côtelettes.

« Mon Dieu, agent de police, vous êtes seulement allé trouver l'arme du crime et la preuve de l'autre bas de soie !

Où sont-ils ?

« Tout est réglé, monsieur. Positions marquées, objets photographiés, mis dans des sacs et emportés par des hommes sur les lieux du crime.

«Pourquoi ne m'as-tu pas téléphoné ? »

« Il y aurait peut-être eu plus à trouver. Nous avons juste fait venir les gars pour faire leur travail et avons continué nos recherches. À ce moment-là, nous n'avions qu'une demi-heure de recherche et nous ne pensions pas pouvoir abandonner aussi facilement. Il y avait peut-être quelque chose à découvrir qui était pertinent à l'enlèvement – à la disparition – peu importe comment vous voulez l'appeler.

« Bon homme ! Il devrait y avoir un appel à la radio locale à six heures, et la Gazette est prête à répondre à mes nouvelles, si besoin est. Si cela se prolonge bien au-delà de demain, nous recherchons probablement un corps plutôt qu'une sorte d'otage. Maintenant, lequel de vos grands officiers a trouvé ces objets ?

« Twinkle, monsieur – c'est-à-dire WPC Starr. Avancez, jeune dame, et saluez-vous.

Une silhouette se détacha de la mêlée de corps en uniforme. WPC Starr était de petite taille, ses cheveux courts et noirs étaient ramenés en arrière de son visage comme une casquette. Elle ressemblait plus à une elfe déguisée qu'à un policier en service, mais elle avait prouvé sa valeur aujourd'hui. S'inclinant à gauche et à droite, elle se rassit, un peu troublée par cette notoriété non recherchée, sous les applaudissements de ses collègues. L'inspecteur le remarqua à peine lorsqu'il se leva de son siège, tellement il était excité par les découvertes.

« OK ! » Falconer a récupéré leur attention en levant la main en l'air pour garder le silence. « Même si vous avez obtenu un excellent résultat pour le meurtre, nous devons continuer à rechercher cette fille disparue. Je veux que vous commenciez des enquêtes porte à porte dans le village. Frappez à toutes les portes et demandez si quelqu'un a vu Summer Leighton après qu'elle ait quitté l'auberge hier matin. Si nous n'obtenons aucun résultat, nous devrons fouiller chaque propriété, à l'intérieur comme à l'extérieur, demain. Jetez un œil dans les hangars et les garages dès aujourd'hui, si vous le pouvez. Vous ne savez jamais ce que vous allez trouver.

« Et rappelez-vous, je parle de chaque maison – c'est-à-dire à l'exception (ici, il s'éclaircit la gorge d'une manière embarrassée) de Blackbird Cottage à Stoney Cross Lane. J'y vais moi-même maintenant, à la recherche d'informations en rapport avec l'affaire

Willoughby, et je peux avoir un éclaireur dans les parages et poser quelques questions pendant que j'y suis. Il rougissait jusqu'à la racine des cheveux. leur a demandé de se mettre au travail, embarrassé par ses intentions cachées et convaincu que tout le monde pouvait voir à travers ses motivations et regarder droit dans son cœur.

Alors que lui et Carmichael étaient seuls à The Inn, les trois villageois ayant décidé que l'excitation était terminée pour la journée et qu'ils devaient être ailleurs pour se vanter de leurs exploits avec l'équipe de recherche, Falconer a téléphoné à nouveau à David Porter de la Gazette pour lui demander de l'aide. signaler qu'il n'y avait toujours pas de nouvelles, et vérifier qu'il était prêt à publier un article dans le journal demain, au cas où les enquêtes porte-à-porte ne donneraient rien.

David Porter, cependant, avait ses propres nouvelles à annoncer. « Vous savez que vous me posiez des questions à propos de Marcus Willoughby ? » a-t-il demandé, sans se rendre compte de l'impact qu'auraient les informations qu'il s'apprêtait à offrir. « Je le connais depuis l'école ; nous sommes – nous étions – d'une époque. Saviez-vous qu'il ne s'appelait pas Marcus Willoughby – que c'était seulement un pseudonyme ?

Falconer a failli laisser tomber le téléphone. 'Quoi?'

'C'est exact. C'était un vrai petit salaud à l'école, plein de culot, et mon garçon, pouvait-il garder rancune. Ce serait à peu près juste qu'il serait universellement détesté. Je ne lui ai donné un travail que « pour le plaisir d'auld lang syne » et, comme je vous l'ai dit, j'ai vécu pour regretter ma générosité nostalgique, car il n'était que des ennuis, même après toutes ces années.

« Comment était-il connu à l'école ? » Falconer a tenté sa chance. « Ce ne serait peut-être pas Norman Clegg, n'est-ce pas ?

« Maintenant, comment diable saviez-vous cela ? Et ne dites pas que c'était juste un coup dans le noir, parce que c'est impossible. » Porter s'était bel et bien fait voler la vedette, mais il avait immédiatement compris que cela devait avoir une incidence sur la disparition de l'homme.

«Je ne peux pas vous le dire pour le moment. C'est une information privilégiée, mais soyez assuré que vous serez le premier informé lorsque je pourrai la divulguer.

— Je ferais mieux de l'être, Falconer. Je ferais mieux de l'être. Oh, et au fait, j'ai parlé aux radios locales, et ils vont en parler un peu aux informations ce soir – en demandant à la fille disparue, ou à toute personne ayant des informations sur elle, de se manifester, etc. , etc.'

Offrir ses remerciements pour les efforts de Porter wià la radio locale, et promettant de rappeler plus tard, pour confirmer qu'il avait vraiment besoin de l'article du journal, il raccrocha et se dirigea résolument vers la voiture, n'osant pas regarder Carmichael en face, de peur de ce qu'il y verrait. .

Le court trajet en voiture de The Inn à Blackbird Cottage s'est déroulé dans un silence absolu. Falconer n'osait pas parler, embarrassé que Carmichael ait réalisé ses intentions en effectuant cette visite, étant donné que Serena n'avait rien à voir avec le Festival. Carmichael était silencieux parce qu'il avait découvert une faille dans l'armure normalement imprenable de son supérieur, et il était assez diplomate pour ne pas le gêner davantage en abordant le sujet.

(Il y avait certainement plus chez Carmichael que ce que l'on voyait – une opinion que Falconer s'était formée plus tôt dans leur relation, et qu'il était maintenant en train de confirmer, après le comportement de son sergent par intérim lors d'entretiens avec des femmes traumatisées.)

Il n'y avait aucune voiture dans l'allée lorsqu'ils s'arrêtèrent devant le chalet, ce qui fut une énorme déception pour l'inspecteur. On aurait dit qu'il était tout excité à l'idée de parler à Serena, pour découvrir qu'elle n'était pas là. Cependant, ne prenant aucun risque, Falconer sonna à la porte et se débrouilla avec le heurtoir, tandis que Carmichael faisait le tour par l'arrière pour s'assurer qu'elle n'était pas dans le jardin, la voiture venait juste d'aller faire un service, ou quelque chose de prosaïque comme que. Elle ne l'était pas, et ce n'était pas le cas, ou ne semblait pas l'être. Il n'y avait pas de fenêtre dans le petit garage, donc il n'y avait aucun moyen de savoir si elle venait de ranger sa voiture, car elle se sentait incapable de la conduire en toute sécurité avec sa cheville blessée, ou si elle était réellement sortie. Plisser les yeux par les fenêtres n'a pas non plus porté ses fruits. La maison était fermée à clé, toutes les fenêtres fermées, et avec cet aspect que toutes les maisons ont quand leurs habitants ne sont pas là – impénétrable et secret. « Peut-être qu'un ami est venu – à pied, je veux dire – et l'a emmenée faire un tour, monsieur ? Peut-être qu'elle avait besoin de faire quelques courses et que son amie l'a emmenée à Carsfold pour le faire ?

Carmichael faisait de son mieux pour soulager l'expression anxieuse sur le visage de son supérieur, mais ses suggestions ne semblaient pas beaucoup aider. « Désolé, Carmichael. Entre un meurtre et une disparition dans nos assiettes, je ne peux m'empêcher aujourd'hui d'être pessimiste et d'imaginer le pire scénario possible. Ne vous inquiétez pas, ça passera. Faisons le tour du dos ensemble et regardons bien, faisons au moins ce que nous attendrions d'un uniforme. Nous pourrons toujours revenir demain, jeter un œil à l'intérieur et lui demander si elle a vu quelque chose de Miss Leighton.

"Et au moins, nous savons qui est Norman Clegg – ou plutôt, qui était, donc c'est un mystère éclairci, monsieur", proposa Carmichael, dans une tentative d'amener Falconer à compter ses bénédictions et non ses malédictions.

"Vous avez raison, mais cela ne nous fait pas avancer plus loin dans la découverte de qui est Jennifer Linden, n'est-ce pas ?" Falconer résistait aux efforts de son collègue et risquait de sombrer dans la bouderie, comme un enfant privé de nourriture. un régal attendu.

« Et nous avons l'arme du crime maintenant. » Carmichael n'abandonnait pas sans se battre.

« Je sais, mais je mettrais ma chemise dessus après avoir été nettoyée de toutes les empreintes. » À bien y penser, il aimerait aussi mettre la chemise de Carmichael sur quelque chose – de préférence sur un feu de joie ! « Allez, je te ramène à la gare pour que tu récupères ta voiture. J'en ai assez pour une journée et je suis sûr que vous avez hâte de vous préparer pour votre visite à votre bien-aimée.

« N'oubliez pas les enfants, monsieur. Ils sont tout aussi importants pour moi. En ce qui me concerne, ils sont livrés sous forme de paquet et je ne voudrais pas qu'il en soit autrement. »

Pendant un instant – un très court instant – Falconer se sentit très jaloux.

Chapitre 16

Lundi 14 septembre

Lundi matin, Falconer était arrivé tard dans le bureau et Carmichael était déjà à son bureau, occupé à travailler dur, quand il est arrivé. « Bonjour, monsieur. Vous vous perdez en chemin ? proposa jovialement le sergent par intérim. Il avait visiblement passé une bonne nuit. Falconer n'avait pas eu cet avantage. Il avait été hanté par des cauchemars de Serena, morte, kidnappée ou en danger, et il s'était réveillé toutes les heures environ, avec des sueurs froides, soulagé de constater que ce n'était qu'un rêve, pas une réalité.

« Bonjour, Carmichael. Inutile de vous demander comment s'est passée votre soirée.

« Les rapports sont tous dactylographiés et sur votre bureau, de maison en maison hier. »

« Il y a quelque chose dedans ? »

« Je ne sais pas, monsieur. Ils vous étaient adressés, donc je ne les ai pas regardés. »

Y avait-il quelqu'un d'aussi honnête (ou d'aussi peu curieux) dans toute la police que cet homme ?

Falconer attrapa son téléphone, vérifia un numéro dans un dossier sur son bureau et commença à se renseigner sur le compte téléphonique de Marcus Willoughby. Il avait mis du temps à se vider l'esprit en rentrant chez lui la veille au soir, et s'était rendu compte que cette information pouvait leur être très utile.

Ils savaient désormais qui était Norman Clegg, mais ils n'avaient pas encore trouvé Jennifer Linden. Non seulement elle connaissait Marcus Willoughby (Falconer ne pouvait se résoudre à utiliser un autre nom, tellement il était habitué à utiliser celui-ci), et le connaissait intimement, mais elle était aussi la mère de la jeune fille disparue. Elle pourrait détenir des informations qui seraient vitales dans les deux cas. Elle pourrait même accueillir Summer Leighton avec elle – cette deuxième affaire pourrait être si innocente.

Si Summer avait voulu dire qu'elle allait voir sa mère lorsqu'elle l'appelait en quittant l'auberge, ils pourraient être assis ensemble maintenant, buvant du thé, sans se rendre compte de tout le brouhaha provoqué par l'absence de la jeune femme. Après tout, il n'y avait aucune garantie que la mère vivait réellement dans la région. Summer serait peut-être partie sans sa voiture, car on la conduisait. Elle aurait pu être récupérée à Stoney Cross et se trouver n'importe où maintenant.

Jusqu'à présent, sa disparition n'avait été diffusée que sur les stations de radio locales et devrait faire l'objet d'un article dans le journal local aujourd'hui. Toutefois, si elle n'était pas retrouvée avant ce soir, la nouvelle de sa disparition figurerait non seulement dans les journaux télévisés locaux, mais également dans les journaux nationaux. Si elle n'était toujours pas là, il y avait au moins une possibilité que cela fasse signe à Summer qu'elle devrait annoncer où elle se trouve.

Et, si cela n'obtenait aucune réponse de la part de la jeune fille disparue, cela ferait probablement sortir du bois les gens qui la connaissaient et pourraient découvrir où elle vivait. Elle avait emporté son sac à main avec elle, et Peregrine n'avait pris aucun détail, donc ils ne connaissaient même pas encore son adresse. Pourquoi n'aurait-elle pas pu simplement l'écrire dans son journal, comme tout le monde l'a fait ? Le pire des cas était qu'ils la retrouvent morte, et il n'appréciait pas la complication supplémentaire d'une deuxième enquête pour meurtre.

La facture de téléphone détaillée de Marcus leur indiquerait au moins les numéros qu'il avait appelés, et l'un d'eux aurait pu être la mère de Summer. Il n'avait aucune idée des conditions dans lesquelles ils s'étaient séparés, ni de la raison pour laquelle elle avait proposé leur fille en adoption, et il ne voyait pas l'utilité de perdre du temps en conjectures. Et si cela ne produisait pas de résultats, cela pourrait les amener à quelqu'un qui avait connu Marcus au moment de la naissance de Summer – quelqu'un qui en savait peut-être plus sur les circonstances qui prévalaient que lui à l'heure actuelle.

Sa rêverie fut interrompue par un appel interne de l'inévitable Bob Bryant, pour lui dire qu'il y avait une jeune femme pour le voir, et qu'il l'avait mise dans une salle d'entretien.

« Quel nom a-t-elle donné, Bob ?

« Une petite bouchée, monsieur. Elle a dit qu'elle était Miss Araminta Wingfield-Heyes, ça ne vous dit rien ?

« Bien sûr ! Merci Bob, j'arrive. » C'était un peu de chance qu'elle soit arrivée si rapidement à la gare – il n'était que neuf heures passées. Il pourrait régler ses quelques questions et être en mesure de consacrer toute son attention à la manière de faire avancer les affaires.

Il trouva Minty assise dans la pièce sombre, jouant avec une tasse en plastique de thé (en plastique) et lisant les graffitis gravés ou écrits sur la table devant elle, la tête tournée sur le côté pour pouvoir déchiffrer l'un des graffitis. commentaires qui étaient sous un angle gênant. Son visage, lorsqu'elle le tourna vers lui, était souriant et juste un peu excité. « Je pense que je me souviens de quelque chose, inspecteur, mais je ne sais pas si cela signifie quelque chose. » Où avait-il déjà entendu cela auparavant ?!

« Essayez-moi et nous verrons. » C'était de la musique aux oreilles de Falconer. Plus vite il pourrait terminer les choses, plus vite il pourrait organiser le retrait de Serena. S'il pouvait mettre un terme au meurtre et que la disparition de Summer s'amplifiait, peut-être même avec une demande de rançon (mais à qui, il ne pouvait l'imaginer, sachant si peu de choses sur elle), l'affaire serait probablement confiée à quelqu'un de rang supérieur, et il seraitlibre de faire ce qu'il voulait pendant un moment, si Dieu le veut. Il ne voulait même pas penser à combien de temps il serait attaché si son corps était retrouvé.

Minty l'a essayé. « Je parlais à Sadie hier après que tu sois allé la voir, et elle m'a parlé de la voiture qu'elle avait vue. »

« Oui, continuez », a suggéré Falconer, alors qu'elle s'était momentanément arrêtée.

« C'est juste que je suis sûr et certain d'avoir entendu une voiture aussi, juste au moment où je rentrais chez moi, après... vous savez quoi.

« Et vous pensiez qu'il était environ une heure trente du matin, si ma mémoire est bonne. » Falconer était également excité, à présent. Les informations qu'elle était sur le point de lui donner pourraient être cruciales – et il espérait vraiment qu'elles le seraient – tant de choses en dépendaient, y compris son bonheur futur. Que l'affaire se termine ! Il en avait assez !

« C'est vrai – quand je suis arrivé – à peu près à ce moment-là. Le plus drôle, c'est que même si je l'entendais venir dans ma direction, c'était comme s'il était à une vitesse très basse. À cause du brouillard, je suppose – il ne m'a jamais dépassé. »

Donc ces deux femmes ivres, toutes deux décidées à faire du mal à Willoughby, s'étaient faufilées dans le noir, l'une après l'autre, et si près l'une de l'autre dans le temps, qu'elles avaient toutes deux entendu l'arrivée de la voiture du meurtrier ? Falconer se demandait s'ils avaient déjà trouvé une solution, et si ce n'était pas le cas, comment ils se sentiraient une fois qu'ils l'auraient fait. Quelques minutes plus tard, pour l'un ou l'autre, ils n'étaient peut-être pas là pour raconter l'histoire. C'était vraiment étonnant qu'ils ne se soient pas heurtés dans le noir et ne se soient pas effrayés les uns les autres.

Réalisant qu'il avait été distrait par ces pensées, il poursuivit : « Et cela venait définitivement de la direction de High Street ? »

« Oh oui, je mettrais la vie de mon arrière-grand-mère là-dessus », affirma-t-elle avec un petit clin d'œil, pour le rassurer qu'elle ne faisait que sa petite blague.

« Alors, ça ne vous a jamais dépassé ? Ce n'était peut-être pas assez loin dans High Street pour pouvoir tourner dans School Lane, n'est-ce pas ?

« Absolument pas ! Le moteur était définitivement éteint. Le bruit s'est arrêté avant de m'atteindre. J'avais même titubé jusqu'au bord de la haie et je m'étais arrêté – tu sais que le trottoir se termine après The Old Barn et ne va pas jusqu'à chez moi ?

« Maintenant que vous en parlez, je m'en souviens. Alors, cette voiture aurait pu être conduite jusqu'à la propriété de M. Willoughby ?

« C'est la seule chose à laquelle je peux penser.» Les yeux de Minty brillaient toujours d'excitation, à l'idée de se souvenir de quelque chose d'important. «Et il y avait autre chose aussi.»

« Quoi ? » Que pourrait-il y avoir d'autre, à une heure trente du matin, par une nuit brumeuse ?

« L'échappement ! Ça commençait tout juste à démarrer, on aurait dit qu'il venait de faire un petit trou dans le tuyau.

'Es-tu sûr?'

« Mon oncle Bob possède maintenant plusieurs garages, mais quand j'étais jeune, il n'en avait qu'un, n'ayant pas eu la chance de développer son activité, et je passais des heures à le regarder travailler sur des voitures. Je peux vous dire à peu près tout ce qui ne va pas avec n'importe quelle pièce d'une voiture, simplement en l'entendant rouler.

Quelle chance ! Maintenant, tout ce qu'ils avaient à faire était de trouver une voiture locale avec un trou dans son échappement, de l'attacher avec un motif, et Bob est votre oncle – ou dans ce cas, l'oncle de Minty ! Pourtant, il se rendit compte qu'il manquait un peu de myopie, car le meurtrier pouvait encore être quelqu'un avec des intérêts plus anciens que ceux de Stoney Cross, mais il pouvait espérer, n'est-ce pas ?

Falconer souriait lorsqu'il fit sortir Minty du poste de police. Il avait failli lui lâcher la main et résistait simplement à l'envie de la serrer dans ses bras. Il retournait maintenant à son bureau pour annoncer la bonne nouvelle à Carmichael. Il faudrait qu'il reparle à Mme Palister pour voir si elle se souvenait d'un échappement légèrement soufflé, mais il pourrait le faire plus tard, lorsqu'il retournerait à Stoney Cross pour voir Serena.

Il frémit à l'idée d'avoir besoin de parler à nouveau à Sadie. C'était une jeune femme plutôt autoritaire. Il savait comment gérer les jeunes hommes depuis l'époque où il était dans l'armée, mais les femmes, jeunes ou moins jeunes, restaient pour lui un mystère – un mystère qu'il espérait résoudre dans un avenir pas si lointain, et cette pensée le réjouissait. lui considérablement.

Il entra dans le bureau en sifflant, un phénomène unique dans l'expérience de Carmichael en matière d'inspecteur, et il releva la tête d'un coup sec pour être témoin de ce phénomène jusqu'alors inouï.

Le reste de la matinée s'est déroulé dans un tourbillon de paperasse, tout comme la majeure partie de l'après-midi, à vérifier les rapports de l'équipe de recherche, à demander aux médecins légistes la présence (ou non) d'empreintes digitales ou d'ADN sur le marteau et fragment de bas et en passant en revue les résultats de l'enquête porte-à-porte de la veille.

À quatre heures, alors que Falconer était en train de ranger son bureau pour le départ, après avoir prévenu Carmichael qu'ils feraient un autre voyage à Stoney Cross pour visiter Blackbird Cottage, son téléphone interne sonna et il se retrouva.J'ai été convoqué au bureau du surintendant « Jelly » Chivers pour une mise à jour, et ce n'est qu'à cinq heures qu'ils ont été libres de partir.

Le chalet était tel qu'ils l'avaient laissé hier – toujours pas de réponse à leurs appels à la sonnette et au heurtoir, la voiture toujours pas en route. Un rapide coup d'œil à travers les fenêtres n'a fourni aucune réponse, et une tentative de Falconer pour voir si le téléphone pouvait être décroché, Serena étant peut-être simplement hors de leur champ de vision, a également échoué. Il n'avait jamais eu de numéro de portable pour elle, donc ils étaient complètement ignorés pour le moment.

L'heure de la journée avait encouragé Falconer à inciter Carmichael à prendre sa propre voiture. De cette façon, au moins, il n'aurait pas à retourner au bureau et, pour le moment, l'inspecteur n'avait certainement rien de mieux à faire que de revenir voir si des progrès avaient été réalisés pendant son (relativement courte) absence.

Carmichael, semblait-il, n'avait rien de mieux non plus, et c'est ainsi qu'ils rentrèrent dans le bureau pour trouver une enveloppe sur le bureau de Falconer, contenant une facture de téléphone détaillée pour les trois petits jours de résidence de Willoughby à The Old Barn. Il n'y avait pas beaucoup d'appels répertoriés, peut-être une vingtaine, mais l'un d'eux a touché Falconer directement entre les yeux.

Le numéro de Serena le fixait, appelé deux fois dans ce laps de temps. Mais elle avait dit qu'elle ne l'avait jamais rencontré auparavant. Que se passait-il ? Il fallait qu'il le découvre ! Ce n'était pas normal que la maison soit vide, sa cheville étant dans cet état. Il avait besoin de retourner là-bas, pour voir que rien ne lui était arrivé. Comment Willoughby l'avait-il connue ?

Attendez une minute, elle avait dit quelque chose du genre "Je n'ai jamais rencontré quelqu'un qui s'appelle Marcus Willoughby". C'était une remarque ambiguë, à la lumière de ce qu'ils savaient désormais, que Willoughby avait passé une partie de sa vie sous le nom de Norman Clegg. Et si elle l'avait connu sous le nom de Norman Clegg ? Et si dire qu'elle n'avait jamais connu personne de « ce nom » était pour elle une économie de vérité, ne racontant qu'une partie de l'histoire ? Et s'il avait une sorte d'emprise sur elle ? Et si elle avait fait quelque chose de stupide ? Ou même simplement tombé dans les escaliers ? Falconer savait que la plupart de ces questions étaient ridicules et simplement le résultat de la panique, mais son esprit tournait. Il n'a pas pu s'en empêcher et a appelé Carmichael pour qu'il le rejoigne lors du voyage de retour chez elle.

Carmichael, cependant, semblait ignorer sa convocation urgente, apparemment perdu dans ses propres pensées. En fait, il était toujours en train de ronger ce qu'il y avait au fond de son esprit – ce quelque chose qui n'allait pas tout à fait, qui ne correspondait pas – et il avait presque réussi à l'avoir à ce moment-là, quand il prit finalement conscience de les sommations répétées de l'inspecteur de quitter le commissariat.

Au même moment où Harry Falconer devenait fou d'inquiétude, Adella Ravenscastle s'approchait de la maison de Squirrel Horsfall-Ertz, qui revenait tout juste d'un voyage très important à Market Darley, et avec une étrange bosse tremblante sous le devant d'elle. cardigan.

Squirrel ouvrit sa porte d'entrée et remarqua le mouvement alors qu'elle saluait son visiteur, un regard perplexe regroupant les rides et ridules de son visage âgé. " Qu'est-ce que tu as là ? " demanda-t-elle, ses mots coïncidant avec un petit gémissement et un " wuff " venant du devant du cardigan qui se tortillait maintenant. Soulevant un chiot Yorkshire terrier de sous son pelage laineux, Adella le tendit à Squirrel, un air de triomphe sur le visage.

"Où l'avez-vous trouvé", rayonna Squirrel, une lueur de joie et aussi d'espoir dans les yeux.

« Il est pour toi, cher écureuil. »

« Je ne pouvais pas l'accepter », dit-elle, mais son air de nostalgie racontait une autre histoire. « Ils sont terriblement chers. C'est tout simplement trop », roucoula-t-elle en berçant amoureusement le petit chien dans ses bras.

« Pourriture absolue, Écureuil ! Je ne pouvais plus supporter de te voir souffrir davantage, alors je suis descendu à Carsfold au début heures du lundi matin...'

« Tu n'as jamais ? »

« Je l'ai certainement fait. Et j'ai laissé tomber un mot à travers la porte pour Mme Outen – vous savez, cette vieille dame qui élève Des Yorkies ?

« Mais je ne peux pas l'accepter ! À cause du coût, vous savez.

"Ce n'est pas une question de prix", dit Adella, souriant à l'adoration et à la convoitise dans les yeux de la vieille femme.

« Alors je vous rembourserai – chaque centime – si vous me donnez le temps. »

« Ce n'est absolument pas nécessaire, car il ne m'a pas coûté un sou. J'ai laissé un mot expliquant que j'avais un besoin urgent d'un chiot, puis je lui ai téléphoné le lendemain. Elle a dit qu'il lui restait ce qu'elle appelait « un avorton » de sa dernière portée, et qu'elle serait heureuse que vous l'ayez.

« Oh, comme c'est gentil de sa part, et de vous aussi, bien sûr. Je ne sais pas comment vous remercier, mais veillez à lui transmettre mes remerciements. Personne n'aurait pu m'offrir un meilleur cadeau, et elle a dû bien s'occuper de lui, car je ne le trouve pas du tout comme un avorton.

« Je transmets vos remerciements et n'y pense pas. Donnez-lui simplement un nom, présentez-lui Squeak et profitez-en.

« Oh, je le ferai, Mme Ravenscastle ! Je le ferai, croyez-moi !

Sur le chemin du retour au Vicarage, Adella était consciente d'une bonne action qui brillait dans un monde trouble. Elle se demandait simplement comment elle allait expliquer à Benedict que son cadeau n'était pas vraiment gratuit – qu'il était en fait plutôt cher, et qu'ils devraient probablement se serrer la ceinture jusqu'à Noël. Mais elle connaissait son mari, et il serait probablement simplement ravi que Squirrel ne vive plus dans la misère et que sa vie soit revigorée par l'énergie d'un nouveau chiot.

D'une chose à l'autre, l'après-midi avait désormais complètement disparu et les lumières s'allumaient dans les magasins, les maisons et les rues. C'était une journée maussade, et le temps, se rappelant qu'il devrait enfiler ses vêtements d'automne, avait enfilé un manteau gris fer qui promettait de la pluie dans la soirée, et la lumière du jour s'était levée inhabituellement tôt, intimidée par la soumission.

Carmichael, dans sa propre voiture désormais, avait du mal à suivre le rythme imposé par Falconer, tant l'inspecteur était inquiet pour Serena. Falconer était déjà sorti de sa voiture et frappait à la portière alors que son collègue s'arrêtait derrière le Boxster. Il n'y avait aucune lumière allumée dans la maison. Cela pourrait simplement signifier que Serena était partie pendant quelques jours, mais il a été demandé à toutes les personnes interrogées de ne pas quitter les lieux si possible et, au moins, d'informer la police si elles ne pouvaient pas éviter de le faire. Aucun appel n'avait été enregistré en provenance de Blackbird Cottage, ce qui, compte tenu de l'état d'esprit de Falconer, ne pouvait que faire allusion à quelque chose de sinistre.

Il était maintenant frénétique, appelant Carmichael à l'accompagner à l'arrière de la maison, où il ramassa une lourde pierre, l'une des nombreuses pierres qui bordaient une bordure fleurie. Le soulevant dans sa main pour vérifier son poids, il le saisit fermement et brisa une vitre de la porte arrière. Enlevant soigneusement les plus grosses pointes de verre, il passa sa main dans le trou et tourna la clé avant que Carmichael n'ait pu finir de lui demander ce qu'il pensait faire.

A l'intérieur, la maison était sans air et le seul bruit était celui des miaulements des chats. En baissant les yeux, Falconer se rendit compte que les bols de nourriture des animaux étaient vides, tout comme leurs bols d'eau, et qu'il avait deux créatures à fourrure qui se faufilaient entre ses jambes, appelant au secours. Carmichael, aussi tendre soit-il, commença immédiatement à fouiller les placards à la recherche de nourriture pour chats, en remplissant d'abord leurs bols d'eau, sachant que le manque de liquide pouvait être bien plus nocif que le manque de nourriture. Son visage était toujours un masque perplexe.

Falconer, de son côté, s'était précipité dans le salon, s'arrêtant pour regarder derrière la porte et autour du dossier du canapé, avant de se diriger vers les escaliers, les prenant deux à deux, tellement il était désespéré de trouver Serena, ou un indice sur où elle se trouve. Il n'y avait personne dans la salle de bain, dans la chambre principale ou dans le placard. Dans quel état je dois être pour avoir regardé là-dedans, pensa-t-il. La dernière porte qu'il approcha fut celle de la chambre d'amis.

Ouvrant la porte de ce salon de la dernière chance, dont les rideaux étaient tirés, il entendit un léger gémissement et aperçut une silhouette dans le lit simple. « Serena ! » cria-t-il en se précipitant. Au moment même où il l'appelait, Carmichael avait crié depuis la cuisine.

« Cheville, monsieur ! Compris !' a-t-il crié, et il s'est dirigé de la même manière vers les escaliers, les prenant trois à la fois (enfin, c'était un grand garçon !)

Il trouva Falconer en train de regarder la silhouette sur le lit, recouverte d'un drap. Ayant retrouvé ses esprits grâce à sa mémoire, il leva la main pour allumer la lumière, tandis que son officier supérieur ne cessait de marmonner : « Pas elle ! Pas elle ! Où est-elle ? Que vais-je faire ? » Falconer se tenait là, se parlant doucement mais désespérément à lui-même. « Ce n'est pas Serena, Carmichael ! Que vais-je faire ? Où est-elle ? J'ai besoin de savoir !'

Carmichael le conduisit doucement vers une chaise en vannerie et l'assit. La silhouette sur le lit n'était effectivement pas Serena, mais Carmichael avait su que ce ne serait pas le cas. Le détail qui lui avait échappé pendant si longtemps concernait la cheville sur laquelle Mme Lyddiard portait réellement son bandage. Le trouver négligemment rangé dans le placard où était conservée la nourriture pour chat avait été un catalyseur suffisant pour produire la réponse : les deux ! Quand il y repensait, il semblait se déplacer d'une jambe à l'autre, presque avec sa propre vie, et personne ne l'avait vraiment remarqué, étant trop pris par sa propre vie et ses problèmes.

Ramenant son attention sur la silhouette sous le drap, il remarqua pour la première fois qu'un tube gastro-nasal avait été inséré, ainsi qu'un écoulement de liquide dans le bras. Un sac de cathéter pendait sous le drap, presque plein.

«Appelez une ambulance, s'il vous plaît», croassa une voix brisée dans un coin de la pièce, et Carmichael sortit son portable de sa poche pour répondre à cette demande discrète de son supérieur toujours attentionné mais au cœur brisé.

Carmichael, avant-gardiste et perspicace, également foue un appel à une équipe SOCO, et un uniforme pour récupérer deux paniers à chats auprès du contact de la station en RSPCA. L'officier en uniforme pouvait alors tenir le fort pendant que lui, Carmichael, ramenait l'inspecteur chez lui, avant de retourner à Blackbird Cottage pour terminer la journée. Il avait réalisé les sentiments de Falconer pour Serena et pensait savoir ce qu'il devait ressentir. Sa logique actuelle était que si Kerry et les enfants venaient ensemble, Serena et ses deux chats aussi. Il les emmenait dans sa voiture avec le patron, comme une sorte de réconfort.

Après le court et silencieux trajet, Carmichael guida Falconer dans sa maison et le déposa doucement dans un fauteuil. Il prépara ensuite une théière, posa le tonneau de biscuits sur le plateau et transporta le tout jusqu'au salon, allant même jusqu'à verser le liquide ambré et le remit à l'inspecteur, qui le prit d'un air hébété. manière. Falconer restait assis à le tenir, regardant la tasse et la soucoupe comme s'il n'avait aucune idée de ce qu'elles étaient, et essayait de trouver une explication rationnelle à la raison pour laquelle il les avait dans sa main.

Carmichael est ensuite allé chercher les paniers pour chats, les a déposés doucement sur le sol et a ouvert leurs portes. Mycroft devrait en faire ce qu'il voulait. Il pouvait l'aimer ou le mettre dans le même panier, même si ce serait le dernier mot de l'inspecteur, quant à savoir s'ils restaient ou s'ils constituaient un rappel trop douloureux de leur ancien propriétaire. Il avait parié sur le premier, cependant, sachant à quel point Falconer aimait les chats.

Avant de partir, il se rendit à la cuisine, régla la chatière sur "dedans seulement" et remplit les gamelles déjà sur le sol, en sortant d'autres d'un placard pour qu'il y ait suffisamment de tout pour les trois animaux. Cela n'empêchera peut-être pas tous les combats pour « apprendre à vous connaître », il n'est pas nécessaire de partager un bol pour cela, mais cela contribuerait certainement à les décourager. Le « bruit » supplémentaire que ce nouveau mélange créerait dans la maison devrait servir de distraction pour Falconer. S'il devait toujours s'assurer que chaque chat s'entend bien avec les deux autres, il ne penserait pas à ce qu'il croit avoir perdu.

La guérison prendrait beaucoup de temps et, promettant de revenir quand il aurait fini à Stoney Cross, pour faire une omelette à son patron, Carmichael repartit, une fois de plus, vers la maison de Stoney Stile Lane, se demandant ce que diable avait pu faire Summer. ce lit, branché à des perfusions et à un cathéter, et apparemment inconscient.

De retour à Blackbird Cottage, il trouva l'ambulance déjà partie, l'équipe SOCO venant juste de finir. « Trouvez-vous quelque chose qui puisse nous éclairer ? » demanda-t-il, semblant avoir déserté le navire, au moment même où il commençait à partir.

«Nous avons trouvé un jeu de clés de rechange dans un tiroir de la cuisine et avons jeté un coup d'œil dans le garage, au cas où il y aurait d'autres corps non découverts. La voiture était toujours là et il a été confirmé que l'échappement soufflait. Elle avait essayé de faire une sorte de réparation avec ce qui semble être le plâtre avec lequel on panse les membres – je ne me souviens plus du nom pour le moment – mais cela n'aurait pas été très utile. Paris! C'est ça!

« Nous avons également trouvé des ampoules de sédatifs puissants dans le placard de la salle de bain – du genre que l'on met dans les sacs de gouttes salines. Et il y avait plusieurs autres sacs de solution saline dans la chambre principale. Elle avait assommé cette pauvre fille dans un véritable petit hôpital. Je n'ai absolument aucune idée de ce qui se passait. Vraiment ?

« En quelque sorte – je ne suis pas sûr. » Carmichael y travaillait.

« Oh, et avant que j'oublie, une enveloppe est tombée d'entre les oreillers lorsque les ambulanciers l'ont déplacée. Elle est adressée à l'inspecteur Falconer. La voici », et l'officier lui tendit une enveloppe blanche, épaissement rembourrée par son contenu. « Mieux vaut qu'il puisse y jeter un coup d'œil, avant que nous devions l'enregistrer comme preuve. Cela ne nous éclairera peut-être pas sur ce petit mystère, mais si c'est le cas, nous en aurons besoin.

Carmichael a soigneusement rangé l'enveloppe dans sa poche, a fait sortir les policiers restants des lieux et s'est assuré que tout était éteint et verrouillé. En déverrouillant sa voiture, il regarda le chalet, assis innocemment dans son joli halo de chrysanthèmes, et, alors qu'il s'éloignait pour transmettre le dernier message de Serena à l'inspecteur, il pensa : si seulement les murs pouvaient parler !

Carmichael avait tenu parole et était retourné chez Falconer, lui avait donné l'enveloppe et avait préparé une nouvelle théière et une omelette. L'inspecteur avait renoncé au thé et s'était servi à la place un très grand verre de vin rouge. Il consentit cependant à s'asseoir à table dans la cuisine et à déguster l'omelette, qui était étonnamment bonne, malgré son manque d'appétit.

Au moment où il avait ramassé le dernier fragment de l'assiette, il s'était servi un troisième verre de vin, sachant qu'il n'y avait aucune réponse à trouver au fond d'un verre, mais sans s'en soucier particulièrement. Quelle différence une journée fait – n'y avait-il pas une chanson qui ressemblait à ça ? Il ne pouvait pas. Je ne crois pas à la bonne humeur qu'il avait ressentie seulement ce matin-là, qui semblait déjà il y a une éternité. Il ne pouvait pas croire les espoirs qu'il avait nourris, la promesse pour l'avenir ; peut-être même pour le reste de sa vie. Maintenant, il était là, en enfer, ses rêves brisés en autant de morceaux que la vitre de la porte arrière de Serena, l'avenir béant devant lui, vide – un vide solitaire. Il n'avait jamais connu la solitude auparavant et il venait tout juste de faire sa connaissance.

Bien que Carmichael ait soigneusement vidé l'assiette et fait sa vaisselle avant de partir, Falconer était toujours assis à la table de la cuisine, avalant des gorgées de vin plutôt que de le siroter, la bouteille presque vide sur la table attendant d'être vidée. Il prit une autre gorgée et mit la main dans sa poche pour en retirer la grosse enveloppe que Carmichael lui avait tendue à son arrivée. Il resta assis un moment en silence, regardant simplement l'écriture, la calligraphie soignée qui joignait les lettres de son nom, et les jugea aussi belles que la femme qui les avait écrites.

Finalement, il posa l'enveloppe sur la table, alla chercher une autre bouteille de vin, remplit son verre avec le reste de la première bouteille et se rassit. Le moment était venu.

Ramassant l'enveloppe et insérant son pouce sous le rabat, il eut le temps de remarquer à quel point chaque petit mouvement qu'il faisait semblait être au ralenti. Le temps était en effet élastique, mais que ce soit dû au vin qu'il avait bu, aux émotions féroces qui le déchiraient, ou à une combinaison des deux, il n'en avait aucune idée, et il s'en fichait. C'était ça ! Comme Pandore, il ouvrait la boîte et laissait échapper tous les péchés du monde. À ce moment précis, il avait oublié ce qui restait ensuite dans la boîte – l'espoir – mais il n'y pensait pas et ne s'en souciait pas. Il ne pensait qu'à la boîte vide.

Il y avait plusieurs feuilles de papier, couvertes des deux côtés d'une écriture minuscule mais impeccable. Appuyant ses coudes sur la table, il commença à lire, ses yeux bougeant lentement, ne voulant pas manquer un seul mot, une seule phrase ou une seule nuance.

Mon cher Harry, il a lu,

Au moment où vous recevrez cette lettre, je serai soit en prison, soit parti, mais j'avais besoin de vous faire savoir ce que je ressens pour vous, avant de disparaître complètement de votre vie. Je sais que j'ai beaucoup d'explications à faire, mais j'y reviendrai dans les pages qui suivent. Pour l'instant, je veux juste écrire à quel point je ressens profondément pour toi depuis le moment où nous nous sommes rencontrés.

Je n'ai jamais ressenti une telle attirance auparavant et, si vous me pardonnez d'être si direct, je pense que vous avez ressenti la même chose. Je pense aussi que, dans des circonstances normales, nous aurions formé un couple formidable. Il se peut même que nous ayons pu avoir un enfant – je ne suis pas encore trop vieille ! Mais ce n'était pas le cas. Je réalise que nous ne nous reverrons plus jamais, et ça me brise le cœur !

Ne me cherchez pas, ma chérie, car je suis très douée pour vivre une vie nomade, et ce depuis ma jeunesse. Stoney Cross a été ma première tentative de m'installer depuis que j'ai donné naissance à ma fille – il y a de très nombreuses années.

Oui, vous l'aurez déjà compris, la jeune femme connue sous le nom de Summer Leighton est le résultat d'un engouement insensé dont j'ai souffert alors que j'étais encore adolescente. Cet homme était tellement plus âgé que moi, mais alors, quand écoute-t-on ses parents ? Ce n'est certainement pas le cas, mais je me suis également retrouvée incapable de supporter l'idée d'un avortement. À mes yeux, comme c'est encore le cas aujourd'hui, l'avortement est un meurtre. Personne qui ne veut pas être enceinte de nos jours n'a besoin de l'être. J'ai été négligent. J'ai commis une erreur stupide dont je paie le prix depuis.

J'ai eu l'enfant et je l'ai livré d'emblée à l'adoption, ne voulant pas le garder, le regarder, ni prendre le moindre risque de nouer un lien avec lui. Marcus – il était tout simplement le vieux Norman Clegg à l'époque, et j'étais la jeune Jenny Linden – ne semblait pas non plus très intéressé par l'idée de la paternité à l'époque, donc cela semblait être le moyen le plus simple de tirer un trait sur le sujet. toute une expérience désolée.

Quoi qu'il en soit, pour faire court, Summer – car c'est ainsi que je dois maintenant l'appeler – avait décidé de retrouver ses parents biologiques. J'avais changé mon nom avant qu'elle soit majeure, pour me rendre plus difficile à trouver, sans me rendre compte que son père avait aussi changé le sien, par vanité.

Il m'a téléphoné, vous savez, deux fois – pour me faire savoir que notre fille nous avait enfin rattrapés. Lui, un homme âgé maintenant, semblait se réjouir du fait qu'il avait une jolie fille qu'il pouvait accrocher à son bras pour la décoration, mais il savait ce que je ressentirais à ce sujet.

J'ai failli crier quand je l'ai vu à la salle des fêtes et j'ai fait semblant de me fouler la cheville. (Vous devez avoir deviné que j'étais plutôt négligent à propos du bandage, mais je ne pensais pas que quelqu'un d'autre le remarquerait. Les gens sont généralement tellement pris en eux-mêmes, tellement absorbés par leur propre ego, qu'ils ne remarquent pas les petits détails sur d'autres, donc je n'y ai pas trop réfléchi.)

Mais l'idée que je pourrais le croiser à tout moment m'a fait réfléchir.déterminé à passer à autre chose. Puis, quand il m'a dit que notre fille était venue le voir et avait « vérifié ses références » pour ainsi dire, j'ai su que je devais faire quelque chose pour lui avant de partir. L'idée même d'avoir donné naissance à son enfant avait pris des proportions de cauchemar. Cela n'a jamais rien eu à voir avec Summer en tant que personne.

Quoi qu'il en soit, c'est moi qui l'ai tué, en jetant les armes dans les broussailles au bord du champ derrière sa maison. C'est moi qui ai transmis son émission à la radio, par dépit, pour ce qu'il avait fait à la jeune fille (moi) qui était pleine d'espoir. J'avais travaillé dans un hôpital et j'avais l'habitude de faire un petit peu pour la radio de l'hôpital avec des histoires courtes – je les enregistrais à la maison, puis je les envoyais. Je pensais que, alors que tout le monde pensait que j'étais incapable, personne ne se connecterait. moi avec le meurtre – que j'avais un alibi parfait. Mais je n'avais pas pris en compte la ténacité de ma fille.

C'est aussi moi, comme vous l'aurez compris, qui ai laissé la pauvre Summer dans l'état dans lequel vous l'avez visiblement trouvée. Je ne pouvais rien faire d'autre. J'avais espéré que son père n'avait pas eu l'occasion de m'identifier, mais j'avais tort. Ensuite, j'ai espéré qu'il ne lui avait pas dit où j'étais, et j'avais tort sur ce point également.

Lorsqu'elle est arrivée devant ma porte, j'ai été à la fois stupéfait et repoussé – s'il vous plaît, ne me jugez pas pour cela, car elle avait son père dans les yeux. Bien sûr, je l'ai invitée à entrer et je lui ai préparé une tasse de thé, après avoir trouvé une excuse pour monter à l'étage – en fait pour trouver des somnifères à dissoudre dans sa tasse. Lorsqu'elle s'est évanouie, je l'ai portée à l'étage – elle n'était qu'une petite chose et je suis très nerveux, ayant été impliqué dans la danse et les soins infirmiers, qui sont tous deux des métiers physiquement exigeants. J'ai alors compris qu'il était temps de m'enfuir, car je ne pouvais pas échapper à la justice en sa présence. La découverte aurait été inévitable et je ne pouvais tout simplement pas y faire face.

Bien sûr, je ne pouvais pas la tuer, car elle était innocente dans tout cela. J'aurais juste aimé qu'elle retarde sa visite et me donne un jour ou deux de plus pour prendre mes dispositions pour partir. Mais elle ne l'a pas fait, et vous savez maintenant comment j'ai géré cela. J'ai également mis une lettre par la poste en quittant le village, au poste de police local, reproduisant ces aveux, pour le bien de la jeune fille.

Elle mérite quelques explications.

J'aurais aimé te connaître quand j'étais Jenny Linden. Mais j'ai cessé d'être elle au moment où cet homme m'a mise enceinte et j'ai ruiné tous les projets que j'avais pour le reste de ma vie. Je pleure le décès de Jenny depuis de nombreuses années maintenant, mais elle est décédée lors de la conception de Summer et j'ai été condamné à une vie sans racines.

C'est tout, alors, Harry, sauf pour te demander si tu trouverais dans ton cœur d'affronter ma petite Ruby chérie et mes vieilles pattes coquines, Tar Baby. Ils ont besoin de toi maintenant.

Je t'aimerai toujours et je pleure ce qui aurait pu être.

Et n'essayez jamais de me retrouver, car je serai loin, très loin et très bien caché. Au revoir, avec tout mon amour, Serena xxxxxxx.

Harry Falconer laissa les fines feuilles de papier lui échapper des doigts, laissa tomber sa tête sur ses bras et pleura.

LA FIN